KB092523

양의 예술

이우환과의 대화 그리고 산책

양의의 예술

이우환과의 대화 그리고 산책

심은록 엮음

현대문학

차례

일러두기
이 책에 실린 대담은 이우환의 육성을 그대로 살린 것이다.

만남

세계적으로 존경받는 예술가들을 만날 때는 샤머니스트적인 심정으로 거대한 나무를 보러 가는 조심스러운 기분이다. 작품이 열매나 꽃이라면 작가와의 심도 깊은 대화에서는 깊은 뿌리를 본다. 겸허하고 예의 바르게 다가가면, 지금까지 감춰왔던 그들의 뿌리를 조금씩 드러내준다. 열매의 달콤함과 꽃의 화려함에 이끌려 뿌리와 그 뿌리를 감싸고 있는 토양까지 함께 만날 때는 양의적인 기쁨이 제공된다. 즉 감각이 충만해지는 에로틱한 기쁨(세속적 비너스)과 새로운 세계를 여는 초월적 감동(천상의 비너스)이다. 바로 이러한 양의적 감성을 독자들과 나누기 위한 것이 이 책의 목적이다.

이우환(1936~, 한국)은 1968년경부터 일어난 일본 '모노하' 운동의 중심 작가 가운데 한 명으로 미술가이자 문필가이다. 그는 파리 죄 드 폼 미술관, 뉴욕 구겐하임 미술관, 본 시립미술관, 서울 삼성미술관 등 주요 미술관에서 많은 개인전을 개최했으며, 또한 파리 비엔날레, 베네치아 비엔날레, 카셀 도쿠멘타와 같은 주요한 국제 전시에 참여했다. 그리고 그의 저서 『만남을 찾아서』, 『시간의 여울』, 『여백의 예술』 등은 이미 한국어뿐만 아니라 영어와 프랑스어로도 번역되어 세계에서 널리 읽히고 있다. 그의 예술은 '조각'과 '회화', '시'와 '산문' 사이를 오가며 무수한 질문을 던지면서 '사유의 경건함'에 젖어들게 한다.

「Relatum―A Signal」 (2005/2010)

조 각

일본 나오시마 섬에 있는 이우환미술관 내 뜰에 들어서는 순간, 언뜻 따스한 환대의 분위기가 느껴진다. 하지만 시멘트 벽으로 된 삼각형 모양의 휑뎅그렁한 전시장에는 아무도 없이 단지 조각 한 점 「관계항―인사Relatum―A Signal」(2005/2010)만이 덩그러니 4월의 부드러운 햇빛 아래 놓여 있다.

네모난 평범한 철판
둥근 평범한 자연석

더 이상 설명이 필요할까 싶을 정도로 간단히 묘사될 수 있는 작품이다. 그런데 다시 보니 바닥에 누워 있는 거무스름한 철판의 모서리가 부드럽게 위로 살짝 들려 있다. 바로 이 제스처가 조금 전 전시장에 들어섰을 때 환대의 느낌을 준 것일까? 방문객에게 보낸 몸짓인가 했더니 그 앞에 앉아 있는 돌에게 보낸 것 같다. 철판의 들린 모서리가 돌을 향하고 있기 때문이다.

좀 더 자세히 보니 돌과 철판이 서로 다른 방향으로 각각 조금씩 몸을 틀어 정면으로 마주치는 것을 피하고 있다. 메두사처럼 상대방을 직시하여 경직시키는 분위기가 아니다. 비록 이 두 물체가 서로 마주하고는 있으나 시선과 시선이 약간 어긋나 있다. 어긋나 있으나 상대방이 서로의 시야에 들어 있다. 직시하지 않으므로 상대방이 편안할 수 있도록 배려하며, 동시에 보고 있다는 느낌을 줌으로써 상대방을 향한 관심을 놓지 않는다. 바라보지 않는 듯하면서 보고, 보는 듯하면서 바라보지 않고 있다.

이는 언젠가 이우환이 말한 동양 부처의 감은 듯 감지 않은 시선을 떠오르게 하는데, 중생들의 잘못을 이해하고 용서한다는 듯 반쯤 감겨 있는 눈, 동시에 반쯤 열려 있는 시선에서는 부드러운 관심과 은은한 자애가 느껴진다. 보면서 보지 않는, 보지 않으면서 보는 미묘한 '시선의 유희'이다. 조각의 은근한 배려와 존중, 따스한 환대가 이 뜰에 잔잔히 퍼지며 따스하고 친숙한 분위기를 자아낸다. 다음 전시로 발길을 향하며 아쉬운 마음으로 한 번 더 보기 위해 뒤돌아본다. 아! 돌의 어깨 너머로 철판은 돌뿐만 아니라 방문객에게도 조금 전의 환대의 신호를 보내고 있다.

또 다른 조각 「관계항—침묵Relatum—Silence」(1979/2010)이 있는 전시실 입구에서 들어가기가 망설여진다. 사각형의 어두운 방에는 강한 조명이 조각 작품만을 비추고 있다. 조금 전의 조각처럼 특징 없는 네모난 철판과 평범한 커다란 자연석이다. 단지 불그스레한 철판은 벽에 기대어 서 있고, 다소 길쭉한 돌은 수도사가 가부좌를 하고 있는 것 같다. 방금 전의 것과 달리 명상하는 분위기 때문인지 이번 조각은 아예 눈을 감고 있는 듯하다. 그러나 감고 있어도 동방정교의 커다란 돔에 그려진 신의 눈동자가 성당 안에서 신자들의 움직임을 쫓아다니며 그들의 영혼을 읽듯, 이 조각도 방문객의 마음을 직시한다. 더욱이 철판에서 반사되는 불그스레한 빛과, 명상에 빠진

「Relatum—Silence」(1979/2010)

듯한 돌에서 나오는 영기靈氣가 두려움과 근접할 수 없는 신성한 현기증을 자아낸다. 그래서 방문객은 여전히 전시실에 들어가지 못하고 머뭇거리고 있다.

회 화

화폭 한가운데 덩그러니 선이 딱 하나만 그려져 있는 이우환의 초기 작품 「선으로부터From Line」(1978) 앞에서 선의 속도를 재고 있다. 작가는 붓에 안료를 묻혀서 위로부터 아래로 선을 한 번에 내리그었다. 붓이 처음 닿은 곳은 안료가 많아서 진하고, 아래로 내려갈수록 희미해지다가 나중에는 사라진다. 혜성이 꼬리를 달고 하늘 한가운데를 지나가다가 곧 사라질 것 같은 광경이다. 또 다른 작품 「선으로부터」(1981)에는 화폭의 가장자리마다 각각 한 개씩, 네 개의 선이 그려져 있는데, 빠른 속도로 질주하여 붓 자국의 앞머리가 금방이라도 화폭 밖으로 튀어 나갈 듯하다. 어찌 보면 선이 아니라 네 개의 점이 기다란 꼬리를 남기며 빠른 속도로 지나가는 것 같다.

이러한 속도감을 표현하기 위해 작가는 얼마나 빨리 선을 내리그었을까? 하지만 실제로는 우리가 그림에서 느끼는 그 속도로 작가가 그림을 그리는 것은 불가능하다. 이처럼 곧은 선을 그리려면 오히려 숨을 멈추고 천천히 그려야 한다. 두 개의 다른 속도를 지닌 시간대가 오버랩 된다. 천천히 선을 내리긋는 작가의 속도, 관람객이 느끼는 금방이라도 화폭에서 사라질 것 같은 빠른 선의 속도, 이 두 속도 가운데 어느 것이 참일까?

이우환의 최근 작품 「대화Dialogue」나 「조응Correspondence」에서는 캔버스에 네모난 점(붓 자국)이 하나, 둘, 혹은 많아야 서넛을 넘지 않는다. 그려진 부분(점)보다 그려지지 않은 부분(여백)이 훨씬

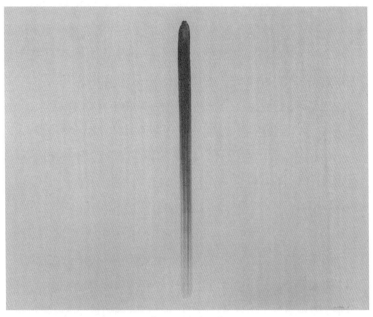

「From Line」(1978)

「From Line」(1981)

큰 캔버스를 보며, 작가의 개입이 최소화되었음을 알 수 있다.

캔버스에 네모난 점

조각과 마찬가지로 회화의 첫인상도 아주 단순하다. 몇 발자국 뒤로 물러서서 바라본다. 점(들)이 캔버스 자체나 다른 점들과 완전히 균형을 이룬 듯해 보이지만, 뭔가 약간씩 어긋나며 미심쩍다. 예를 들어 「대화」(2008)의 경우에 단 하나의 점만 있는데, 한가운데에 있지 않고 약간 비껴 있다. 이러한 불균형 혹은 어긋남을 느끼는 바로 그 순간, 점(들)이 캔버스나 벽(벽화의 경우)에서 점점 떨어져 나온다. 때로는 조금만, 때로는 좀 더 멀리 떨어져 나와 공중에서 미세하게 부유하며 바이브레이션을 일으킨다.

낯선 체험을 한 후에 이 바이브레이션의 비밀을 캐기 위해 한 발자국 가까이 다가선다. 좀 더 다가서서 면밀히 점(들)을 관찰하기 시작한다. 단순한 형태의 점은 단 한 번의 붓질로 완성된 것 같지만, 실제로는 가로가 넓은 붓으로 여러 번 그려진 것이다. 먼저의 붓질과 나중의 붓질은 여러 겹의 지층처럼 겹쳐 있으며, 흥미롭게도 먼저 그려진 지층들이 나중의 지층들과 겹쳐지면서 일부는 드러나고 일부는 숨겨져 있다. 두껍게 칠해진 안료 속에 무수한 작은 돌 알갱이들이 이 지층을 오가며 사각거리고 있다. 붓 자국에서 붓털의 한 올 한 올이 드러나는 듯하다 사라진다. 보지 않는 듯 보며, 드러내는 듯 숨기며, 숨기는 듯 드러내는, 현대의 진리 게임을 즐기고 있다.

「Dialogue」 (2008)

이러한 회화의 시공간적 지층과, 철과 돌의 관계의 신비를 이해하고 싶어서 이우환을 만났다. 인터뷰는 2008년부터 2013년까지 몽마르트르 자락에 있는 그의 아틀리에에서 대부분 이뤄졌다. 대담 형식의 이 책은 이우환이 말한 "예술은 시이며 비평이고 초월적인 것"에 근거하여 '예술의 세 가지 요소'로 전개된다.

이 책이 나오기까지는 세 분의 스승이 있었기에 가능했다. 미술비평의 근본과 자세를 일깨워주고 지도해주신 이우환 작가님, 20여 년 전 '슈뢰딩거의 고양이'를 포함한 현대 과학 일반을 깨우쳐주신 한국통합학문연구소 소장인 이정배 감신대 교수님, 10여 년간 마이모니데스 세미나를 통해 '해석학적 현기증'을 감당할 수 있게 해주신 프랑스 국립과학연구소 종교학비교연구소 소장인 피에르 부레츠 사회과학고등연구원 교수님께 심심한 감사를 드린다.

또한 이 원고의 한국어 감수를 위해 애써주신 이보경 동양화가, 특히 이우환 예술에 대한 큰 경원과 함께 월간지에 4회분으로까지 연재의 기회를 주고 출간까지 맡아주신 현대문학에도 깊은 감사를 전한다.

2014년 3월

심은록

제1부

초월적
―돌과 철판의 역사

그래, 이 구토, 명명백백한 증거인 구토? (……)
자갈을 던지려고 보았어.
바로 그때 모든 것이 시작되었지.
이 돌이 존재한다고 느꼈고,
그리고 또 다른 구토가 시작되었어.
―장폴 사르트르, 『구토』

너는 세계 밖 어디로 갈 것이냐?
―제롬 페라리, 『로마의 몰락에 대한 설교』

「Relatum—Silence」(1979/2009)

흔한 둥근 돌 하나와
평범한 직사각형 철판 하나가
전시장에 덩그러니 놓여 있다.
철판은 벽에 기대어 있으며,
이로부터 약 2미터 떨어진 곳에 자연석이 놓여 있다.

꽤 한참 전부터 젊은 프랑스 관람객 한 명이 돌과 철판 주위를 돌며 미간을 구기고 있다. 마르셀 뒤샹의 「샘Fontaine」(1917) 이후로 별별 오브제가 전시장에 들어와 배치되기에 별로 놀랄 일도 없지만, 돌과 철판 이 두 물체는 영 생소하다. 좀 더 정확히 말해서, 관람객이 생소함을 느끼는 게 아니라 낯선 공간에 들어온 어정쩡한 돌과 철판이 생소함을 느끼고 있는 것 같다. 아무리 보아도 강가나 공원에서 발견할 수 있는 돌을 그대로 가져다 놓은 것 같다. 작가의 손길이 돌에서도 철판에서도 느껴지지 않는다. "왜, 작가는 자신이 만들지 않은 것을 전시하고 있을까?" 그래도 혹시나 작가가 만든 부분이 있지 않을까 하여, 좀 더 자세히 보려고 돌과 철판 사이로 움직이던 관람객은 갑자기 걸음을 멈춘다. 왠지 두 물체를 방해하는 듯한, 마치 어떤 두 생물이 교감을 나누고 있는데 가로막는 느낌이 들었기 때문이다. "단순한 '오브제'일 뿐이야"라고 확신하면서도 관람객은 전시장에 진열된 한갓 오브제를 단순한 미적 대상 이상으로 느끼고 있는 자신의 모습에 오히려 당황한다.

이 기분 나쁜 생소함과 어색함은 무엇을 말하는가? '사르트르적 구토'를 느낀다. 『구토』에서 앙투안 로캉탱이 손에 든 한갓 오브제인 작은 돌에 이상한 기운을 느꼈을 때와 비슷한 감정이 치밀어 오른다. 어쩌면 위대한 근대적 명증성을 침범하려는 데 대한 '데카르트적 구토'라는 것이 좀 더 정확할지도 모르겠다. 이우환의 조각 작품이 파리에 전시되기 시작한 1970년대 초, 몇몇 예민한 프랑스 비평가들의 반응이 이와 같았다.

제1장
자연과 타자

평범한 돌을 찾아서

심은록(이하 '심') : 유럽에서 전시하기 시작하면서, 조각에 필요한 돌을 찾는 과정에 많은 어려움이 있었다고 들었습니다. 돌을 찾는 특별한 기준이 있었습니까?

이우환(이하 '이') : 흔하고 평범해 보이는 그런 돌을 찾았습니다.

심 : 예? 흔한 돌을 찾는데, 어려우셨나요?

이 : 아이러니하겠지만 그랬어요. 예를 들어 1971년 「파리 비엔날레」 전시를 위해 돌을 구해야 했습니다. 친한 지인의 부인이 나를 자신의 차에 태우고, 일주일가량 퐁텐블로니 파시니 파리 근교를 매일매일 돌을 찾아다녔습니다. 그런데도 돌을 찾을 수 없었습니다.

다음 날이 전시회 오프닝인데, 여전히 돌을 못 찾아서 허탈해 있었어요. 일본 친구들도 걱정이 되어 "다른 작품을 구상해보라"고 그랬을 정도입니다. 나는 자포자기 심정으로 완전히 허탈감에 빠져서 어떻게 해야 할지도 모르고, 당시만 해도 담배를 피울 때라 담배를 피우며 뱅센 숲을 산책했습니다. 당시 파리 시립미술관 공사 때문에 이 숲의 플로랄 공원에서 전시회가 개최되었습니다. 그때가 여름이라 제법 늦게까지 해가 남아 있어 한참 산책을 하고 있는데, 눈앞에 내가 찾는 돌들이 주르르 널려 있는 겁니다. "아! 이게 어떻게 된 거야?" 눈을 닦고 다시 보아도 틀림없는 돌이고 만져봐도 틀림없는 내가 찾는 꼭 그 돌인 거예요. 달려가서 친구들한테 말하고, 손수레를 몇 개 가지고 친구들이 도와서 일고여덟 개의 돌을 옮겨 와 진열을 잘 마쳤습니다. 호텔로 돌아와 모처럼 맘 편하게 잘 잤지요.

그다음 날 늦게 어슬렁어슬렁 전시장으로 갔습니다. 그런데 경찰관 두 명이 와 있고, 당시 일본 커미셔너인 오카다 다카히코와 전시 전체 어시스턴트 다니엘 아바디가 기다리고 있었습니다. 경찰관 중 한 명이 "이 돌은 훔친 돌이니 원래 있었던 곳에 당장 가져다 놓으라"고 그럽니다. 나는 통역을 통해 "이 돌들은 먼 데서 가져온 것"이라고 했어요. 그랬더니 "그런 소리 자꾸 하면 잡아넣든지 법적으로 큰 문제가 생길 것"이라고 하는 거예요. 이러는 와중에 일본 기자, 한국 기자, 공교롭게도 일본 대사관 공사와 한국 대사관 공사까지 왔습니다. 사람들도 모이고 웅성웅성 난리가 났어요. 그 당시 비엔날레 총감독 조르주 부다유도 어떻게 알았는지 왔어요. 부다유는 전시 며칠 전에 지인 소개로 같이 점심 식사도 하고 차도 마셔서 안면이 있었습니다. 끝까지 잡아뗄 수가 없어서 결국 솔직하게 말했습니다. "사실은 가까운 데서 가져왔다. 이것 없으면 작품이 안 된다. 전시가 끝나면 꼭 갖다 놓겠다. 그러니 용서해다오"라고요. 그렇게 이야기하니까 한국 공사, 일본 공사가 서로 보증을 서겠다고 하고, 부다유도 "내가 모든 책임을 지겠다"고 경찰에 말했습니다. 그러니까 경찰 측에서도 한발 양보해줘서 무마가 되었습니다.

하필 내가 찾는 돌이 왜 거기에 있었는지 이상해서 사람들에게 물어봐도 아무도 모르더군요. 이삼일 뒤 일본 공사가 다시 왔습니다. 그 돌이 있었던 곳이 바로 '일본 정원'이라는 겁니다. 그러니까 그 돌은 일본에서 가지고 온 것이에요.

심 : 프랑스의 그 많은 돌들 가운데 일본 돌을 찾아내시다니요.

이 : '개 눈에는 똥밖에 안 보인다'고 내 눈에는 일본 돌이나 한국 돌만 돌로 보인 겁니다. 그때 처음으로 유럽에 왔으니까, 여기 자연이니 뭐니 내가 모르는 거예요. 프랑스에 와서 한국 돌이나 일본 돌을 찾아다녔던 겁니다. 아무리 뺑뺑 돌며 수많은 돌들을 봐도 내 눈에는 돌이 아니었습니다. 마침내 내가 찾는 돌을 발견했는데, 그게 일본에서 가져온 돌인 거예요. 그러니 내 눈에 익숙한 그 돌들만이 돌로 보인 겁니다.

심 : 유럽 돌을 조각에 사용하게 되신 것은, 그러니까 유럽 돌이 돌로 보이게 된 것은 언제쯤부터입니까?

이 : 독일의 M 갤러리에서 1975년경인가 전시를 할 때였습니다.

지금은 은퇴해서 다른 일을 하는 M 갤러리스트와 역시나 돌을 찾으러 다녔습니다. 그는 내가 도착하기 전에 미리 숲 속의 돌도 봐두고, 또 아는 사람들한테 내가 이러저러한 돌을 찾는다며 문의해놓아서 여기저기 다녔습니다. 그 사람의 자동차로 다니며 "이것은 어때?" "저것은 어때?" 하는데, 나는 모두 아니라고 했어요. 그가 사방에 전화를 걸고, 이 마을 저 마을 찾아다니기 시작했습니다. 언덕, 개울가, 숲 속 등 별 곳을 다 다녔어요. 갤러리에 게스트 하우스가 있으니까 거기서 묵으면서 식사도 같이 하고, 뭐 또 마을의 카페에서 맥주도 마시며 이런저런 이야기를 하고…… 당시만 해도 내가 독일어를 조금 할 줄 알아서, 말하는 것을 한참 들으면 이해도 되었습니다. 독일어 반, 영어 반 섞어 이야기하면서 그렇게 돌을 찾아 며칠을 돌고 돌았습니다. 이렇게 매일 돌아다니니까 조금씩 그 도시 공기에 익숙해졌습니다. 전람회가 임박해서 빨리 돌을 찾아야 했는데, 다행히 조금 투박하고 시커멓기는 하지만, 좋은 돌 몇 개를 발견해서 차로 실어다가 갤러리에 진열을 마쳤습니다.

그러고 나서 차를 마시며 갤러리스트와 이야기를 하는데, 그가 "사실 저 돌들은 내가 맨 처음에 당신에게 보여준 돌들이었다. 그때 당신은 그 돌들은 안 된다고 했는데, 그때는 왜 그랬는가?" 하고 묻는 거예요. 내가 "아, 그랬던가? 나는 기억이 없다"고 그랬습니다. 그런데 나도 이상해서 곰곰이 생각을 해보니까, 처음 볼 때는 그 돌에 익숙지 않았는데, 며칠 그 지역을 헤집고 다니고 또, 그곳에서 지내면서 차츰 풍경이 익숙해지니까 그게 평범하고 그럴듯한 독일식의 돌로 보이기 시작한 겁니다.

그 이후로 파리와 유럽에서 수없이 전시를 하면서 자주 왕래하니까 주변에 있는 돌들이 돌로 보이기 시작합니다. 유럽 돌과 전시장 주변에 있는 돌들도 다 돌로 보이게 되었습니다. 내 감각이 활성화된 것입니다. 처음에는 자기가 아는 것만 가지고 전혀 있지도 않는 곳에서 그것을 찾아 돌아다녔으니, 고정관념이 그렇게 넘어서기가 힘든 거예요.

심 : 환경이 익숙해지니까 돌이 돌로 보인다니 정말 신기합니다. 돌도 그러니, 다른 사물이나 다른 사람들을 볼 때도 무의식적으로라도 그러한 작용이 발생할 것 같습니다.

이 : 그래요. 내가 40여 년을 돌아다니다 보니까 흑인, 황인, 백인 모두가 그 나름대로 보이고 대화가 됩니다. 하지만 처음에는 말을 몰라서가 아니라 무섭기도 했고, 나와는 전혀 통할 수 없는 사람인 것 같았습니다.

심 : 이제는 쉽게 '평범한 돌'을 발견하시는지요?

이 : 그렇지도 않아요. 일반적으로 돌들은 특성이 있거나 희한한 형태나 색채를 지니고 있습니다. 특수성이 두드러지는 돌은 그 주장이 너무 강해 곤란하니까, 두루뭉술하게 별 성격 없이 어디에서나 굴러다니는 그저 돌이라는 느낌을 주는 것이 필요합니다. 처음에는 그런 돌을 강가나 산 밑에서 구했지만, 오늘날은 합법적으로 돌 파는 집에 가서 내가 쓸 만한 돌을 고를 수밖에 없습니다.

그리고 자연에 있는 것을 주워 오거나 돌집에서 구매하더라도 나중에 쓸모가 없어지면 돌을 자연에 되돌려주거나 돌집에 가져다주니까, 이것은 결국 일종의 '차용'일 뿐입니다. 한 걸음 더 나아가 생각하면 이 세상 모든 것이 다 차용 아닙니까.

심 : 차용한 후, 어떻게 설치하시나요?

이 : 두루뭉술한 돌을 갤러리나 미술관에 가져다 놓으면, 아무리 큰 돌이라도 처음에는 존재감이 나오는 것이 아니라 왜소하게 보입니다. 왜 그런가 하면, 돌이 자신이 살던 관계에서 떨어져 다른 데로 왔기에 자기 위치나 장소를 모르기 때문입니다. 이는 어린아이나 강아지를 억지로 떼어다 다른 장소에 데려다 놓으면 막 울어대며 어쩔 줄 몰라 하는 것과 같습니다. 그럴싸한 공간을 찾아 돌을 잘 달래고 철판과 마주 보게도 했다가 세워도 보았다가 눕혀도 보았다가 하면, 차츰차츰 돌이 존재감을 나타내기 시작하고 자기 얼굴을 하게 됩니다. 이는 상당히 재미있는 현상이에요.

돌이 벌렁 누워 있는 느낌을 주어야겠다 하면, 거기에 맞춰 철판을 비스듬히 세운다거나, 혹은 철판이 바닥에 찰싹 붙어 있을 때는 돌을 약간 일으켜 세웁니다. 이렇게 해서 움직임이 생겨나야 합니다. 돌과 철판을 어떻게 놓는지에 따라 즉, 돌을 약간 눕히든가 세우든가 앉히든가에 따라서 전체 공간에서 공기가 움직이기 시작하고 여러 가지 느낌이 오는 상황이 벌어집니다. 이처럼 돌과 철판이 공간 안에서 숨 쉬기 시작하고 살아 있는 느낌을 줄 때까지 나 나름대로 많은 시도를 합니다. 그러는 가운데 작품성이 천천히 나타납니다.

심 : 그런데 아트페어처럼 선생님께서 직접 설치할 수 없는 경우

에는 어떻게 하십니까?

이 : 어쩔 수 없는 부분은 있지요. 그래서 드로잉, 사진, 메모가 필요합니다. 그러고는 학예원이나 작품 관리하는 사람들의 감성에 많은 부분을 맡기거나 의지할 수밖에 없습니다. 센스가 나쁜 사람한테 걸리면 이상하게 진열이 될 테고, 좋은 사람한테 걸리면 제대로 되겠지요.

그런데 이 문제는 나만이 아니라 모노하의 다른 작가들에게도 해당되는데, 모노하는 공간이나 위치에 따라서 작품이 조금씩 달라지는 것이 특징입니다. '꼭 이래야 된다' 하는 것은 없습니다. 근대적 작품들처럼 어디에 갖다 놓아도 똑같아 보이는 것과는 달리, 진열에 따라 다르게 보이는 것이 모노하 작품들의 특성이고 또한 내 작업의 특성입니다.

'자연'으로 돌아가라고?

심 : 저는 '문화'는 각기 다르지만 '자연'은 모두에게 친근한 것이기에, 마치 중세의 '보편개념'¹⁾처럼 보편적 혹은 공통된 개념이라고 생각했습니다. 그런데 돌과 관련된 선생님의 일화를 들으며 시공간적 상황에 따른 자연에 대해 다시 생각하게 되었습니다.

이 : 문화의 개념이 안정화를 지향하려는 공동체의 언표라면, 오히려 자연은 영원히 대상화될 수 없는 가변적, 미지적, 외부적인 것입니다. '자연'이라는 것은 근대 인간 쪽에서 보면 완전히 뭐가 안 되어 있는 '카오스'의 개념인데, 아시아와 아프리카의 자연이라는 것은 카오스의 개념이 아닙니다.

내가 고등학생일 때 사회 시간에 루소가 "자연으로 돌아가라, 자연의 이상향으로 돌아가라"고 했다고 배웠습니다. 그런데 읽어보면 그렇게 안 되어 있잖아요. 루소의 자연관은 양의적입니다. 루소가 자연으로 돌아가라고 쓰지도 않았을 테고, 자연이 이상향이라서가 아니라 오히려 일단은 제도에서 역동적인 카오스로 돌아가야 한다는 이야기에 가깝습니다. 막연히 그냥 돌아가라는 것이 아니라 현재를 반성하고 원점으로 돌아가서 다시 생각하자는 것이에요. 『사회계약론』에서 알 수 있듯이, 무질서해 보이는 자연에서 인간 사회를 계약으로 새로 만들어 짜야 하는 그런 것입니다. 루소의 『인간 불평등 기원론』에서 '기원'은 '자연' 아닙니까? 그러니까 불평등한 기원을 평등이라는 개념으로 계몽을 해야 한다는 것이 그 사람의 발상입니다. 그 당시 계몽주의자나 백과사전파의 사상적 배경도 이와 마찬가지로 그 콘텍스트를 알아야 합니다.

심 : 저 역시 그렇게 배웠습니다. 문제는 어렸을 때 그렇게 배우니까, 나중에 원전을 읽어도 계속 어렸을 때 배웠던 그 고정관념 안에 남아 있게 됩니다. 눈으로 보아도 보이지 않습니다.

이 : 나도 그랬어요. 한국뿐 아니라 어느 나라든 많은 해설이 그렇게 되어 있어요. 그래서 읽어내는 힘이 필요한 거예요. 중동이나 북아프리카의 자연과 동북아시아 몬순 지방의 자연은 아주 다릅니다. 피라미드 같은 절대개념도 이러한 자연에서 세워진 사막 문화에서 발생한 것입니다. 유럽 문화의 요람이 되는 고대 펠로폰네소스는 거의 사막과 같이 건조한 자연 풍경입니다. 또한 고대부터 유럽은 사막 문화를 지니고 있는 근동아시아, 이집트, 북아프리카와 문화종교적(유대기독교, 이슬람교)으로 교류하고 영향을 받았으며, 이러한 서구에서의 자연은 싸워서 쟁취하는 것입니다. 기독교도 이슬람교도 생텍쥐페리의 『어린 왕자』도 사막 발상 문화에서 나왔고, 예술이고 뭐고 모두 그렇습니다.[2]

그러나 오늘날 우리는 사막에 살지 않습니다. 그러니 더 이상 절대도 없어요. 하지만 오랫동안 절대 문화 배경에서 살아왔기에 아직도 그 습관을 놓지 못하고 있는 거예요. 거기에 문제가 있습니다. 그런 인간화된 절대성은 재고해야 합니다.

반면에 동북아시아의 자연은 카오스라거나 투쟁해서 살아남아야 한다기보다는 보이지 않는 질서가 있고 편안하고 주어지는 그런 개

넘입니다. 농경적이거나 숲의 자연이에요. 동북아시아 사람들은 오랫동안 절대나 절대 신에 대한 개념이 아주 약했습니다. 그 대신에 애니미즘과 같이, 꼭 애니미즘이 아니더라도 주변의 동물, 나무, 돌과 친근감을 갖는 것은 오랫동안 몸에 습관적으로 배어 있는 부분입니다.

그러나 여기 서양 사람들은 인간사를 위주로 해왔기에, 사물과는 별개로 인간만 관련하여 타자론을 말합니다. 이것도 그들의 자연관과 관계가 있을 것입니다. 사막에는 거절의 자연은 있어도 친숙할 수 있는 자연은 없고 인간만 있는 느낌이거든요. 그래서 인간 중심으로 세계를 형성하고 거기서 타자론이 나오니까, 인간이 아닌, 서로 다른 것과의 대화나 책임을 이야기하는 데에 중개 역할이 없으면 참 힘들어집니다.

'전통'으로 돌아가자고?

심 : 그래서 일부 아시아 작가들, 특히 중국 작가들은 자연과 일체가 되어 호흡하던 옛날 노장자의 시대를 이상향으로 생각하기 때문에 노장철학을 자신들의 작품의 이상으로 반영하고 싶어 하는 걸까요? 2011년에 중국을 방문했을 때 쩡판즈, 쑹둥 등 젊고 세계적인 작가들에게서 이러한 성향을 보고 왔습니다.

이 : 중국은 오랜 시간 축적되어 이것저것 섞여가지고 엄청난 힘을 가졌기 때문에 결코 쉽게 이야기될 수가 없습니다. 바깥에서 볼 때 중국 내부에서 어떻게 생각하는가, 이게 이슈가 안 될 수가 없죠. 그런데 최근 일부 중국 작가들이 전통적인 발상으로 되돌아가는 것 같다(세계화와 대비되는 의미로서의 일종의 '중국화')라는 말을 들을 때마다 좀 갸우뚱하게 됩니다. 그들이 옛날 노장자 시대로의 회귀를 생각한다는 것이 과연 무엇을 뜻하고 어떤 가능성과 부정성을 가져오는가 하는 것은 간단한 문제가 아닙니다. 그런 점을 옆 나라들에 비추어본다면, 한국은 한국으로 돌아가야 하고(한국화), 일본은 일본으로 돌아가야 한다(일본화)는 건데 그것은 불가능합니다. 나 자신도 '한국인으로서 한국으로 돌아간다'[3], 이건 불가능해요. 그렇다고 다른 나라로 간다는 것이 아니라, 돌아갈 고향이 없다는 말입니다. 역사의 흐름은 늘 비연속의 연속으로, 다른 것이 첨가되면서 자기 것이 다시 걸러지고 그러면서 어떤 무엇인가가 반半지속적으로 나타나는 것이기 때문입니다.

동북아시아의 자연의 개념이 편안하다고 해서, 그리고 농경 혹은 숲의 자연이라고 해서 이 개념이 세계 어디에서나 통하리라고 생각하면 안 됩니다. 보편적으로는 동북쪽에 살고 있으니까 예전에는 아무래도 태양에서 멀어지는 북쪽을 의식하지 않을 수가 없었고, 농경에 의지했으니 동남쪽의 자연을 중시하지 않을 수 없었습니다. 그러나 현대는 문명 시설이 해결해주는 시대라, 여름이면 모두 에어컨 속에 들어가 앉았기에 도시 생활에서는 북쪽이니 동쪽이니 아무런 의미가 없습니다. 그런데 돌아가자고요? 어디로? 지금은 경쟁해서 살아남아야 하는 시대인데, 옛날 농경적인 발상의 자연으로 돌아가자는 것은 말도 안 되고 그렇게 할 수도 없습니다.

모든 '문명'은 돌아가는 쪽으로 되어 있지 않거든요. 그러나 '문화'는 때때로 회귀본능을 나타낼 때가 있습니다. 문화에는 앞으로 나가는 것을 뒤로 잡아당기는 보수적이고 수호적인 측면이 있어서, 문명과 역행할 때가 자주 있습니다.

좋은 측면도 있을 수 있는데, 자기를 발효시킨다는 의미가 있을 수 있습니다. 가령 여기 유럽에서도 작가들이 칸트나 헤겔 같은 근대 사상가들이나 혹은 플라톤이나 헤라클레이토스와 같이 고대 사상가들로 거슬러 올라갈 때가 있습니다. 이는 첫 번째로는 자기를 펴기 위해 끌고 오는 하나의 방편일 수가 있고, 두 번째로는 고대 이후에 오랫동안 걸어온 역사를 조망하면서 갈 길을 점검해보겠다는, 즉 현대에 대한 비판적 발상이 들어 있습니다. 그러니까 그것은 고대로 돌아간다는 이야기가 아니라, 근원적인 곳에 서서 오늘날을 비판적으로 다시 보자는 이야기지요. 이는 단순한 '중국화'하고는 다른 관점입니다.

심 : 선생님께서 지적하신 대로 중국 현대 작가들이 노장자 시대로 회귀하자는 것이 아니라, 자신의 사상을 예술로 전개하기 위한 한 방편이자 또한 중국에서는 아직도 직접적으로 체제를 비판하는 것은 어려우니까 현재 상황에 대한 간접적인 비판을 가한다는 의미인 것도 같습니다. 그런 의미에서는 '회귀'가 아니라 '참조' 혹은 '비판적 준거'가 된다고 할 수 있겠습니다. 선생님께서도 근대적 사상 구조를 철저히 비판하면서 동시에 적용하신다고 보는데요?

이 : 대학에서 철학을 전공하면서 근대 전후 철학자들의 책을 읽으며 많은 의문을 느끼면서도 압도적인 영향을 받았고, 그런 영향 하에 나 자신을 형성해왔습니다. 그런데 나이를 먹고 작업을 해나가는 과정에서 역시 근대주의랄까, 칸트나 데카르트의 발상이 그거 좀 문제구나라는 것을 점점 더 철저하게 느끼지 않을 수가 없었습니다. 데카르트, 칸트, 헤겔을 거쳐 사르트르까지 오는 커다란 맥락에서, 조금씩은 다르지만 '나는 생각한다, 고로 존재한다Cogito ergo sum'라는 입장에서 벗어난 철학자를 찾아보기가 힘듭니다. 모든 게 자아에서 출발합니다. 물론 데카르트와 같은 시대에 '인간은 생각하는 갈대'라고 본 파스칼처럼 대단히 이성적이면서도 감성적이며 인간을 어정쩡한 중간자적인 존재로 본 철학자도 있었지만, 시대는 파스칼을 버리고 데카르트를 택한 것입니다. 이것이 시대의 운명이에요. 또 스피노자[4]처럼 신체를 양의적으로 보며 부분적으로는 자아

에서 벗어났지만, 그 사람조차도 양다리를 걸친 느낌이 있습니다. 특히 스피노자가 풀이하는 것은 아주 범신론적이고 자연적인 큰 부분이지만, 증명을 하려고 달려드는 방법론 자체가 자아론에 걸려 있습니다. 『에티카』라는 것이 증명론이거든요. 하긴 그는 데카르트나 주변을 늘 의식하며 사고했기에 어쩔 수가 없었어요. 이러한 계통을 쭉 거슬러 올라가면, 하이데거가 지적했듯이 플라톤에 연유한다 해도 과언이 아닐 정도로 동굴 속에서 살아온 그런 느낌이 있습니다.

심 : 자기의식의 완성을 위한 서구 동굴론과 비교하면, 한국은 오히려 자신을 비우기 위해서, 하물며 단군신화에서는 다른 존재가 되기 위해서 동굴 속으로 들어갔던 것 같습니다. 그래서인가요, 자아론이라는 것이 어색하고, 여전히 '나'라고 말하기보다는 '우리'라고 말하는 것이 편합니다.

이 : 그래요. '우리'는 '나'가 나오기 이전인 봉건적인 씨족 공동체의 개념에서 형성된 것이에요. 근대를 제대로 겪지 못한 한국의 정신적 차원에서는 아직도 '나'보다는 '우리'가 압도적으로 편한 거지요. 또한 시대보다는 지역적인 문제도 무시 못 해요. 내가 어릴 때부터 읽고 경험한 것, 한국에서 태어나 자라면서 느낀 것, 중국의 고전 사상서 등에서 얻은 것에서는 아무리 여러 가지 방향으로 해석을 해보아도 자아 중심으로 보는 눈은 대단히 약합니다. 자아 중심으로 본다기보다는 안팎이 섞여 있다든가 때로는 안과 밖이 서로 교류한다거나 그런 측면들이 강한 것을 부정할 수가 없습니다. 나는 '서양', '동양'이라는 말처럼 구분 짓는 것을 정말 싫어하지만 어쩔

도리 없이 사용한다면, 서양에서 르네상스와 산업사회는 자아의 발달과 밀접한 관계가 있으며, 이 덕분에 사회가 엄청난 발전에 이르게 된 것은 사실입니다. 예를 들어 쇼펜하우어의 『의지와 표상으로서의 세계』에서 '표상'이라는 것은 하이데거의 말로 바꾸면 안에 있는 생각(의식)을 바깥으로 드러내는 것이거든요. '표상Vorstellung'은 '앞에vor 세운다stellen'는 것이고 영어로는 '재현representation'인데, 내부(자기의식)에서 제시한 것을 바깥으로 '다시 한 번re 제시presentation'하는 것입니다. 그러니까 자기의식이나 개념을 바깥으로 드러내 이를 형식화하고 자동화automation하면 산업사회가 형성되는 것입니다. 자기 내부에서 형성된 개념을 바깥으로 드러내지 않으면 산업사회가 올 수가 없습니다. 예를 들어 머릿속에서 생각한 '컵'이라는 이미지의 개념을 생산하면 그것이 몇십만 개든 눈앞에 오브제로 나타나게 된다는 이야기지요.

그러나 내외가 통풍이 잘된다거나 안에 있는 것이 바깥으로, 바깥에 있는 것이 안으로 오가며 서로 두루뭉술하게 살면, 이건 마르크스가 말한 대로 '아시아나 아프리카적인 생산양식'에 머물 수밖에 없습니다. 마르크스처럼 발전이 위대한 것이고 엄청난 가치가 있다는 역사관에 선다면, 서양의 자아중심론이라는 것이 대단히 위대한 논리가 됩니다.

그런데 또 다른 측면에서 꼭 그렇게 발전해야 되고, 발전한 것이 과연 잘되었는가? 인류의 장래나 지구의 현실로 본다면, 모든 것을 근대적인 산업사회로 수렴시키는 것에는 많은 문제가 있음을 지적하지 않을 수 없습니다. 지금으로서는 그 내적인 것이 너무나 확장되고 증식돼서 부정하기도 힘들 만큼 커졌습니다. 자아가 자아를 넘어서고 또 넘어서며 엄청나게 큰 자아 세계를 형성해버려서, 바깥을 보기도 힘들고 바깥에 서기에는 더욱더 힘듭니다.

불행하게도 아시아는 내외(안과 밖)가 두루뭉술하게 왔다 갔다 하는 부분을 안고 있기 때문에 천천히 가고, 그래서 자아 발달이 된 사람들에게 먹힐 수밖에 없습니다. 뭐, 이미 먹혔지만…… 지금은 아시아 사람들도 태반이 생활 태도나 방법에 있어서 산업사회가 형성한 그 내적인 것에서 구르고 있지 바깥에 서 있는 것은 아닙니다.

그럼에도 불구하고 아시아 사람들의 저 밑바닥에는 밑창이 빠져 있어가지고, 자아의 많은 부분들이 바람이 샌다든가 물이 새 나가고 들어옵니다.[5] 무슨 이야기인지 아시겠지요?

심 : 예, 저도 여기 프랑스에 살면서 밑창을 메우고 살면 편할 것 같아서 노력했는데, 안 돼서 이제는 포기했습니다.

이 : 골똘히 생각하거나 경험한 것을 자꾸 파고들다 보면, 아시아 인들의 저 아래에서는 샘 밑바닥이나 우물의 수맥처럼 더 큰 바다, 보이지 않는 엄청난 곳에 물이 왔다 갔다 하는 그런 부분들을 느끼지 않을 수 없습니다. 그런 수맥을 쭉 찾아가다 보면 거기에 노장도 나오고 불교도 나오고 다 나옵니다. 달리 말하면, 인간 존재는 자아만 가지고 형성된 것이 아니라 자아 밖의 많은 것과 얽혀 있는 것입니다. 그런데 인간의 역사가 발달하면서 자아라는 특수성이 집요하게 확대되었고, 서양 사람들은 타자론을 말할 때 '절대타자'와 같이

타자를 이해할 수 없는 식으로 확정하고, 자아와의 간격을 도저히 좁힐 수 없는 타자가 있는 것으로 설정합니다. 이는 자아가 만들어 낸 타자입니다. 이러한 선상에서 보면 레비나스[6]도 사실은 자아중심자예요.

그런데 아시아에서는 자아가 애매한 것과 마찬가지로 타자도 애매합니다. 내가 기꺼이 늘 인용하는 장자의 이야기, '가까이서 보면 "나"이고 떨어져 보면 "그"이다'(『제물론』), 이 말은 데카르트가 들으면 환장할 이야기인데……

심 : 예, 틀림없이……

이 : 장자의 이 말은, 제일 가까운 것은 자기인데, 멀리 떨어져 보면 남이다. 즉, 자아나 타자라는 것이 거리의 역학에 준해서 형성된다는 말입니다. 그런데 이런 발상으로 거대한 우주 같은 것을 보면 아주 근사하지만 발전은 못 합니다. 거기에 문제가 있습니다.

젊은 프랑스 비평가들의 당혹감

심 : 1971년 「파리 비엔날레」로 다시 돌아가겠습니다. 그때 자연과 의식의 차이 때문에 선생님께서 예상치 못한 우여곡절을 많이 겪으셨는데요. 선생님께서 돌을 구하기 어려우셨던 만큼, 상대적으로 이곳의 예민한 관람객들도 선생님의 조각을 쉽게 받아들이지 못했을 것 같습니다.

이 : 그래요. 한 프랑스인이 전시된 돌을 보면서 이것을 내가 만들었느냐고 물었습니다. "이것은 내가 만든 것도 사회가 만든 것도 아니다"라고 하니 "왜 만들지 않은 것을 가져다 놓았느냐, 그러면 당신의 작품이 아니지 않느냐?"고 반문했어요. 그래서 "나나 시대나 사회가 만들 수 없는 부분, 내가 어쩔 수 없는 부분을 끌어들였다"라고 설명했는데도 이해하지 못했습니다. 그 당시는 아무도 이해하지 못했습니다. 한 젊은 프랑스 미술비평가는 "돌부터 어디까지가 작품이냐, 여기서 저기까지만 작품이냐?"라고 묻기도 했습니다. 또 다른 젊은 프랑스 미술비평가는 "돌들이 작가의 의도와 상관없이 제멋대로 지껄이기 때문에 당혹스러움을 감출 수 없다"고도 했습니다.

당시만 해도 그들에게는 만든 것만이 오로지 문제였고 말해진 것만이 대상이 되고 자기의식으로 포착 가능한 것만이 관심거리였습니다. 이전의 모더니즘이란 것은 내부만 바라보는 것 아닙니까? 내부만 바라보고 바깥 것은 관계가 없고, 그래서 내부를 잘 보기 위해서 틀을 만들고 차단시키고, 그렇게 내부는 성역이 되었습니다.

이제는 그렇게 질문하는 사람들이 더 이상은 없습니다. 이미 틀이 깨지면서 바깥과 안의 경계 또한 깨져 애매해지고, 그러면서 '어디부터 어디까지가 예술인지'에 대한 새로운 방식의 논의가 생기기 시작했습니다.

심 : 당시만 해도 의식 밖의 것, 외부에 대한 불안을 느꼈던 것 같습니다. 불안을 느끼고 싶지 않으니 인정하고 싶지 않았을 것이고요.

이 : 여기 사람들에게는 아예 의식의 바깥이 존재하지 않았습니다. 눈앞에 있는 나무는 우리 의식의 발현인 것입니다. 우리 미술 교과서에 보면, 몬드리안이 나무를 정리하는 그림이 있습니다. 나뭇가지를 정리하다 보면 최종적으로 두 개의 십자가가 나오고, 더 정리하면 하나의 십자가만 남습니다. 이처럼 애매해 보이는 자연을 정리해가면 추상이 나온다, 이렇게 배웠습니다. 이것은 완전히 잘못된 생각이에요. 사실은 처음부터 추상적인 개념을 구체적인 것에 갖다 맞춰서 정리하는 거거든요. 처음부터 십자가가 있는 거고 이를 십자가에 맞춰 조금씩 정리해간 것입니다. 생각을 자연에 짜 맞춘 것뿐입니다. 이게 근대 추상의 기본입니다. 그래서 몬드리안이나 말레비치[7] 같은 사람들이 '콤퍼지션'이란 제목하에 그림을 그리는데, '콤퍼지션'은 바깥이 존재하지 않는 세계입니다. 이것은 자기들 머리에서 짜낸 세계, 자기들이 만들어낸 세계라는 뜻입니다. 이것이 확대가 되어 근대사회가 형성된 것이고, 모든 것을 만든 것으로 채우는

그런 세계가 되었습니다. 근대주의는 '오브제'예요. 오브제를 완벽하게 하는 것, 그 자체만이 중요합니다. 한 예술가가 캔버스 위에 콤퍼지션을 만들었듯이, 나중에는 세상 전체를 모두 만들어진 것으로 채웁니다. 이는 정치적인 문제와도 거의 같습니다. 내가 볼 때, 어떤 의미에서는 예술만큼 정치적인 것도 없습니다.

이러한 것은 이미 칸트나 데카르트 같은 철학자들이 이론적으로 확립시켜놓았습니다. 칸트는 "저기 보이는 나무는 있는 그대로 보이는 것이 아니라 자기가 그렇게 구성해서 보는 것이다. 그러니까 그런 의식이 없으면 그렇게 보이지 않는다"라고 했습니다. 사실 학교 선생들은 학생들 앞에서 멋대로 마구 지껄이는 것이 아니라 생각을 정리해서 그 꾸며진 것을 이야기하는 것입니다. 또한 내가 심은록 씨 앞에서 뭔가 이야기할 때, 그대로 전해지는 것이 아니라 심은록 씨 듣고 싶은 대로 짜서 듣지 않습니까. 그러니까 모든 것이 있는 대로 보인다든가 들린다고 하기가 어려운 것이에요. 이런 의식 중심으로 보면, 의식 바깥이 존재하지 않습니다. 데리다의 『그라마톨로지』에서도 쓰인 것만이 세계이고 쓰이지 않은 것은 세계가 아닙니다. 쓰이고 만들어진 것만 세계라고 보고, 만들어진 것에만 적극성이 생기고 가치가 있다고 되어 있습니다. 나는 이러한 논리에 철저하게 반대합니다. 만들어진 것은 만들어지지 않은 것과의 관계에서 중요하고, 마찬가지로 쓰인 것은 쓰이지 않은 것과의 관계에서 중요하지, 만들어진 것 그 자체 혹은 쓰인 것 그 자체가 중요한 것은 아니거든요. 그건 데리다의 착각입니다. 그리고 데리다만의 착각이 아니라, 근대주의의 착각입니다.

심 : 그렇다면 말로 표현 가능한 것과 관련해서 말로 표현할 수 없는 경우도 논의되어야겠습니다.

이 : 그렇지요. 석가가 제자들 앞에 연꽃을 내밀자, 그들 중에 유일하게 가섭만이 빙그레 웃었잖아요. 그것은 말을 넘어선 메타포어이고 소통이 아닙니까. 말은 이차적인 것입니다. 이것은 말 이전에 통한다는 것이에요. 예술가는 어떤 만남을 통하여 세계를 재해석, 재제시하는 자라고 볼 수 있습니다. 때때로 만남은 너무 경이롭거나, 의아하거나, 놀라운 일이어서 말문이 막히는 겁니다. 만남의 순간에는 말이나 표현이 불가능합니다. 아침에 무심코 창문을 열었는데 더없이 파란 하늘을 만났을 때, 옛날 살던 집의 폐허에서 내 성경이 썩어 재가 된 것을 우연히 발견했을 때, 여행지의 아무도 없는 밤 골목에서 유령을 보았을 때, 급사한 친구의 얼굴과 대면했을 때, 또는 병실의 창가에 서서 바깥에 바람 지나가는 소리를 들었을 때, 아! 하고 절구絶句하였습니다. 어떤 뛰어난 예술가, 철학자라 할지언정 바로 그 순간에는 그냥 뺑해지는 것이지 아무것도 할 수 없습니다. 이처럼 어쩔 수 없는 현상이 있다는 것을 알아야 합니다. 사실은 말 아닌 "아!"가 다인지도 몰라요. 표현은 다음 문제입니다. 말은 두 번째가 아니라 세 번째쯤 될까요?

이우환의 예술을 일반적으로 '여백의 예술' 혹은 '만남의 예술'이라고 칭한다. 이처럼 '만남'이라는 용어는 그의 예술을 이해할 수 있는 키워드의 하나이다. 그의 노트를 보면, 다음과 같이 '만남'에 대해 적고 있다.

만남이란 미학적으로는 시적 순간의 경험이다. 그리고 이 시적 순간은 여백 현상으로 열리는 장소에서 일어난다. 만남은 자연이나 인간이나 사건을 포함한 타자와의 대면에서 일어나는, 극적인 열림의 장을 두고 말함이다. 작가는 만남을 일으키기 위해 일부러 작품을 만들어 장을 열어 보이는 것이다. 만남은 때때로 웃음이기도 하고 침묵이기도 하고, 언어와 대상을 넘어선 차원의 터뜨림이다.

심 : 그런데 의식의 바깥에는 무엇이 있나요?

이 : 만들어지지 않은 부분, 애매한 부분, 건드릴 수 없는 부분, 자기가 책임질 수 없는 부분(자신이 통제할 수 없는 부분)이 있으며, 바로 이곳에 타자의 문제가 존재합니다.

바로 나는 이러한 안과 바깥, 양면을 보면서 관계가 어떻게 형성될 수 있는지 묻고, 어떻게 책임을 질 수 있고 내가 할 수 있는 부분이 무엇인지를 지속적으로 묻고 있습니다. 이는 일종의 브레이크를 거는 것이기에 비판적인 태도를 취할 수밖에 없습니다.

심 : 조금 전에 근대주의와 관련하여 추상주의를 정치적 문제와 같다고 하셨습니다.

이 : 근대주의란 마치 제국주의나 식민주의처럼 생각하는 것입니다. 가령 일제강점기에 우리는 이미 성姓, 언어, 습성을 가지고 있는

데도, 일본 사람들이 쳐들어와서는 이를 다 갈아치우려고 했는데, 그게 바로 근대주의입니다. 20세기 중반까지도 기세를 떨치던 식민 지주나 제국주의는 특정 개념의 가치만을 인정하는, 즉 '자아동일성'을 진리로 여겼습니다. 자기 생각대로 펴는 것, 그러니까 지배자의 생각대로 영토를 경영합니다. 마찬가지로 화가는 캔버스를 식민지로 생각하고, 식민지를 경영하듯이 자기 아이디어를 내서 머리에서 짜낸 것을 거기에 몽땅 실현하는 게 소위 말하는 근대주의이고 추상주의였습니다. 근대적 의식을 가진 작가가 그린 그림에는 자율성과 독립성이 있어서 자립된 세계이기에 바깥 세계와 연결이 안 됩니다. 예를 들면 혁명운동 한다고 하면서 캔버스 안에 주먹을 그려 넣으면 이것은 완전히 제국주의를 하는 겁니다. 혁명이 아니라 파시즘을 하는 겁니다. 이건 예술가가 정치가가 못 되어서 캔버스 위에다가 정치를 한 겁니다. 근대의 가치관에서 본다면 인간의 생산 개념에 의한 문화가 우위에 있고, 거의 손을 대지 않은 자연 따위는 만들기 위한 소재에 지나지 않으며 무가치하고 비역사적인 것일 뿐입니다.

　심 : 근대 이전에는 어떻게 외부와 교통이 될 수 있었나요?

　이 : 이전에는 사회문제, 신화 혹은 성경을 그린다든가 그런 바깥 세계에 있는 것을 그림으로 재현하면서 바깥과 일부 연결이 될 수 있었습니다. 근대에 들어와서는 그런 것이 다 없어졌습니다.

　심 : 현대에는 외부와의 교류가 다시 시작되었다고 생각하십니까?

이 : 식민 지배를 받던 국가들이 독립하고 제국주의에서 해방되고 제각기 목소리를 낼 수 있는 시대가 온 것처럼, 이제는 예술가가 짠 그 세계를 캔버스에 몽땅 전개하는 외부가 없는 내부적인 그림은 깨지고, 주변과 얼마나 관계할 수 있는지 묻기 시작합니다. 오늘날 아프리카든 어디든 많은 나라들이 제각기 독립해서 다양한 사람들이 다양한 생각으로 서로 티격태격해도 같이 살아가고 있습니다. 마찬가지로 캔버스의 물질성이나 가능성을 살리고, 거기에 매여 있는 틀, 관여하는 붓, 물감, 작가 등 모든 것이 제각기 존재 이유를 가지고 거기서 만납니다. 캔버스도 자기 성격을 드러내는 그런 시대가 왔습니다. 그런 쪽에서 어떻게 그림이 성립되는가를 다루게 됩니다. 예를 들어 빈 캔버스만 가지고도 그림이라 하는 라우션버그[8]처럼 캔버스를 그냥 벽에다 건다든가, 로버트 라이먼[9]처럼 일부는 칠하고 일부는 그냥 둔다거나 하는 겁니다. 이처럼 실제로는 다 풀려 있는데, 단지 이론이나 논리가 뒤따라가지 못할 뿐입니다.

심 : 외부와의 교류를 가능하게 한 공로자 가운데, 인류학적 구조주의의 새로운 시각을 제공해준 레비스트로스를 언급하지 않을 수 없네요.

이 : 그의 『야생의 사고』를 보면, 인간의 행동이나 양식이 언제나 새로워지고 달라질 수 있으며, 또는 원상 복귀가 되거나 다른 측면을 나타내는 무궁무진한 양태를 나타낼 수 있는 생명력이 있다고 말합니다. 이것이 바로 '야생의 사고'라고 할 수 있을 겁니다. 틀은 있는데 틀에 얽매이지 않는 사고의 다이내믹함을 발견했다고나 할까

요? 이를 끌어낸 위대성은 간단히 넘어갈 수 있는 것이 아닙니다. 인간은 오랫동안 역사를 종적으로만 만들어서 거기에 합당하게 모든 것을 가져다 맞추려고 하는 혁명론 혹은 종교론 같은 이념론만 가지고 콘텍스트를 만들기 위해 주력해왔는데, 그 한계가 드러났습니다. 나는 레비스트로스를 읽으면서 종적인 것만이 아니라 횡적인 것도 오랫동안 존재해왔고, 앞으로도 그렇게 되리라는 암시를 받았습니다. 그의 더욱 다양하고 폭넓은 사상을 접하며 내가 새로 재생되는 느낌이었습니다.

심 : 마치 흄이 칸트를 '도그마적 잠에서 깨운' 것처럼 레비스트로스가 선생님을 근대화의 잠에서 깨어나게 한 것이군요.

이 : 그럴 수도…… 재미있는 것은 레비스트로스가 나온 시기가 근대가 깨진 시대입니다. 그가 등장하면서 인간의 과시, 실존의 절대성에 대한 주장이 문제시되고, 지나치게 이념적이거나 발전사관에 얽매이는 것은 결코 인류에 보탬도 되지 않을뿐더러 많은 과오를 저지를 뿐이라는 것이 밝혀졌습니다. 이러한 배경하에 1960년대 후반과 1970년대에 엄청난 힘을 가지고 레비스트로스 현상이 일어났습니다. 그의 사상이 조금만 더 일찍 나왔더라도 통용되지 않았을 겁니다. 이처럼 사상이라는 것은 시대가 만들어내는데, 그의 사상은 적절한 시기에 잘 나타났습니다.

심 : 그래서 푸코도 각 시대마다 다른 '에피스테메épistémè'[10]를 말한 것 같습니다.

이 : 맞아요. 나는 그런 데서 많은 힌트를 얻었습니다. 그의 '역사'

(『성性의 역사』, 『광기의 역사』 등)들은 조금 전에 말한 역사의 '수평성'을 드러내고 있다고 봅니다. 『성의 역사』는 거론해서는 안 되는 문제였는데, 더욱이 철학자가 그런 문제를 건드린다면 날아가버릴 수도 있거든요. 감옥도 사실은 건드려서는 안 되는 감춰진 부분입니다(『감시와 처벌』). 그런데 '성'이라는 것을 씀으로 인해서 '역사'가 흔들려버렸습니다. 욕망이나 충동 같은 것은 누가 막거나 감독할 수 없는 것이고, 더욱이 발전이나 진화라는 개념하고는 거리가 멀어요. 그런 감성을 말하는 것은 역사주의라는 게 얼마나 억지 체제인지를 알고, 그것을 쳐부수기 위한 겁니다. 감옥이 뭐예요. 감옥에는 사회를 찌르고 전복시키려는 사람들이 있습니다. 그래서 감옥의 역사가 쓰인다는 것 자체가 테러리즘인 거예요. 푸코는 역사가 될 수 없는 것을 끄집어내서는, 역사의 위선성을 고발하면서 시간성이나 공간성을 재조명한 것입니다.

심: 예전에 선생님께서 역사발전관을 가진 마르크스에게서 소화불량을 느꼈다고 하신 이유를 이제 이해하겠습니다.

이: 나는 옛날부터 마르크스를 읽으며, 뭔가 이건 좀 아니올시다 라는 생각을 가졌습니다. 사회를 좀 더 평등화한다든가, 생산력을 올려서 분배를 좀 더 철저히 하고, 소외된 계급을 해방시키는 쪽으로 사회를 끌고 가자는 등, 마르크스가 인류사에 있어서 정말 중요한 문제를 제기한 것은 사실입니다. 하지만 그는 이를 너무나 이상화해서 그대로 진전되면 파라다이스가 온다는 역사관을 표명했는데, 한 걸음 물러서서 잘 생각해보면 그렇게 단순한 문제가 아닌 겁

니다. 물론 나도 거기에 많이 젖었던 사람이지만요.

마르크스의 인류 사회의 순차적 역사발전관에 비춰 생산양식을 재해석해본다면 크게 유럽식, 아시아식, 아프리카식입니다. 간단하게 설명할 부분은 아니지만, '유럽적인 생산양식'은 이성적으로 완전한 콘셉트를 세워서 거기에 맞춰서 생산하기에 가장 근사하고 뛰어난 인간들의 생산양식인 셈입니다. 거기에 비해서 '아시아적인 생산양식'은 마르크스에 의하면 인류 역사의 애매한 단계로, 적극성과 합리성이 약한 것입니다. 이 생산양식은 인간의 이성에 의해서 온전히 이뤄지는 것이 아니고 자연적인 부분이 얼버무려지고, 반봉건적이며, 인간이 자연을 완전히 정복하지 못했기 때문에 자연의 힘이 많이 작용하는 자의 반 타의 반의 어정쩡한 양식입니다. '아프리카적인 생산양식'은 자연에 가까운 미개한 단계로 취급하였는데, 어찌 보면 '아시아적 생산양식'에 일부 포함되거나 아예 다룰 가치도 없는 그 이전 상태라는 의미로 받아들일 수 있습니다. 이는 인간의 의식이 거의 발달이 안 돼서 자연이 돌아가는 대로 맡겨버리고 거기에 완전히 순응하는 전혀 발전이 없는 그러한 양식입니다. 마르크스는 생산양식을 이같이 인간 중심으로 규정짓고, 거기에 맞으면 훌륭하다고 하고 거기에 모순되면 비꼬고 저 아래로 보며 멸시합니다. 그래서 아시아는 차별받아 마땅하고, 아프리카는 아예 무시해도 된다는 자세입니다.

심 : 다행히 에피스테메가, 좀 더 단순히 말한다면 세상의 관점이 바뀌고 있습니다.

이 : 그래서 오늘날 가만히 생각해보면, 아시아적인 생산양식이 아주 근사합니다. 일본, 중국, 한국이 생산력을 높이고 갑작스럽게 엄청난 부를 창출하는 사회현상을 이뤄낸 것은 사실입니다. 아시아 식이라기보다는 유럽이 해낸 방식이라고 해야 하겠지만 말입니다. 그럼에도 불구하고 아시아 사람들이 해낸 것이나 행위에는 유럽인들이 봐서는 이해할 수 없는 애매한 부분, 뭔가 얼버무려진 부분이 늘 따라다닙니다. 그런데 바로 이러한 양의적인 부분이 때에 따라서는 대단한 다이내믹함을 가지고 세계에 위협을 가할 정도의 힘이 됩니다. 또한 기술이나 물건을 자연과 더불어 보는 그러한 애매한 시각이 더 미래적이며 더 열려 있다는 것은 많은 서양학자들도 지적하는 바입니다.

더욱이 오늘날 필요한 것이 정말 무엇인지, 철학자나 예술가가 생각하는 쪽에 서서 뚫어지게 생각해볼 때 어떤 의미에서는 생명의 문제라든지, 생명 저 너머에 있는 카오스의 문제, 죽음의 문제라든지 이런 것은 과학과 현대 문명으로도 해결이 안 되는 엄청난 문제들입니다. 생명의 위협이 어디서 오고, 생명의 밑바닥에 무엇이 있고, 이 생명이 무엇과 연관되는지 생각 안 할 수가 없습니다. 이때 우리에게 힌트를 주는 원초적인 것, 야생적인 것을 상기 안 할 수 없고, 아프리카로 가지 않을 수 없습니다. 그 경우에는 가장 업신여겨왔던 '아프리카적인 생산양식'이 가장 미래적일 수 있고, 인류의 근원을 찾는 데 큰 참조나 힌트를 주는 지역일 수 있습니다. 물론 아프리카는 사회적으로 엄청난 문제를 안고 있고, 너무나 비참하고 불행한 문제들이 널려 있습니다. 그럼에도 불구하고 왜 아프리카인가 하는 것은, 그 사람들이 가지고 있는 신체적인 힘이나 보일 듯 말 듯 카오스[11]와 연결되어 있는 그 무엇인지 알 수 없는 깊은 암흑 같은 것이 우리가 들여다봐야 할 중요한 부분이라고 여겨지기 때문입니다. 그 경우, 우리는 인류에게 가장 중요한 새로운 계기 혹은 반성을 촉구할 수 있는 주요 모티브를 아프리카에서 찾고, 아시아 양식에서의 자연적인 부분을 다시 되돌아봐야 합니다.

물론 여기서 내가 아프리카적이라고 말할 때, 이는 지도상의 아프리카만을 말하는 것이 아닙니다. 착각하면 안 돼요. 레비스트로스식으로 말하면, 아프리카적인 것이나 야생적인 많은 부분을 지구 어디서나 볼 수 있습니다. 아프리카를 들여다보고 생각하는 것은 아주 중요하지만, 아프리카적인 것이 꼭 아프리카인들에 의해서만 이루어지는 것은 아니라는 이야기입니다.

심 : 차라리 아프리카적인 것이 아프리카인들에 의해서만 가능했으면 좋겠습니다. 현 세상은 아프리카적인 것조차도 서양인들에 의해 형성되거나, 그들에게 검증받지 못하면 아프리카적으로 인정되지 못하는 경우가 허다하기 때문입니다.

이 : 그래서 1970년대에 아프리카적인 재즈, 미국화된 재즈가 논쟁이 된 적도 있습니다. 어떤 의미에서는 한쪽은 진짜 아프리카적이고 다른 한쪽은 만들어진 아프리카라고 할 수도 있는데, 사실은 양쪽 다 필요합니다.

심 : 진짜 아프리카적인 것이 서구식 아프리카적인 것으로 교체되

는 경우를 흔히 봐와서 안타까워 드리는 말씀입니다.

이 : 그러니 진짜가 가짜가 되고, 가짜가 진짜가 되는 겁니다. 그래서 늘 확인이 필요합니다. 서양 사람들의 큐비즘 일부도 그랬지만, 포비슴도 아프리카를 많이 참조한 것이 아닙니까? 아프리카인들이 한 것이 아니고, 아프리카를 참조해서 다이너미즘을 다시 살리는 데 많이 도움이 된 것이거든요. 비록 식민주의하고도 많은 관련이 되었지만…… 어쨌거나 그렇게 해서 아프리카가 주요한 참조로 떠오른 것은 부정 못 합니다. 양쪽 다 필요합니다.

심 : 옛날과 현재의 예술의 역할이 상당히 달라졌습니다.

이 : 오늘날의 예술은 옛날처럼 커다란 메시지를 주는 것이 아닙니다. 예전에는 커다란 뜻이 없으면 "뜻도 없는 예술을 왜 하느냐"고 했습니다. 옛날에는 뜻을 만들려고 했지만, 다양성이 요구되는 오늘날엔 특정한 뜻을 만들려고 하는 것이 아닙니다. 거창한 얘기로 역사를 뒤엎는다든가 무슨 혁명으로 세상을 바꾸는 식의 대大창조 예술은 끝났습니다. 그런 위선적인 대서사시는 불가능해요. 현대는 너무나 복잡하고 많은 것이 뒤섞여서 아웅다웅하고 삐걱거리며 웅성둥성(이우환의 조어) 가는 거예요. 그러니 대예술가는 없습니다. 오늘날은 예술가인지 건달인지, 예술인지 쓰레기인지 모르는 광대놀이라고나 할까. 그러면서도 이 시대를 상징하는 메타포어를 보여야 해요. 앞날을 제시하는 비전이라든가 거창한 꿈을 투사하는 것이 아니라, 그런 것이 다 깨지고 잡다한 황무지에 서 있다는 느낌을 환기시키는 것이 중요합니다. 현대미술이 중요하고 어렵다는 얘기는

바로 이런 뚜렷한 제시 없는 제시이기 때문인지도 몰라요. 오늘날은 예술이 뭔지는 정확히 모르더라도 느낌과 생각을 준다든가, 뭔가 공기를 전환시키거나 통과지역적인 역할의 가능성을 생각합니다. 이처럼 서로 다른 경로의 사람들이나 여러 영역과의 대화 혹은 관계를 제시하고 보여줄 수 있는 것이 오늘날의 예술이 할 수 있는 일이며, 예술의 역할이라고 봅니다.

심 : 그래서 예술가의 역할이 더 중요하고 복잡해졌습니다.

이 : 오늘날 예술가들은 참 어려운 고비에 서 있습니다. 현대 예술가는 자기와 다른 사람들과 대화도 해야 하고, 동물과 사물들과도 대화까지는 아니지만 만남을 가져야 하고, 이런 경우에는 이것이 어디서 어떻게 가능한가 등의 문제를 염두에 두어야 합니다. 예술가들은 늘 의문만 있고 답에 대해서는 거부반응을 느끼는, 그래서 종교가는 될 수 없는 사람들입니다. 늘 깨어 있어야 하고 때로는 조그마한 희열도 느끼지만 그것에 빠져 있어도 안 되거든요. 그래서 예술가나 철학자는 항상 불안합니다.

제2장

모노하, 트릭과 현상

있는 그대로 보기

심 : 지금까지 말씀하신 근대 및 산업사회 비판에서 선생님의 조각이 시작된 것으로 알고 있는데, 그 배경에 대해서 상세히 알고 싶습니다.

이 : 1968년경에 조각을 시작했는데, 그 당시 일본에서는 이른바 '신자유운동'이라고 해서 프랑스의 1968년 5월 혁명, 미국에서는 히피 운동이 일어났던 시기입니다. 그때는 산업자본주의가 고도로 발달해서 대량생산이나 대량소비가 이뤄지고, 인류가 지금까지는 상상도 하지 못한 엄청난 부를 축적하고, 인간이 생각한 것을 대부분 만들 수 있고, 생각한 것은 거의 이뤄낼 수 있다는 성취감을 느꼈던

시기였습니다.

그런데 이 성취감이 대단히 공허한 거예요. 그리고 곰곰이 생각해 볼 때 인간이 만들어낸 것, 인간이 가고 있는 문명의 방향, 여러 가지 종말을 예고하는 현실적인 현상, 이 모든 것이 과연 미래지향적인가 하는 의문이 제기되었습니다. 그래서 그때까지 일어난 것을 일단은 해체dé-construction하거나 쳐부수거나, 틈바구니를 쥐 엇갈리게 해서 다시 보자는 그러한 문화 정치 운동이 많이 일어났습니다. 거기에서 결정적인 한마디가 미셸 푸코의 '인간은 죽었다'라는 선언이었는데, 이는 니체의 '신은 죽었다'란 것과 대비되는 말로 여길 수 있습니다. '인간은 죽었다'라는 말은, 모든 것을 결정하고 만들어내는 모든 것의 중심인 '인간', 근대가 말하는 개념이자 근대의 발명품인 인간이 깨졌다는 의미입니다. 물론 인간의 한계성은 이미 200여 년 전에 칸트가 지적한 바 있습니다. 그러나 한계를 지적하면서도 점점 인간 중심 문명이 확대 및 증식되고, 이를 바람직하게 여기는 길을 연 것 또한 칸트이고 데카르트의 발상이었다고 봅니다. 이러한 발상에 서서 인간을 최대화하다 보니까, 그것은 근대의 여명에 신을 죽였던 인간이, 근대의 석양에 그 스스로 죽게 되는 아주 아이러니한 상황이 연출되었습니다. 그래서 1960년대 후반에 푸코의 표현은 아주 상징적이었습니다.

심 : '인간은 우리 지식의 단순한 주름' 그리고 '금방 씻겨 없어질 모래사장 위에 그려진 얼굴'이라는 간단한 표현으로 인간의 죽음을 말했는데, 그 의미의 무거움에도 불구하고, 아름답고 풍부한 레토릭

은 확실히 대단합니다. 일본에 뒤이어 한국에서도 푸코를 비롯한 포스트모더니즘[12]의 영향은 굉장했습니다.

이 : 포스트모더니즘 영향하에 일본에서도 지식인들의 자기반성이라든가 연극, 미술, 음악에서도 종래의 리얼리즘에 대한 여러 비판적인 표현이 시도되었습니다. 가령 연극의 예를 든다면, 길거리에 텐트를 치고 연극배우가 높은 계급장을 단 순사로 분장하여 지나가는 사람을 붙잡고 언쟁을 벌입니다. 이를 진짜 순사가 목격하고 유치장에 잡아 가둡니다. 그런데 감시하는 진짜 순사의 계급이 낮고 감시받는 가짜 순사의 계급이 높아 희비극이 벌어지는 것입니다. 이러한 퍼포먼스적인 양식이 발전되어 음악이나 문학에도 많이 적용되었습니다. 그 당시 미술 쪽에서 나온 운동이 '모노하'라는 것이에요.

심 : 문자 그대로 '우연성'이 발생하는 '해프닝'인데, 그런 경우 배우들은 각본대로 연극을 할 수 없겠네요.

이 : 근대처럼 자기의 생각을 100퍼센트 대상화시키는 것과 달리, 약간의 콘셉트만 가지고 퍼포먼스를 시작합니다. 자기 생각의 일부 혹은 콘셉트를 작은 꼬투리로 삼아 주변에 있는 공간이나 사물과 싸워본다든가 대화를 시도하니까, 희한한 해프닝이 일어날 때도 있습니다. 이러한 것을 계기로 새로운 표현이 열릴 수 있는 장場이 중요시됩니다. 사람이 세계보다 자기의식을 앞세우니까, 세계를 '있는 그대로' 볼 수 없는 겁니다. 물론 '있는 그대로'가 있는 것은 아니지만 없는 것도 아니라 할 수 있습니다. 어떤 의미에서는 '있는 그대로'란 물자체 같은 개념이라고 할까요. 일본의 철학자 니시다 기타

로[13]식으로 말하면 의식 이전의 경험, 직관의 세계이고 칸트식으로 말하면 규정을 넘어서 실천이나 경험에서 나타나는 불확정의 세계입니다.

퍼포먼스처럼 조각도 바깥으로 뛰쳐나가서, 돌멩이나 철판 등 그것이 자연의 것이든 산업사회의 것이든 바깥에 있는 소재와 만납니다. 만든다는 것에 의문을 표시하고 그 한계를 지적하며, 만들지 않은 것과 어떻게 연관 지을 수 있는지 문제를 던지면서 새로운 표현이 시도되었습니다. 완전히 폐쇄적이고 내적으로 닫힌 오브제를 만드는 것이 아니고, 바깥에 있는 것과 작가가 생각하는 것의 엉거주춤한 관계에서 여러 암시를 줄 수 있는 것을 공간적(장소성)이나 시간적(시간성)으로 표현하려는 것에서 모노하가 형성되었습니다. 인간중심적인 산업사회 비판으로부터 태어난 모노하는 '만들어진 것만이 세계라면, 만들어지지 않은 것은 어떻게 할 것인가'를 묻습니다. 그리고 너무 많이 만들어 포화 상태에 있는 지구와 관련하여 '만드는 것에 대한 환상'을 다시금 생각해보자고 촉구합니다. 그래서 물건을 덜 가공하거나 덜 만든다는 것을 끄집어내서 시간이나 공간과 관련시키며, 이런 방식으로 예술을 다시 생각해보자, 그런 데서 출발한 것이 모노하입니다. 강요된 인간의 개념 작용을 가지고 세계를 객관화하는 것이 아니라, 사물을 가능한 한 있는 그대로 보는 법을 배웁니다. 그래서 만들지 않는 부분이 도입되고 트릭도 사용됩니다.

심 : 이러한 미술 운동이 일본에서만 발생했나요?

이 : 일본에서는 일본 상황에 따라 '모노하'라는 것으로 나온 것입

니다. 이탈리아에서는 '아르테 포베라Arte povera', 프랑스에서는 '쉬 포르 쉬르파스Supports/Surfaces', 영국에서는 '안티 폼Anti-form', 미 국에서는 '랜드아트Land art'처럼 각 지역마다 같은 시기에 비슷한 운동들이 일어났습니다.

심 : 조금 전에 '트릭'을 언급하셨는데, 예술 분야에서는 낯선 용 어네요.

이 : 모노하 작가들이 처음 한 작업은 일종의 '트릭'이었어요. 좀 더 정확하게는 1968년 도쿄에서 다카마쓰 지로를 중심으로 한 「Tricks & Vision」이란 그룹전이 있었는데, 이것이 도화선이 되어 많은 젊은 작가들이 트릭을 사용하게 되고, 차후 그들이 모노하가 되었습니다. 모든 체제적인 가치관이라든지 모든 기성관념을 비틀 어서 다시 보자는 것에서 출발하여, 현실 체제에 균열을 준다든가 고정적인 시각에 의문을 제기하는 것입니다. 예를 들어 다카마쓰는, 내가 그를 알았을 당시에 이미 일본에서 아주 유명해서 마치 구름 위에 있는 작가였습니다. 다카마쓰의 작품 중에 원근법을 입체화한 의자와 테이블이라는 조각이 있습니다(「원근법에서 본 의자와 테이 블」〔1966/1967〕). 원근법은 자기와 가까이 있는 게 가장 크고 자기 로부터 멀어질수록 작아지는 것이니까, 테이블과 의자도 내 앞에 있 는 부분은 크고 멀리 갈수록 작게 보이는데, 이런 시각을 그대로 입 체화한 것이지요. 그림에서 소실점을 사용하여 원근법을 적용하는 데, 이차원의 그림에서가 아니라 삼차원인 조각에서 그대로 적용하 여 만든 겁니다(이 조각을 반대쪽으로 가서 보면 역원근법이 적용

되어 내 앞에 있는 조각의 부분은 작고, 멀어질수록 조각이 커집니다). 어떤 의미에서는 트릭이지만, 어떤 의미에서는 인간이 물건을 볼 때 그런 식으로 본다는 것을 제시한 것입니다. 실제로 모더니즘에서 생긴 원근법은 데카르트에 의해서 이성적으로 체계화되었습니다. 그러나 역사적으로 볼 때, 고대의 그림이나 중세의 성화, 혹은 중국, 한국 등에서의 동양화처럼 역원근법이나 또 다른 관점도 존재할 수 있습니다. 역원근법에 의하면 저기(바깥, 타자)로부터 여기(내부, 자아)를 보는 것이니, 외부의 세계는 크고 내 쪽이 오히려 작아집니다.

이처럼 다카마쓰의 작품은 '본다'라는 콘셉트를 대상화, 양식화시켜놓은 거예요. 사물을 볼 때 실제로 이렇게 생긴 것도 아닌데, 이렇게 보는구나 하는 대단히 인식론적인 작품입니다. 그런 작품을 만든 다카마쓰의 압도적인 영향하에 많은 젊은 작가들이 배출되었고, 그 밑에서 조수를 한 작가들이 나중에 모노하가 됩니다.

심: 선생님께서 하신 작품 중에는 어떤 것이 트릭을 사용한 것입니까?

이: 「관계항Relatum」(1969)이라는 작업을 예로 들어보지요. 똑같은 눈금(수치)의 고무 줄자를 늘이지 않고 그대로 한쪽은 1.5미터 정도, 또 다른 한쪽은 2미터 정도로 늘여서 돌멩이 세 개를 사용하여 눌러놓습니다. 그러면 눈금이 늘어나서 눈금 크기가 각각 달라지니까, 보이는 거리감과 관련하여 어느 것이 진짜인지 가짜인지 애매하게 됩니다. 인간이 거리를 본다거나 거리(혹은 공간)를 느끼는 것

「Relatum」(1969)

에 대한 애매성을 묻는 작품입니다.

이처럼 트릭을 이용해서 과연 현실이 그런지 안 그런지 인식론적으로 문제 삼는 작품들이 나타나게 됩니다.

심 : 저는 지금까지 트릭 하면 부정적으로만 생각했는데, 트릭의 새로운 위상입니다. 현실비판적 역할을 돕는 동시에 새로운 인식론적 장場으로 인도하네요. 또한 심각하고 비판적인 주제에 트릭으로 인해 위트와 흥미가 가미되니 너무 무거워지지 않아서 좋습니다. 선생님께서 미술평을 하신 세키네 노부오의 작품도 '트릭'이라는 연장에서 볼 수 있습니까?

이 : 내가 세키네론을 많이 썼는데, 그의 「위상—대지」(1968)[14]라는 작품은 트릭이기도 하고 현실이기도 합니다. 이 작품은 마치 땅을 원통형 그대로 들어내서, 그 옆에 살짝 놓은 것 같습니다. 이를 그대로 들어서 파내어진 땅에다 다시 메워버리면 아무것도 남지 않고 사라집니다. 그러면 이것이 있는 것인가? 없는 것인가? 있는 것이기도 하고 없는 것이기도 합니다. 대지가 평평하게 있을 때는 안 보이는데, 네거티브와 포지티브의 양면성이 주어지면서 대지가 보이게 됩니다. 거기에 종래의 '있다', '없다'라는 인식론적인 문제가 발생됩니다.

예를 들어 높은 산에 올라가서 지평선을 보면 휘어 있습니다. 그런데 산 밑에 내려와서 보면 직선입니다. 그러면 어느 게 진짜냐? 아무도 대답을 못 해요. 양쪽 다 맞습니다. 내가 이를 경험한 후, 트릭이라는 것이 암시를 줄 뿐만 아니라 의외로 현실 비판의 가능성도 있음을 알게 되었습니다. 양면성이 있다는 것을 가리키는 게 트릭이라는 사실을 어느 순간 깨달은 겁니다. 트릭은 문화적인 측면에서는 일종의 아나키(무정부)적 테러리즘입니다. 이와 같이 출발했는데, 일부 작가들이 너무 미학적으로 간다든가, 트릭 자체의 재미에만 빠지는 것이 아닌지 하는 점들이 마음에 걸렸습니다. 그러던 차에 트릭의 미학적인 부분에 너무 빠질 것이 아니라, 이를 넘어서 현실로 가야겠다고 생각하게 되었습니다. 조금 전에 말한 산에서의 체험은 내게는 엄청난 발견이었고, 그래서 코페르니쿠스 전환적 해석이 이뤄진 것입니다.

1968년경에 나는 철판이 깨진 것처럼 잘라서 밑에 놓고, 그 위에 유리를 놓고, 유리 위에 돌맹이를 놓은 조각을 했었습니다. 사람들이 보면서 유리가 깨져야 하는데 왜 철판이 깨졌는지 신기해하고 이상한 눈으로 보았습니다. 일종의 트릭이었어요. 이러한 트릭에서 출발해서 나중에는 그대로 유리를 깹니다. 그대로 깨는 그 자체도 일종의 트릭이기도 하고 현실이기도 한 양면성을 띤 것입니다.

심 : 조금 전에 트릭은 문화적인 측면에서는 일종의 무정부적 테러리즘이라고 하셨는데, 이로 인해 일본에서 사회적으로 크게 문제가 된 경우도 있었나요?

이 : 모노하는 아니었지만 아카세가와 겐페이[15]라는 친구가 있는데, 그는 "1,000엔이라는 지폐는 사회가 환상성을 부여한 것이지 별볼일 없는 종이"라며 1,000엔짜리를 100배쯤 확대해서 뿌리기도 하고, 혹은 1,000엔짜리를 한 면만 인쇄해서 전람회 안내장으로 돌렸

습니다(1963년의 '1,000엔 지폐 사건'). 지폐는 사회적으로 기성화된 개념이지 사실은 종이일 뿐입니다. 이것은 마르크스가 『자본론』에서 밝혔듯이 일종의 페티시fetish로, 환상만 보고 종이를 못 보는 것입니다. 아카세가와 겐페이는 1,000엔짜리를 통해 사회의 허구성을 고발한 것으로, 테러성이 있는 것입니다. 이는 위조지폐 사건으로 간주되어 법정에까지 갔고, 많은 미술비평가들이 법정에서 변호하는 등, 사회적 이슈가 되어 복잡한 문제들이 생겼습니다. 결국 1967년 유죄판결을 받았습니다. 그런데 그게 무죄가 되면 작품 형성이 안 되니까 그것도 곤란합니다. 거기에 표현의 아이러니가 있는 거예요. 이것은 무죄 주장을 하면서도 유죄가 되어야 합니다. 그래야 작품의 존재 이유가 나타나는데, 아주 기가 막히는 자본주의 비판이지요.

심 : 작품에 트릭과 역설적인 아이러니가 가미되니 더욱 흥미로워집니다. 이 사건은 가까운 한국에도 거의 알려지지 않은 일 같습니다.

이 : 거의 알려지지 않았어요. 이런 일을 한국에서는 전혀 몰라요. 내가 한 퍼포먼스성이 강한 작품들 중에 1968~1969년경 돌로 유리를 깨 폭력성과 미감美感을 중첩시킨 작품이나, 1969년 그리기를 거부한 커다란 캔버스나 종이를 그냥 전람회장에 진열한 작품들도 일종의 아나키즘적인 표현이라 할 수 있습니다. 이는 예술적인 것이 한편으로는 얼마나 재미있는지, 또 다른 한편으로는 이러한 테러성이 있다는 것도 알린 것입니다. 그러니까 주먹질하고 데모하는 것만

이 꼭 반체제운동은 아닙니다.

그렇게 출발해서 모노하가 되었고, 내 작품도 나왔습니다. 이제 본론으로 들어가면, 지금까지 인간이 100퍼센트 생각한 것을 100퍼센트 만들 수 있다는 자기과시, 자기중심주의 같은 것을 가능한 대로 깨고, 자기 아닌 부분, 바깥의 부분, 남과의 관계를 다시 보자, 그러기 위해서는 자기가 표현하려는 것을 줄이고, 주변을 잘 살피고, 주변을 잘 살리고, 주변의 목소리도 듣고, 주변에 있는 여러 가지의 제각기 존재성을 살리는 그러한 표현의 장에 서자는 것입니다.

심 : 당시 선생님의 조각은 어떤 것이었습니까?

이 : 지금과는 달리 당시에는 조각에 전구, 철판, 유리, 솜, 모래, 흙, 돌 등 다양한 재료를 사용했습니다. 그러다가 1970년대 후반에 소재가 줄어들면서 돌과 철판, 이 두 가지가 나의 주된 소재가 되었습니다.

심 : 왜 그 두 가지로 수렴되었나요?

이 : 그게 왜 그렇게 되었는가는 간단하지는 않은데, 오랫동안 해온 가운데 자연과 산업사회라는 것으로 모든 문제가 수렴된다고 생각하게 되었습니다. '자연을 대표할 수 있는 게 뭘까. 지구처럼 오래된 시간성을 내포하고 현재에도 그리고 먼 미래에까지도 어디서나 볼 수 있는 것이 뭘까' 하고 생각하다 보니 돌이었습니다.

그리고 돌 안에 있는 가장 중요한 요소를 추출해서 산업사회적 개념의 용광로에 녹여 규격화하고 추상화시킨 것이 철판이고, 이는 산업사회를 대표하는 것 중의 하나라고 보았습니다. 철은 이미 오래전부터 있었지만, 철판이라는 것은 이전에는 없었습니다. 철판은 특정한 물건이 되기 이전의 중성적인 양태로, 다른 것이 되기 위해 중간에 놓여 있는 물질, 완전한 물질도 아닌 반물질 비슷한 것입니다. 이처럼 돌은 자연의 가장 오래되고 대표적인 것이고, 반면에 철판은 산업사회의 가장 대표적인 소재로 본 것입니다. 이러한 철판과 돌을 어떤 연관 속에 둔다면 산업사회와 자연의 대화가 이뤄지지 않을까, 자연과 산업사회에 놓인 여러 가지 문제를 암시하는 데 중요한 다리를 놓을 수 있지 않을까 생각하게 되었고, 이는 나의 이슈가 되었습니다.

처음에는 철판과 돌을 다양한 형태와 배치로 시도했는데, 2000년 전후로 해서 조금씩 어떤 틀이 도입됩니다. 예를 들면 철판과 돌을 마주하게 하는데, 돌을 보고 있는 철판 쪽이 조금 파인다든가(「관계항―응답Relatum―A response」〔2003〕), 철판의 일부분이 들려 돌을 바라보는(「관계항―인사Relatum―A Signal」〔2005/2010〕) 그러한 현상을 제시합니다. 이는 일종의 트릭이기도 하지만, 우주적으로 보면 트릭을 넘어선 현상이기도 합니다. 세계적으로 고명한 일본 물리학자인 고다이라 게이이치가 내 조각을 보고 "이 선생은 우주 현상에 관심이 많은 것 같다"라고 해서 "왜 그런가?" 했더니, 그가 "돌을 보고 있는 철판 쪽이 조금 파인다든가 일부분이 들려 있는 그러한 현상은 우주에서 흔히 있는 일이다. 사실은 지구상에서도 극히 미소하게 그런 현상이 나타나는데 단지 시각적으로 감지되지 않을 뿐이다"라고 했어요. 나는 그런 쪽으로는 생각하지 않았고, 단지 어떤 감각이나 지각을 나타내기 위해서 나 나름대로 열심히 고민한 것이 결과적으로는 공교롭게도 우주의 그런 현상과 맞물리게 된 것을 그 물리학자에게서 듣게 된 거예요. 그래서 트릭이면서도 커다란 의미에서는 현상일 수도 있는 그런 것을 재제시하고 암시하는 쪽으로 작업이 진전하게 되었습니다.

심 : 지금까지 선생님 말씀을 듣거나 혹은 선생님 글을 읽을 때, '창조'나 '창작한다'라는 단어를 듣지 못했습니다.

이 : 그런 말은 내 글 어디에서도 찾기 힘들어요.

심 : 그 대신 '제시'(production 혹은 présentation)라고 하십니다.

이 : 왜냐하면 내가 창조주라는 의식이 없고, 내 작품은 늘 관계에서 이루어지기 때문입니다. '창조'라는 것은 작가가 생각한 대로 완결을 시키는 것이니까, 언제 어디서 누가 보나 다 같은 것이라야 합니다. 이와 달리 내 작품은 어떤 볼거리를 제시하면서, 공간이나 장소에 따라 늘 차이가 발생하기 때문에 '창작'이나 '창조'라고 할 수 없습니다. production이나 présentation이 아니고 reproduction이나 représentation인데, 좀 더 정확하게는 re-production이나 re-présentation입니다. '재제시'인 거예요.

심 : 재제시요?

이 : 재제시를 설명하기 위해, 내가 즐겨 인용하는 아포리즘 중에 16세기에 살았던 센노 리큐의 일화가 있습니다. 어느 가을날 아침, 이 차인茶人이 마당에 나갔는데 가랑잎이 가득 떨어져 있는 거예요. 그는 그것을 보고 가슴이 뭉클해지고 눈이 번쩍 뜨였습니다. 그리고

「Relatum—A response」 (2003)

「Relatum—She and He」(2005)

동자에게 가랑잎을 깨끗이 쓸라고 하고, 빈 마당에 가랑잎 몇 잎만을 다시 뿌렸습니다. 예민한 사람은 느끼겠지만, 보통 사람들은 정원에 가득한 가랑잎을 보면 아름답다고 잘 느끼지 못합니다. 그런데 깨끗이 쓸린 마당에 떨어진 몇 잎의 가랑잎을 보면서는 누구든지 그것이 근사하다, 아름답다고 느끼거든요. 그것이 바로 '재제시'입니다.

지금 내가 하고 있는 회화나 조각은 일종의 재제시로 볼 수 있습니다. 수많은 점들이 모여서 여러 형태로 세계를 형성하고 있다면, 그것을 철저히 추려 정리하고 정제시켜서 극히 일부만 내 손을 거치도록 하여 숨결이 느껴지게 재제시하는 작업입니다. 철판과 돌을 어우르는 조각 작품도 마찬가지예요. 어디나 자욱이 널려 있는 수많은 사물들의 연관 가운데, 어떤 만남을 통하여 '요거다' 하고 느껴지는 광경을 끄집어내어 철판과 돌로 수렴시키고 단순화하여 울림을 줄 수 있게 해야 하니까요. 그러니까 이건 창조가 아니라, 있던 것을 다시 제시하는 것으로 일종의 '괄호 넣기epoché'(판단중지)[16]입니다. 그럼으로써 현실이 다시 보입니다. 예술은 그래서 '창조'가 아니라, 이러한 '재제시'에 불과하다고 봅니다.

심: 레디메이드 범주에 넣을 수 있습니까?

이: 'readymade'가 아니고 're-made'(다시-만들어진)라고 해야 합니다. 'remade'가 아니고 're-made'입니다.

심: 전시장에 자연을 그대로 옮겨놓으셨잖아요. 그런데 어떻게 readymade가 아니고 re-made가 되나요?

이 : 자연을 옮겨다 놓은 것 자체가 이미 re-made이기 때문입니다. 다시 말하면, '사람이 본다는 것 그 자체'에서 이미 자연과의 관계가 발생하기에, 사람의 시선이 갔다는 것은 순수하게 자연 그 자체라고 할 수가 없습니다.[17] 그렇다면 보기 이전의 자연을 어떻게 표현할 것인가, 이건 아주 어려운 과제입니다.

심 : 선생님의 설명을 듣다 보니, 슈뢰딩거의 유명한 가설 '살아 있고 동시에 죽어 있는 고양이'가 떠오릅니다. 양자역학에서도 관찰하는 자와 그가 관찰하는 대상의 분리가 불가능하다고 합니다. 선생님께서 보시기에 자연은 무엇인가요?

이 : 아무리 규정하고 규정해도, 또한 퍼내고 퍼내도 알 수 없는 부분이 자연입니다. 그게 미지성이고, 그래서 칸트는 이성으로 파악할 수 없는 '물자체Ding an sich'를 이야기했습니다. 그러나 칸트의 물자체란 실제로 존재하는 것이 아닌, 아무리 규정해도 규정이 안 되고 확정이 안 되는 부분을 말합니다.

관계항

심 : 타자는 어떤 의미에서는 미지성의 자연과 같은데, 서구 근대 의식과 관련하여 말한다면 타자는 의식의 바깥에 있습니다. 그렇다면 타자를 어떻게 인식할 수 있습니까?

이 : 일반적, 통속적인 타자론은 저기 있는 '남이 타자다'라고 말합니다. 엄밀하게 볼 때 '타자'라는 것은 따로 존재하지 않고, 어떤 관계에 있을 때 타자가 되는 것입니다. 자연과 마찬가지로 어떤 경우에는 타자일 수도 있고 아닐 수도 있습니다. 그러니까 바로 옆 사람이 타자라고 하지만, 때에 따라서는 너무나 투명하게 느껴져서 자타 구별이 안 될 때가 있는가 하면, 반대로 이 사람이 가진 나이, 몸무게, 색깔, 성격 등을 다 아는데도 불투명할 때가 있거든요. 타자는 복잡한 관계 속에서 무언가 잘 통하지 않는 부분이 발생하면서 생겨납니다. 내 발상은 모든 것이 존재한다는 것 자체가 대단히 모순된다는 겁니다. 존재는 모순이지, 존재는 존재가 아니에요. 존재는 관계의 개념입니다. 그래서 타자는 커뮤니케이션의 대상이 아니고 대화의 상대인 것입니다. 나에게 '관계론relatiologie'은 있지만 '존재론ontologie'은 없습니다.[18] 마르틴 부버처럼 나와 너의 관계를 말하는 것입니다. 그런데 그 사람은 하느님과 인간의 관계에 좀 더 집중했지요.

심 : 부버는 자신의 저서 『나와 너』에서 '태초에 말씀이 있었다'(『요한복음』 1장 1절)라는 구절 대신, '태초에 관계가 있었다'라고

쓸 정도로 관계성을 중시했습니다. 나'와' 너, 동일성'과' 타자성, 혹은 돌'과' 철판에서 중요한 것은 '나', '너'가 아니라 바로 그 사이에 있는 '와'이지 않습니까?

이 : 그게 바로 '교통'이고 '소통'이에요. 어떤 의미에서는 '나'와 '너'가 중요한 것이 아니라 '소통' 자체가 중요한 것입니다. '소통' 안에 너와 내가 있는 거예요. 너와 내가 소통하는 것이 아니고, 소통이라는 것 때문에 양쪽이 있는 거예요. 윤리적 타자론을 말한 레비나스의 경우, 그는 존재론에 속하지 않습니다. 비록 처음에는 존재론을 공부했지만, 그의 철학은 존재론이 아닙니다. 관계론에서 존재와 비존재의 구분은 아무 의미가 없고, 동일성 같은 근대적 관점을 갖지 않아요. 하물며 레비나스는 기독교의 진리인 '내 이웃을 나 자신처럼 사랑하라'는 것에도 의구심을 표했습니다. 왜냐하면 '나 자신처럼'이라는 표현에서 잘못하면 다시금 '나'라는 동일성의 함정에 빠지게 되니까요.

심 : 사실 우리 주변에서 사랑과 배려라는 이름으로 동일성의 함정에 빠진 경우를 자주 봅니다. 레비나스에 따르면 이러한 행동은 '타자성의 신비'를 제거한다고 합니다. 그런데 "타자는 내가 이해할 수 없는 대상일 뿐이므로, 나는 단지 대답할 수 있다"고 합니다. 좋은 이야기지만, 선생님께서 지적하신 대로 '자신'처럼 너무 가까워도(자기동일성), '절대타자'처럼 너무 멀어도 문제입니다.

제3장

신체의 중층성

신체성과 감성

심 : 바슐라르에 의하면, 자연의 일부였던 인간이 스스로를 자연과 구별 지으면서 타자화되었다고 합니다.[19] 같은 논리로 제 생각에는, 몸의 일부분이었던 인간의 영혼이 스스로 몸과 구별 지으며 타자화되었다고 봅니다. 실제로는 자연에 대해서는 인간이 스스로 타자화되고, 몸에 대해서는 영혼이 타자화되었지만, 일반적으로는 그 반대로 자연과 몸이 타자라고 말합니다. 선생님께서는 몸과 정신(의식)의 불평등한 관계에 대해 어떻게 생각하시는지요?

이 : 근대에 특히 몸이 대단히 천대되고 업신여겨졌는데, 소위 말하는 근대의 이성 철학에서는 관념이 제일이고 몸은 그 다음다음입

니다. 이는 관념론과 실재론이 분리되면서 몸이 자꾸 뒤처지게 된 것입니다. 몸은 무조건 의식이나 의지를 따라야 하는 겁니다. 아마 신체의 타자화는 예리한 자연 분석보다는 기독교적인 생과 사의 분리에서 시작되지 않았나 봅니다. 다시 말하면, 의식이 발명한 신 혹은 영원이란 개념은 죽지 않는 쪽이고, 반대로 육은 죽어 없어져버린다고 생각함으로써 몸의 존재와 가치가 점점 왜소화되고 끝내는 무시된 것 같아요. 더욱이 정보사회의 급속한 발전으로 관념이나 개념의 유령성이 판을 치면서 실재랄까, 신체의 정체가 묘연해졌습니다.

그러면서도 적반하장으로 의식의 질주에 신체가 미처 못 따라가면 신체보고 책임지라고 그럽니다. 죄를 지었을 때 고문하거나 감옥에 넣잖아요. 그것은 몸보고 책임지라는 이야기입니다. 생각이 강한 사람은 아무리 고문해도 생각을 안 바꾸거든요. 괜히 몸만 고생하게 됩니다. 사실 몸은 거기에 대한 책임을 다 질 수 없습니다. '내 몸'이라고 말하는데 이것은 편의상 그러는 거고, 바깥과 연계된 여러 신체의 일부일 뿐인데 몸한테 책임지라고 하면 이건 몸 쪽에서는 대단히 억울합니다. 어떤 의미에서는 의식 때문에 몸을 식민지 경영 하는 거나 마찬가지입니다. 그런데 다만, 예술 쪽에서 특히 미술 쪽에서는 이러한 현상이 다소 덜했던 것 같아요.

심 : 아무래도 미술은 마티에르와 감성이 따르지 않으면 형성될 수 없기 때문인가요?

이 : 맞아요. 감각이 철저히 무시된 시대에 모네나 세잔 같은 화가들은 신기하게도 감각에 눈뜬 자들이었습니다. 어떤 철학자도 말하

지 않았을 때, 화가는 정말 더 소중한 것이 무엇인지를 자기 손과 눈으로 더듬어 찾아냈으니, 그게 바로 '감각'이었습니다. 모네는 "외계가 존재한다"라고 말했는데, 이는 바깥이 존재한다는 뜻이거든요. 그 사람이 철학을 공부하지 않았기 때문에 당시에 감히 그런 말을 할 수 있었던 겁니다. 이는 그가 생각해서 만들어낸 것이 아니라, 똑같은 대상물을 보고 봄, 여름, 가을 같은 대상을 그때그때 다르게 그렸잖아요. 또한 아침에 보고, 점심에 보고, 저녁에 보고 그렸는데 시시각각 다르거든요. 이것이 무한이에요. 미술 하는 사람들이 머저리가 아닌 것이, 인간이 자기가 보고 싶은 대로 보는 게 아니라 엄청난 수동성을 지녔다는 것을 느낀 거예요. 그렇게, 화가가 일찍이 그것을 알게 된 거예요.

한편 세잔이 언급하는 '감성'이라는 것도 굉장한 건데, 이 또한 무서운 줄 모르고 말한 것입니다. 감각은 지성, 의식, 의지보다 저 아래인 것으로 취급됐던 시대임에도, 그는 감각을 통하여 자연을 알았고 그 통로의 무한성을 아주 중요하게 여겼습니다. 무지했던 건지 대단한 용기가 있었던 건지…… 세잔의 편지나 글 쓴 것을 읽어보면 대단히 재미있습니다. 처음에는 원통이니 삼각형이니 화면을 대단히 지적으로 구성하는 식으로 작업을 했습니다. 그러는 가운데 산이나 나무, 정물의 색채나 존재감이 신체성으로 다가오고 그것들과 이쪽의 신체가 캔버스에서 만난다는 것을 느끼기 시작했어요. 거기에서 감성의 엄청난 존재 이유와 그 작용을 안 거예요. 저쪽과 이쪽의 교섭은 신체적인 감각을 통하여 이뤄지고, 이 교섭 자체가 '본다'

는 본래의 의미이며 무한하다는 것을 깨닫게 된 거지요. 여기서 저쪽이라는 것이 자연을 두고 한 말인데, 이 말도 모순인 것이 언제부터인지 세잔 자신이 자연 안에 있는 느낌과 감각을 통하여 모든 것을 알 수 있었다는 겁니다. 거기서 세잔은 마침내 "자연에서 배울 수밖에 없다"라고 한 것입니다.

신체라는 것은 사실 바깥에 보이는 모든 것, 꽃, 나무, 대지 등과 연결되어 있습니다. 이렇게 연결되어 있는 부분을 타자라고 하기는 어렵습니다. 편의상 현실적으로는 타자성으로 인정하고 들어가야 하겠지만, 완전히 갈라놓고 저것은 남이고 나하고는 다르다고 말하는 것은 우리로서는 전적으로 수긍하기 어렵습니다.

'밖'과 '안'의 양의성을 지닌 신체를 이미 여러 번 강조해왔는데, 인간은 '내적인 존재'라기보다는 하이데거의 실존적인 의미의 현존재Dasein성과 그 장소로 얽혀 있다는 세계내존재In-der-Welt-sein성으로 꾸며진, 다시 말하면 '외부와의 관련 속에서 이미 세계와 엮여 있는 신체적인 존재'입니다. 그렇기에 엄밀한 의미에서 '내' 감각이나 '내' 시각이란 것은 별 의미가 없습니다.

심 : 예, 맞습니다. 원래 감각은 외부(의 자극)를 받아들이기 위한 것이니까요. 마치 눈이 내부를 보는 게 아니라 외부를 보기 위한 기관인 것처럼 말입니다.

이 : 이러한 양의적인 신체를 잘 해석할 줄 알면, 더 풍성하게 바이브레이션을 주고받을 수 있습니다. 이런 신체성과 결부된 것이 신체의 분비성, 즉 말할 때의 제스처나 억양 같은 것들입니다. 그런데

이런 것을 제거해버리고 단지 정보나 뜻만 전달한다면 문제가 있습니다. 감각은 이성보다 결코 낮은 부분에 있지 않으며[20] 바깥, 우주와 함께 통할 수 있는 것입니다. 세잔은 그걸 잘 알았기에 색채를 통해서 이를 이야기했습니다. 세잔이 발견한 색채와 모네가 발견한 색채는 서로 다르면서도 통하는 것이 있습니다. 모네와 세잔은 자기(의식)가 결정하는 것이 아니라 모든 것을 알 수 있는 것은 신체이고, 여과 장치 같은 신체를 통해 모든 것이 들어갔다 나왔다 한다고 보았습니다. 그 내부와 외부가 다시 만나는 곳, 재제시되는 곳이 캔버스였습니다. 이런 의미에서는 이성에 의한 타자는 존재하지 않습니다.

그러나 데카르트를 위시한 서양철학사에서 볼 때, 외계가 존재한다는 것은 난센스나 환상에 불과합니다. 내가 그림을 그리니까 합리화하려는 것인지는 몰라도, 모네나 세잔이 사물을 보고 느끼며 어떻게 관계가 형성되는지를 알았다는 점에서는 철학자보다 뛰어난 것 같습니다. '인간이 외부를 알 수 있다'와 '외부와 내부가 통할 수 있다'라는 주제는 앞으로 철학에서 생각할 키워드라고 봅니다. 이미 하이데거가 인간을 '세계내존재'라고 했을 때, 그것은 세계와 얽혀 있는 신체적인 존재라는 지적이었음을 상기할 필요가 있습니다.

심 : 그래서인지 최근 들어 모네나 세잔이 재해석되고 있는 가운데, 모네의 그림을 현대 추상 작품들과 적절하게 배치하는 등 아주 재미있는 전시를 볼 수 있습니다.

이 : 오늘날 모네가 재평가되는 이유는, 그의 그림에 점차 구성이

나 뼈대가 숨겨지고 붓과 물감이 끝없이 허우적거리는 부분이 재미 있게 비친다는 데 있습니다. 그리고 세잔의 그림을 논할 때, 20세기 초기나 중기까지만 해도 삼각형, 원통, 의도적인 구성이니 뭐니 압도적으로 이성적인 세잔론이 많았습니다. 그런데 근래에 와서는 세잔의 '자연에서 배워라', '사과를 이렇게 저렇게 느껴라'와 같이 감성적인 면이 부각되면서 세잔론이 바뀌었습니다. 내가 많이 읽지는 않았지만 그렇게 바뀐 것을 몇 번이나 읽었고, 또한 이같이 되어 있으리라고 짐작합니다. 아마 크게 틀리지는 않을 거예요. 모네도 그렇고 어떤 이념 중심, 화가의 이성적인 부분을 나타내는 그림이라기보다는 거기에 물건들이 가리키는 부분, 물건들이 이쪽을 응시하는 시선, 그런 하나하나가 서로 살아 있고, 거기에서 어떤 대화가 이뤄지는지를 문제 삼는 사회로 넘어오면서 세잔론이 달라졌습니다. 세잔의 그림이 그런 암시를 많이 준다는 점이 메를로퐁티[21]가 세잔을 논할 수 있게 한 모티브가 되었다고 봅니다. 세잔과 마티스를 비교해보는 것도 의외로 재미있어요.

심 : 마침 퐁피두센터에 「마티스전」(2012년 3월 7일~6월 18일)이 열리고 있어서 보고 왔습니다. 프랑스에서 마티스, 피카소, 모네 전시회가 개최되면 관람객들이 늘 꽉 찹니다. 하지만 이번 「마티스전」에 대한 미술비평가들의 평가는 그리 긍정적이지만은 않았습니다.

이 : 나도 일본에서 손님이 와서 「마티스전」을 관람했습니다. 신선하지는 않지만 마티스가 어떤 화가였는지 잘 보여준 전시회였습니다. 그림의 재미, 그림이라는 것이 왜 필요한지를 누구보다 잘 알

려준 작가가 마티스입니다. 가령 꿈꾸는 여자나 댄서는 실제 드로잉을 하면 그렇지 않은데, 마티스가 그려놓은 것을 보면 그럴싸하고 기분도 나고, 그림에서만 맛볼 수 있는 여러 가지 재미가 있습니다. 근래에는 르네 마그리트가 있는데, 비디오나 다른 것으로 할 수 없고 그림으로만 가능한 환상적이고 극적인 그런 표현을 보여줍니다.

마티스도 현실적인 리얼리티하고는 또 다른 리얼리티를 가지고 있습니다. 마티스를 가만히 보고 있으면 붓놀림이나 선, 색채 등에서 그림을 감성적으로는 그렸다는 게 느껴지는데, 이 사람이 가진 모티브는 대단히 이데알하고 콘셉추얼합니다. 가령 한 나부가 누워 있고 유방 옆에 사과가 쭉 나열되어 있습니다(「담쟁이가 있는 정물 Nature morte au lierre」(1916)). 마티스가 짓궂게 하려고 그랬는지 재미있게 하려고 그랬는지는 모르지만, 유방으로부터 사과가 죽죽 떨어져 나오는 듯한 느낌을 줍니다.

심 : 저도 그 그림을 재미있게 봤습니다. 마티스가 즐기는 유희인 것 같습니다. 「실내, 금붕어가 있는 어항Intérieur, bocal de poissons rouges」(1914)에서도 건물 안 창가에 놓인 화분에 심어진 기다란 풀잎이 창밖의 원경에 있는 센 강 위의 다리로 자연스럽게 연결되어, 마치 풀잎의 존재가 다리로 연장이 되는 듯한, 그러면서 시선이 내부에서 외부로 자연스럽게 옮겨 갈 수 있었습니다.

이 : 마티스의 경우에는 이데알한 오브제들이 화가의 감성을 매개로 해서 나타납니다. 대단히 감성적으로 그리지만 그것은 거기 있는 물건들의 신체성에서 오는 감성이 아니고, 화가의 감성이 물건을 포

용하고 있습니다.

예를 들어 마티스와 세잔의 작품에는 비슷한 구도를 가진 그림들이 많습니다. 가령 마티스가 그리는 사과는 사과면 돼요. 사과라는 이름의 겉모습이면 됩니다. 그것이 어떤 느낌을 줘야 된다, 그럴 필요가 없어요. 마티스의 그림 가운데, 사과가 큰 접시에 가득 담겨 있는 것이 있는데, '아, 사과인 것 같다'이지 '사과라는 느낌의 감각'은 오지 않습니다.

그런데 세잔의 그림을 보면 그것은 사과여야 합니다. 가령 사과들의 관계가 서로 질투를 한다거나 긴장감을 준다는, 그런 느낌을 주는 것이 세잔의 정물화입니다. 그것은 이데알한 것이 아니고, 물건들이 지니고 있는 어쩔 수 없는 자기신체성과 감성을 띠고 있는 거예요. 물론 세잔의 그림도 화가의 감성이라고 할 수 있겠지만, 물건 자체의 감성적인 부분들이 많이 보입니다. 그런 차이가 있습니다. 세잔의 그림은 대단히 감각적, 감성적이면서도 다른 면에서는 이성적입니다. 반면에 마티스의 경우, 모티브나 모든 것은 이성적이고, 물건 하나하나 자체는 신체성이나 감성적인 요소를 띠지는 않습니다. 그러나 화가의 신체를 빌려서 나타나기에 거기서 오는 전체적인 느낌은 대단히 감각적이에요.

심 : 오랑주리 미술관 지하의 상설 전시실에는 여러 점의 사과 그림들이 있어서 저는 그곳을 '세잔의 사과방'이라고도 부르는데요. 이 사과방에서 관람객이 넋을 잃고 그림에 빠져 있는 모습을 흔히 봅니다. 이처럼 오늘날에도 마티스와 세잔을 좋아하는 젊은 작가들

이 아주 많은데, 선생님께서 말씀하신 대로 이들의 감성이나 이데알한 면이 구현된 작품을 본 적 있으십니까?

이 : 오늘날 회화에서 마티스가 가졌던 어떤 이데알하면서도 감성적인 부분이나, 세잔이 본 구체성이 있는 물체성이나 구체적인 대상물의 감성 같은 것은 찾아보기 어렵습니다. 어쩌면 마티스가 가졌던 이데알한 그 부분만 화가나 비디오 아티스트들한테로 연결되지 않았나 합니다. 그러나 거기에 있던 구체적인 물건들이나 신체성은 다 빠졌습니다. 신체성을 띠면 사람들이 거북해하거나 답답함을 느끼는지, 손에 닿지도 보이지도 않아야 시원해합니다. 오늘날엔 어떤 구체성을 띠거나 신체성이 있거나 혹은 감성적으로 다가오면 사람들이 감당하기 힘들어합니다.

심 : 신체성과 감성적인 것을 하위라고 여겨왔던 오랜 습관의 잔재일까요?

이 : 여전히 감성적인 것이 이성적인 것보다 부정적으로 치부되는 것은 사실입니다. 철학자들은 감성 행위를 무시, 멸시하고 이성을 합리화하는 데 앞장섰으니, 이러한 엄청난 범죄행위에 책임이 있음을 알아야 합니다. 감성을 다룬 철학자는 상당히 드문데, 메를로퐁티의 '지각perception'은 감성과 밀접한 관계를 가진 것은 사실이지만 감성 그 자체는 아닙니다. 메를로퐁티가 다룬 지각은 감각과는 상당한 거리가 있지만, 그러나 감각의 주변에 있다는 것은 부정할 수 없는 거고, 그러한 지각을 다뤘다는 것 자체가 대단한 용기입니다. 그 이전까지만 해도 감성적인 지각론을 다룬 철학자는 거의 없

었습니다. 그리고 그 사람도 세잔을 논했는데, 세잔을 너무 지각에 가까운 감성으로 끌고 간 것에는 나는 다소 회의를 가집니다. 그래도 화가의 이런 느낌을 말한 것은 철학사에서는 새로운 발견입니다.

심 : 낭만주의 시대에 감성을 말하지 않았습니까.

이 : 그건 이렇게 볼 수 있습니다. 가령 실러, 베토벤, 스탕달, 들라크루아 등의 작품에서 그려지는 영웅의 위대함, 용기, 지혜, 미녀들의 아름다움이 과장된 것처럼, 낭만주의 안에서 열정을 표현하는데에 감성이 동원되었다고 볼 수 있지요. 그러나 그러한 특정 계급이나 고위급 인간의 미화를 꾀한 낭만주의는 결국 엘리트, 부르주아의 정신세계를 합리화하는 쪽으로 수렴되었고, 그런 시대가 끝나자 근대가 시작되면서 감성이 감춰지기 시작한 거예요. 물론 근대가 시작되기 전에 파스칼은 『팡세』에서 인간의 희열, 슬픔이나 회의적인 태도의 적극성에는 감성의 작용이 크다고 지적한 바 있습니다. 그러나 이 주장은 데카르트 시대에 눌려 오랫동안 이성 뒤에 숨어 있어야 했습니다. 그것이 20세기 후반에 와서 메를로퐁티에 의해 사람과 사물이 접촉되고 표현되는 것이 근원적인 문제라는 해석이 나왔습니다. 아직도 태반의 사람은 메를로퐁티가 무슨 일을 했는지 잘 모릅니다.

심 : 오늘날 예술에서 신체성이 있거나 혹은 감성적으로 다가오면 사람들이 감당을 못 한다고 말씀하셨는데, 특히 정보화 시대가 되면서 거의 모든 분야에서 그런 현상이 가속화된 것 같습니다. 예술에서는 언제부터 이렇게 되었습니까?

이 : 20세기에 와서 완전히 감성 없는 예술이 되었습니다. 고대부터 근대까지는 아무리 감성을 무시해도 감성의 뒷받침이 없으면 별 볼일 없는 예술이었습니다. 특히 미술에서 센스가 있다거나 느낌이 좋다는 것은 다 감성에서 오는 것 아닙니까? 그런 것이 잘 깔렸을 때 명작이 될 가능성이 높거든요. 그런데 많은 미술사가들이나 미술 애호가들은 그런 것을 으레 따라야 하는 별 볼일 없는 요소로 치고, 그림이 무엇을 말하고, 무슨 뜻을, 어떤 의지를 나타내려고 하는지에만 초점을 맞추어왔습니다. 그러니까 감성적인 요소가 미술 쪽에 늘 따라다니며 빛나도록 해왔음에도 불구하고 늘 무시당해왔다는 것만 따져도 중요한 논문감이 된다고 봅니다. 정신이나 의지와 관련된 것은 늘 우위에 있고, 사회적으로도 상층부, 지배계급 등 이데아를 중심으로 한 것이 모든 것의 주축이 되고 중심이었습니다.

이성은 스스로를 세우는 것, 상승하는 것, 수직사고이고, 감성은 상호반응적인 것, 퍼지는 것, 수평사고라고 할 수 있습니다. 그래서 감성은 역사주의와 반대로 주변과의 관계, 남과의 대응이 전제가 되지요. 이성은 관념을 세우고 공동체의 이데아를 형성하는 소위 '인간'적인 요소이지만, 감각은 개인의 차원, 어쩌면 자연성을 환기시키는 생물의 근원적인 기능으로 볼 수 있다고 생각합니다. 그런데 이 기능은 이념을 구축하는 쪽이 아니라 늘 생명감을 환기시키는 요소예요. 역사적이지 않다는 말입니다.

19세기 산업혁명을 거치고 20세기 자본주의와 함께 고도성장을 이루면서 이념과 관념에 의해서 이룰 수 있는 것은 거의 다 이루었습니다. 이것이 다 이뤄지자, 깨졌다고 봅니다. 그러니까 남이, 감성이 쫓아 나와서 이성을 쳐부순 것이 아니고, 이성 자체가 숙성해서 깨졌습니다. 그것이 허물어지는 과정에서 다시 감성의 일부가 보이기는 했어요. 감성에 대한 문제를 매개로 해서 많은 것이 밝혀지고 전개도 되었지만, 현실이 아직 밝지는 못합니다. 감성이 없으면 타자라는 문제도 논할 수 없습니다. 물론 들뢰즈, 가타리, 레비나스 이런 사람들이 감각과 타자를 논했지만, 그러나 이 사람들은 이를 중점으로 논하면서 감성이나 신체를 두드러지게 한 것이 아니라, 오만잡탕을 다 논하며 많은 것 속에 몽땅 다 뒤섞어서 오히려 헷갈리게 만들어버린 것 같아요.

심 : 한동안 타자론이 모든 분야에서 상당히 활기를 띠었는데, 이상하게 언제부터인가 갑자기 이에 관한 이야기가 들려오지 않습니다.

이 : 1970년대에 타자론이 유행했는데 급격한 고도성장으로 교통과 정보가 발달하고 뒤섞이면서, 지역성 역사성 공동체가 깨지기 시작했어요. 그런 가운데 타자론이 성행했다고 봐요. 타자론이 나온 것은 2차 대전 이후 제국주의가 무너지고 많은 식민지가 해방되면서 서로 인정하고 살자는 커다란 상황에서 비롯되었다고 할 수 있습니다. 그런데 1980년대에 들어 포스트모더니즘이 글로벌리즘으로 변질되면서 경제, 정보, 교통이 얽히는 반면에, 각 지역 각 집단의 반글로벌리즘이 나타나기 시작하지만, 그럼에도 타자론은 점차 수그러졌다고 생각합니다. 철학적으로도 타자론을 유행시킨 포스트

모더니즘 자체가 근대주의의 후예이기에, 다시 말해 유럽중심주의에서 다지역성을 받아들이는 데에 한계를 보인 것입니다.

거기다가 한편으로, 정보혁명이 또 하나의 전체주의를 낳았지요. 누가 만들었는지도 모를 형태도 없는 거대한 정보의 소용돌이가 지역성이니 민족성이니 개인성이니를 삼키고, 엄청난 보이지 않는 파시즘이 되어 간신히 이름만 있는 추상의 귀신이랄까, 그렇게 나도 타자도 없어졌습니다. 아이덴티티가 어디 있어요. 그것은 정보의 바다에 빠지고, 정보라는 망령한테 홀려서 맥을 추지 못해 그런 것 같아요. 이 망령이 전 세계, 어쩌면 우주론까지 뒤덮으려고 하고 있어요. 가상현실virtual reality은 신체일 수도 없고, 손에 닿지도 않고, 보이는 것 같지만 실상 보이지도 않습니다. 현재 우리가 겪고 있는 컴퓨터를 통한 정보혁명은 인류사에서 겪은 가장 커다란 혁명의 하나입니다. 이러한 정보화 시대에 살면서 우리가 철학을 논한다거나 예술, 사회를 논한다는 것이 과연 어떤 의미가 있는지 때때로 회의가 듭니다. 그렇다고 그쪽으로 쏠려서 두 손 들고 죽은 시늉을 할 수도 없으니, 모기같이 조그마한 목소리라도 내면서 문제점이 어디 있다고 지적하거나 뭔가를 허우적거리는 것이 살아 있는 사람 혹은 예술가의 몫인 것 같습니다.

물론 현 상황에서 귀신의 깃발을 세워 들고 세일즈맨이 되어서 그쪽으로 작품을 팔아 더 인기가 많고 유명해지는 큰길도 있습니다. 반대로 세잔이라든지 일부 예술가들이 시도했던 것처럼 아주 실오라기같이 연약하지만, 그쪽에 서서 감성의 문제를 다루며 세계에 접근하는 좁은 길도 있습니다. 아직은 좁은 길을 걷고 있는 예술가들이 있다고 생각합니다.

심 : 몸이 사라지니 손이나 촉각의 역할도 희미해집니다.

이 : 손의 존재 증명도 점점 힘들어지고 있습니다. 오늘날은 타이프를 치는 것이 아니라 그냥 손으로 문지르면 되거든요. 처음에는 손가락으로 펜과 같이 억양이 있는 매개체를 사용했습니다. 그 후 억양이 없는 만년필과 볼펜을 사용하다가, 그다음에는 기교조차도 필요 없이 힘으로 때리면 되는 타이프가 사용되었습니다. 이젠 그런 힘조차 필요 없으니 손이 쓸모가 없어졌어요. 마찬가지로 그림도 손으로 그리는 그림은 몸 냄새가 난다고 밀려나게 된 거예요. 모든 것이 정보량과 기계로 처리되는 마당에, 손이 어떻게 신체의 일부로 살아날 수 있는지, 손의 재발견이 있는 건지 없는 건지, 그 이론이나 자세를 어디서 찾아야 하는지 알 수 없습니다. 그런 이론이 나와야 손이 살아날 수 있지, 손이 그냥 혼자서는 살아날 수 없어요. 대단히 힘든 거예요.

심 : 글로벌 시대의 국제적 작가들은 일반적으로 어떤 방식으로 작업을 하고 있나요?

이 : 조금 전에 잠깐 언급했듯이, 지금은 작가의 90퍼센트가 아이디어만 내고 직접 작업하지는 않는 것이 보통입니다. 인간의 생각을 확대시키고 증식시키는 것, 아이디어를 떠올리면 그 아이디어 하나를 쫙 수십만 개, 수억만 개 만들 수 있는 것, 하나의 생각을 자동화로 대량생산 하는 것이 근대주의입니다. 예를 들 필요도 없이 많은

작가들이 큰 스튜디오에서 몇십 명의 조수와 작품을 대량생산 하는 시대이고, 이런 작업에는 신체가 필요 없습니다. 그렇게 하는 데에 사진이나 비디오가 한몫을 하고 있습니다. 그렇다고 내가 그것을 부정하는 것은 아니에요. 또한 부정할 수 있는 것도 아닙니다. 단지 나는 그렇게 할 수 없을 뿐이에요. 신체와 자기 책임이 없는 그런 글로벌리즘에 나를 쏟아 넣을 수 없기 때문에 뒷길을 찾을 수밖에 없었고, 그래서 신체가 따르는 회화와 조각을 하고 있습니다. 아마 나는 끝내는 원시인의 차원에 서는 것이 아닌지 몰라요.

속도와 변화가 빠른 하이테크놀로지 시대에, 사람의 신체가 따라갈 수 있는 속도는 극히 한정되어 있습니다. 의식은 빠를 수 있어도 세계와 더불어 있는 신체는 그렇게 빠르지 못하거든요. 나는 의식이 중요하지만 신체가 더 중요하다는 입장에 서 있기에, 신체를 중점적으로 다루는 부분에 서서 예술을 해야겠다고 생각하면서 그림과 조각을 합니다. 결국 나 자신과 작업이 신체에 맞물리는 것이 나의 삶이고 예술이라는 것이지요.

화가의 몸

평소대로 작가는 아침 산책을 마친 후에 그림을 그리기 시작한다. 어떤 크기의 캔버스에 점은 몇 개 찍을지, 점의 위치나 크기는 어떻게 할지 등은 이미 충분히 생각해두었기에 바로 작업에 착수한다.

캔버스 위에 작가가 그리고 싶은 크기의 종이나 캔버스를 오려서 그 위치에 놓아본다. 그러고는 붓이 쭉 걸려 있는 벽으로 간다. 이미 어떤 붓이 필요한지를 알고 있기에 잠시도 지체함 없이 붓을 하나 골라서 다시 캔버스 쪽으로 돌아온다. 안료를 아직 묻히지 않은 채, 마른 붓으로 캔버스 위에 긋는 시늉을 한다. 점이 마음에 안 들었는지 언뜻 작가의 미간이 올라간 듯하다. 긋는 시늉이 아니라, 작가는 실제로 점을 그리고 있다. 보이지 않는 점을 그리고 있는 작가를 바라보며 방문자는 초조해지기 시작하는데, 언뜻 점이 느껴지는 듯하다. 마침내 작가는 팔레트처럼 사용하고 있는 두 개의 커다란 금속 상자 안에 배합해놓은 안료를 붓에 묻힌다.

커다란 붓에 약간의 안료를 묻혀 마치 스케치를 하듯이 붓 크기보다 다소 큰 점을 부드럽고 조심스럽게 그리기 시작한다. 작가는 중간중간 안료를 다시 묻히기 위해 팔레트와 캔버스를 수없이 오가며, 그러는 사이에 점의 형태가 서서히 드러난다. 틈틈이, 줄자로 재고, 아주 작은 붓이나 종이로 미세한 부분을 정리한다.

이제 붓에는 안료가 촉촉이 묻어나고, 작가는 천천히 아주 천천히 숨을 멈춘 채 그려 내려가고 있다. 갑자기 모든 것이 멈춰버린 것 같

이우환, 파리 아틀리에에서

다. 조금 전까지만 해도 팽팽한 긴장 가운데, 왠지 바쁘고 분주하며 무언가 들뜬 분위기였다. 그런데 갑자기 순환하던 공기와 시간마저 응결된 듯 아주 작은 움직임조차, 숨 쉬는 것조차 허용되지 않는 것 같다. 방문자의 호흡이 얼어버린 공기를 타고 전달되어 작가를 방해할 것 같다. 하지만 더 이상 숨을 참을 수 없어서 마치 도둑질하듯 작가 몰래 아주 조심스럽게 숨을 한 모금 삼키고, 잠시 후 다시 살짝 내뱉는다. 힘들고 긴장된 이 순간이 영원할 것 같다. 마침내 작가가 캔버스로부터 붓을 들어 올리면서 굽혔던 허리를 편다. 하나의 점이 탄생되었다(이 마지막 과정은 세 번에서 다섯 번에 걸쳐, 매번 일주일에서 열흘의 간격을 두고 반복된다. 그러면서 점은 서서히 두께를 가지게 되고, 작가의 신체의 중층성이 그곳에 쌓이게 된다).

이 하나의 점을 그리기 위해, 안료를 묻히기 위해, 자로 재보기 위해, 그려진 부분이 어떤지 보기 위해 등등 작가는 캔버스 주위를 오전 내내(때로는 오후까지) 수없이 오간다. 서서히 오가는 것이 아니라, 그가 작업을 시작하기 전에 하는 아침 산책의 보행 속도와 거의 비슷하다. 그의 몸은 여전히 아침 산책 중에 있는 것일지도 모른다. 좀 더 정확히는 작가는 아침 산책을 시작하면서부터 이미 그림을 시작하고 있는 것인지도 모른다. 이처럼 작가의 수없는 종종거림과 노력이 모두 그림의 여백 속으로 사그라지면서, 마치 단 한 번의 붓질로 완성된 것 같은 아주 말쑥한 점 하나가 드러난다.

10월의 아침, 벌써 선선한 기운이 구석구석 느껴지는데도 작가는 엎드려 그림을 그려서인지, 숨을 참아서인지, 얼굴이 불그스레 상기

되었다. 지친 기색이 역력한 그는 차 한 모금을 마신 후, 피곤함으로 목소리마저 숨어버렸는지 힘들게 목소리를 끌어 올려서 작은 소리로 말을 한다.

붓

심 : 선생님께서 그림 그리시는 모습을 보니 숨이 차네요.

이 : 그런가요? 미술관 관장이나 작가들이 내가 작업하는 것을 보러 올 때가 있어요. 내가 호흡을 멈추고 그림을 천천히 그리고 있으면, 자신들은 숨을 더 이상 멈출 수 없으니까 "스톱, 스톱!" 그래요. 자기네들이 멋대로 숨 쉬면 될 텐데 나더러 멈추라고 그래요. 내가 멈추면 그림을 망치는데…… 판화 공방에 가서 작업할 때도 판화를 만들기 위해서 물감을 개고 그림을 그리고 있으면, 거기 직공들이 헉헉거리며 숨 조절을 못 합니다. 내가 하고 있으면 모두 숨을 멈추는 아주 희한한 현상들이 있어요.

심 : 예, 저도 숨을 참느라 많이 힘들었습니다. 그런데 특히 마지막 단계에서는 상당히 오래 그리신 것 같은데, 한 번 붓질할 때마다 대략 몇 분 정도가 소요되나요?

이 : (조금 전에 작업을 마친 '점'을 가리키며) 저 점이 넓이가 30센티미터에 길이가 40센티미터쯤 되니까, 대략 1분 30초 내지 2분 가까이는 호흡을 멈추고 그려요. 길이가 50센티미터까지는 그 정도 걸려요. 이것도 오랜 연습과 훈련에 의해 가능한 것입니다. 대개 일반인들은 불과 20~30초 하면 숨이 막혀서 헉헉거려요.

그림을 그리면서 정 급할 때는 숨을 조금씩 내쉬어요. 그런데 들이쉴 때는 그림을 못 그려요. 숨을 내쉬면서 해야 집중되지, 숨을 들이마시면서 작업하면 흩어져버립니다. 그런데 내뿜기 위해서는 자기가 미리 많은 것을 들이마시고 있어야 합니다. 나누고 바깥과 연결되기 위해서는 자신이 많은 것을 이미 내포하고 있어야 합니다. 작업을 한다든가 무엇인가를 만들어낸다는 것은 안에 들었던 것을 숙성시켜 내뿜을 때 됩니다. 그대로 내뿜는 것이 아니라 참고 아껴야 해요. 그래서 스톱하고 있는 것이 제일 간편합니다. 스톱하고 있으면 긴장이 돼서 거의 틀림없이 곧바로 그릴 수 있어요.

심 : 전시장에서 조용한 가운데 선생님 그림을 보고 있으면, 무언가 조금씩 움직입니다.

이 : 그게 바이브레이션입니다. 숨을 내쉬면서 그리거나 스톱하고 천천히 곧장 그리는데, 그것은 오랜 훈련 가운데 보이지 않는 '흔들림' 혹은 '진동'이랄 수 있는 바이브레이션이 있고 거기에 따르는 것입니다. 흔들림이 있으면 살아 있음이 보입니다. 그래야 힘이 느껴지고 주변에 운동, 리듬이 보입니다. 뻣뻣해져 있으면 마른 나뭇가지나 마찬가지예요. 생명감 있게 보이기 위해서는 캔버스, 붓, 물감의 노글노글함이며 모든 것과 이가 맞아야 합니다. 그렇게 그리는 최종적인 그 순간, 불과 2분 전후의 순간이 어떤 무엇과도 바꿀 수 없는 일종의 절대성을 띤 순간이고, 그것이 예술가의 삶입니다. 그렇게 그려진 그림은 캔버스에 팽팽한 긴장감이나 존재감을 불러일으킵니다. 호흡을 멈춘 상태에서 천천히 하면, 호흡이라는 것이 함축돼서 바이브레이션과 울림이 나타납니다. 힘차게 한다고 힘이 있는 것이 아니라 호흡의 반영으로 힘이 나오는 거예요.

그러니까 그냥 어떤 마크나 누구나 할 수 있는 기호를 그려놓았다, 그건 아무 뜻이 없습니다. 그래서 나는 어떤 기호론적인 마크로 된 것에는 관심이 없습니다. 어쩔 수 없는 어떤 에너지, 어떤 힘이 거기에서 느껴져야 합니다. 그렇기 위해서는 나 자신의 힘, 캔버스, 붓, 안료 등이 잘 어울릴 수 있는 순간의 지속이 필요합니다.

심 : 겹쳐 그리셨는데도 붓 자국이 그대로 남아 있습니다.

이 : 내게 붓이라는 것은 근대적인 화가들이 가진 붓과 생김새는 비슷하지만 많이 달라요. 근대 화가에게 있어서 붓은 나타나지 않습니다. 붓이 감춰져야 해요. 그런데 내 경우에는 붓 자국이 그대로 나타나고 붓의 존재 이유가 살아 있어야 합니다. 이 붓 자국은 호흡을 필요로 합니다.

심 : 예전에는 '일필일획'으로 그리셨던 것 같은데요.

이 : 1970년대에는 물감을 묻혀서 한 번에 그릴 때도 많았습니다. 그런데 이 한 번이라는 것이 너무 의미가 큰 데다 일필일획이라는 말과 같이 그 일회성이라는 것 때문에 여러 가지 불필요한 오해를 살 수도 있고, 관계성보다 일회성이 너무 드러나기도 해서 이제는 몇 번씩 칠을 합니다. 또 요즘은 물감을 아주 진하게 하기 때문에 한 번에 그릴 수도 없습니다. 그러다 보니까 시간적인 것이 감춰지고, 공간적인 것이 드러나게 되었습니다.

재미있는 것은, 여러 번 겹쳐서 그리면 그 밑에 있는 것과 더블이 되면서 나옵니다. 예를 들어 세 번째 덧칠을 할 때는 맨 처음에 그렸던 것, 그다음 그 위에 그린 것, 그리고 마지막으로 새로 그린 것이 모두 중첩되며 나옵니다. 지워지는 부분, 겹쳐지는 부분도 있고 톤도 달라져요. 그래서 간단한 표현임에도 '생각의 중층성'이라든가 '신체성의 두께'가 나오게 됩니다.

심 : 그림 한 점이 완성되는 데는 대략 얼마나 걸립니까?

이 : 한 번 그린 다음 일주일 내지 열흘 정도 말립니다. 그런데 완전히 마르면 안 돼요. 그게 꼬들꼬들하게 되었을 때 두 번째로 다시 칠합니다. 그리고 또 일주일이나 열흘 정도 있다가 세 번째로 다시 해요. 세 번째로 끝날 때도 있고 네 번째까지 갈 때도 있습니다. 어떤 때는 다섯 번까지 할 때도 있습니다. 그래서 저 간단한 그림이 어떤 때는 40여 일, 50여 일, 두 달까지 갈 때도 있어요.

심 : 선생님의 그림 그리는 자세며 오랫동안 숨을 참는 것 등으로 인해 작업을 마친 후에는 상당히 피곤하실 것 같습니다.

이 : 모든 힘을 집중해서 다 쏟기 때문에, 하고 나서는 나가떨어져요. 그래서 이것은 어떤 의미에서는 현대에 전혀 어울리지 않는 방법입니다. 오늘날에는 다들 기계나 제삼자에게 맡겨서 간단히 하는데, 내 그림 같은 경우는 너무나 고생스러워요. 내가 이거 뭐하러 선택했을까 하는 생각이 들어요. 이것은 많은 아이디어로 바꿔가며 할 수 있는 일이 아니거든요. 그러니 좀 더 철저하고 엄격하게 몰아갈 수밖에 없어요. 자신에게 아무것도 할 수 없도록 족쇄를 채워서, 그 범위 내에서 점점 더 자신을 깎아먹는 그런 작업입니다. 오른쪽 혹은 왼쪽, 위 혹은 아래의 아주 조금의 차이인데, 바로 그 조금의 차이의 느낌 때문에 무수히 그 주변을 왔다 갔다 하는 거예요.

캔버스

심 : 캔버스를 세워서 그리면 훨씬 편할 텐데, 왜 눕혀서 그리시나요?

이 : 이젤이나 벽에 세워서 그림을 그리면 캔버스를 정면에서 마주하게 돼요. 정면에서 마주한다는 것은 내가 생각하는 의식이 모두 투영이 되는 겁니다. 그것은 100퍼센트 자아의 발로에 국한될 가능성이 많습니다. 마주 보고 그릴 때는 여러 방법이 있습니다. 마티스는 긴 막대기 끝에 붓을 달아가지고 마치 펜싱 하듯 그렸는데, 근대의 대부분 작가들은 가능한 한 손에서 가깝게 그리고 자기 생각이 그대로 나타나게 그리는 것이 관례가 되었습니다. 그러다 보니까 자신을 표현하고, 자기가 생각한 콘셉트를 그대로 쏟아내기 위해서는 캔버스를 세워서 정면으로 하는 것이 가장 좋은 여건이었습니다.

나는 그런 경향에는 반대해요. 내 의식을 몽땅 거기에 쏟는 것이 아니라 가능하면 사이가 더 떠야 되고, 주변에 공기라든지 다른 여러 가지 요소가 어우러지기를 바랍니다. 그래서 그림이 크든 작든 간에 세워서 그리지 않고, 늘 바닥에 눕혀 그립니다. 물론 벽에 그릴 때는 벽을 눕힐 수가 없으니까 그것은 특수한 예로, 내게는 눕혀서 그리는 것의 또 다른 연장입니다. 땅에 놓고 그리는 것은 동양 사람들이 오랫동안 해온 방법이고 또한 미국에서 잭슨 폴록[22], 모리스 루이스[23] 등을 위시한 많은 작가들이 바닥에 놓고 그렸습니다. 익히 잘 알려진 폴록의 경우를 보면, 드리핑을 할 때 바닥에 펼쳐진 캔버스 위에서 움직이면서 해요.

캔버스를 밑에 깔고 위에서 물감을 뿌리거나 그리면 자기가 그대로 쏟아질 것 같은데, 의외로 그렇지 않고 자기 주변의 여건이 다 관여해오는 경향이 많습니다. 세워놓고 정면에서 그림을 그릴 때와 달리 눕혀놓고 그리는 경우에는 작은 그림일지라도 몸 전체가 움직여야 합니다. 그것은 자아의 의식의 발로라기보다는 신체의 발로이고, 신체는 항상 무의식적으로라도 주변과의 연관 관계를 대단히 중요하게 여깁니다. 한마디로 신체성과 외부성이 더 많이 관여할 수 있다는 것 때문에 바닥에 놓고 그림을 그립니다.[24] 신체성과 외부성 때문에 바이브레이션 혹은 내외적인 통신이 더 강하게 되거든요.

심: 선생님의 그림을 위해서는 어떤 종류의 캔버스가 바람직한지요?

이: 우선 캔버스라는 것은, 나 나름대로 내 식으로 공장의 힘을 빌려서 만드는 겁니다. 공장에서 내가 요구한 대로 캔버스에 특수한 밑칠을 세 번이나 네 번 해서 가져옵니다. 말짱하고 튼튼하고 탄력성이 있어야 해요. 틀에 짜서 마치 북을 치는 식으로 때리면 소리가 날 정도로 탄력성이 있는 공간이 되어야 합니다.

내가 하지 않고 공장에서 밑칠을 해 오는 것은, 전시될 다른 벽면을 내가 아니라 전문적인 직공들이 작업하기 때문입니다. 또한 이는 내가 바닥까지 만든다는 것이 아니라, 바닥은 주어진다는 의미입니다. 캔버스가 어떤 다른 벽면과도 연결될 수 있다는 것을 생각하는 거예요. 캔버스는 미지의 벽면과도 연결이 될 수 있는 중성성, 뉴트럴한 부분을 안고서, 자기를 드러내기보다는 주변과 연결될 수 있는 어중간한 반물질적인 부분을 가지고 있습니다. 캔버스 그 자체는 물질이지만, 개념적인 성격이 짙어서 반물질적이라고 하는 겁니다. 어중간한 물질성도 있으면서 관념성도 있고, 그런 애매하고 미묘한 장을 만들어서 그것이 그림과 연결되게 하는 것이 나의 몫입니다.

안료

심 : 음식으로 따진다면 선생님의 안료는 담백하게 느껴집니다.

이 : 나는 기름진 음식을 싫어하지는 않지만 내 체질이 강하지 못해서인지 기성 유화물감을 쓸 때 거부감이 들었습니다. 그래서 옛날식으로 내가 만들어 사용합니다. 돌을 부수어 만든 돌가루를 아교에 개어 쓰기도 하고, 때에 따라서는 기름에 개어 쓰기도 합니다. 그러다 보니 많은 물감을 쓸 수 없는 제한 요소가 되기도 했지만, 어차피 내 그림이나 조각이 현실 자체는 아니니 최소한의 물감을 써도 되지 않나 싶습니다.

심 : 최근에는 모두 회색 톤입니다.

이 : 처음에는 오렌지도 쓰고 붉고 푸른색, 검정색도 썼지만, 결과적으로 회색으로 귀착됐습니다. 색 자체를 추구한다면 다양한 색을 쓸 수 있었겠지만, 콘셉트를 표현의 문제로 삼으며 이를 분명히 드러내려고 하다 보니 이미지가 약한 색을 택해야 했습니다. 그렇지만 내 경우에는 모노크롬이 수많은 색을 포괄하고 있다는 의미는 없습니다. 회색 톤이 재미있어요. 회색분자처럼 애매하다고 할까, 분명하지 않다는 뜻이기도 하고, 현실성이 약한 색이고, 개념적이지도 않기 때문에 많은 암시를 내포할 수 있습니다.

마티에르와 윤리의 관계성

심 : 오랜 노력과 시도 후에, 마침내 작품에서 캔버스, 붓, 숨결, 행위 등이 각각 공존할 수 있게 된 것이군요.

이 : 맞아요. 붓은 붓대로, 물감은 물감대로, 캔버스는 캔버스대로, 행위는 행위대로, 생각은 생각대로 여러 가지가 다 제각기 존재 이유를 가지고 서로가 작용하고 기능해서 거기서 하나의 그림이 이루어지게 하는 것이 중요합니다. 이것은 내가 이런 일 저런 일 많이 해본 후에, 상당히 많은 표현을 해오다가 줄이고 줄여서 결과적으로 극소의 표현에 달해서 가능한 것입니다. 내가 아닌 부분으로 하여금 제각기 목소리를 내게 하자, 하면서 오늘날 내가 하는 작업에 겨우 도달했습니다.

물론 이렇게 이야기하는 것도 약간의 고집이고, 역시 작가의 콘셉트가 우선한다든가, 약간의 트릭일 수도 있습니다. 그러나 가능한 대로 여러 요소가 모여서 좀 더 안팎의 통풍이 가능하도록 하고, 다른 것과 서로 고도한 연관 속에 표현이 생성되게 하자는 것으로, 이것은 대단히 윤리적인 발상인 거예요.

윤리란 주변과 남과의 관계에서 나타납니다. 물론 자기 스스로의 윤리를 논할 수도 있지만 어려운 문제입니다. 남과의 관계에서 어떤 예의라든가 규범, 질서가 생겨납니다. 타자 앞에 설 때 자기가 보이고 윤리 의식이 작동한다는 얘기예요. 자기만 바라봐서는 자기가 안 보여요. 남 앞에 섰을 때 자기가 보이는 겁니다. 그래서 남에 대한 존경심 혹은 우러러보는 존재성은 숭고와도 관련되는 것입니다.

심 : 그래서 로랑 헤기를 비롯한 많은 비평가들이 선생님 작품에 윤리적인 부분이 상당히 많다고 지적하는군요. 그리고 숭고를 말씀하셨는데, 칸트의 정의에 근거한 숭고성을 말씀하시는 건가요?

이 : 칸트가 말하는 숭고는 일반적으로 압도당한다든지, 인간의 이성으로 판단이 안 된다고 할까, 그냥 받아넘길 수 없는 어떤 큰 힘이라든가 너무 큰 스케일 앞에 섰을 때 느끼는 것이라고 합니다. 그런데 숭고는 꼭 너무 큰 스케일이나 엄청난 힘에 의해서만 오는 것이 아니라, 어떤 조그마한 미생물, 혹은 보이지 않는 암시에 의해서도 느낄 때가 있습니다.[25]

인간은 묘하게도 어느 한 순간에 숭고함을 느낄 때가 있습니다. 가령 바깥에서 가을 햇볕 아래 낮잠을 자다가 문득 깨어나 돌멩이가 그림자를 품고 있는 것을 보면 숭고함을 느낍니다. 조그마한 것이 몇만 년이나 되는 시간을 안고 거기에 있으니까요. 또한 시골 아낙네가 밭을 매다가 잠깐 하늘을 쳐다보며 쉬고 있는 뒷모습, 혹은 나무 그늘 밑에 어린아이가 앉아 놀고 있다가 그늘이 왔다 갔다 하니까 그림자를 만질까 말까 하는 것을 멀리서 바라보고 있으면 어린 생명의 숭고를 느낄 수 있습니다.

심 : "이우환의 그림은 파도나 큰 산처럼 덮쳐오거나 압도하지는 않지만, 그림 앞의 공간에 몸을 담게 되면 초월성, 존엄성, 장엄함이 느껴진다"는 내용의 미술평이나 기사를 종종 접하곤 합니다. 그 이유가, 미술비평가들의 말을 종합해보면 "윤리적인 부분에서 자기를

철저히 절제하고 가다듬고, 가다듬은 것만큼 외부도 더 긴장을 하고, 또한 엄격하고 가다듬어진 만큼 어떤 절대에 가까운 질서감이나 법칙을 느끼기 때문"이라고 합니다. 그리고 "그림에서 생성되는 바이브레이션이 더 큰 바이브레이션과 연관되면서 초월이나 숭고성을 느낀다"라고도 합니다. 감각뿐만 아니라 종교성도 연상이 됩니다.

이 : 어떤 의미에서는 인간이 감각적인 부분을 통해 알 수 있는 부분은 종교성보다 더 크다고 생각합니다. 수차 언급했지만, 감각이 시시각각 접하고 있는 세계는 주변에서 우주까지 과거에서 미래까지 광활할뿐더러, 늘 바뀌면서 미지성과 연결된 살아 있는 무한성이기 때문이지요. 종교는 물론 절대자를 상정하고 그를 통해서 모든 것을 알려고 하는데, 절대자를 상정하는 것은 한계가 있는 일입니다. 절대자 자체는 한계가 없지만, 절대자를 상정하는 그 자체가 한계거든요. 그런데 무언가 한정해버리면 무한성이나 숭고성이 약해진다고 봅니다.

심 : 그래서 신학자들이 무한(신)을 유한의 언어(인간의 언어)로 정의한다는 것 자체가 문제의 시작이라고 합니다. 또한 레비나스는 시몬 베유를 인용하면서 "신은 존재하지 않는다. 왜냐하면 존재로 그를 담기에는 충분치 않기 때문이다"라고 했습니다.

이 : 최근에 나는 필요해서 성경을 읽고 있는데, 『창세기』 같은 것을 읽으면 인간 이전의 여러 가지가 얽혀 있고 카오스 같은 배경도 느껴지며 포괄성이 있는 것 같다는 생각이 듭니다. 그런데 신약으로

오면 정리가 다 되어서 모든 것이 인간 냄새로 너무 명료해집니다. 그렇게 몰고 가는 것이 근대를 탄생시키기 위해서는 필요합니다. 그러나 그렇게 자꾸자꾸 정리하는 과정에서 큰 세계가 줄어드는 거예요.

내가 이야기한 것과 같은 측면은 아니지만 쇼펜하우어도 종교론에서 "불교는 바위와 같고 기독교는 달걀과 같다"고 했습니다. 내가 정확한 문장은 기억이 안 나는데, 레비스트로스도 이런 말을 했던 것 같아요. "원시종교들은 눈앞에 있는 돌이나 나무, 그런 것을 무서워하는데, 사실은 그 자체가 중요한 것이 아니라 거기에는 뭔가 경이롭게 하는 공통분모가 있다." 내 생각에, 원시인들이 무엇을 보고 무서워 떤다거나 경이를 느끼는 것에는 간단히 무시해버릴 수 없는 문제들이 분명히 그 안에 있다고 봅니다. 만약 이런 것이 누구든지 납득할 수 있는 논리적, 이성적 방식으로 발전된다면 기성종교처럼 강력해지고 널리 전파되겠지만, 이러한 논리에 끼어들지 못하면 미신이나 이교로 다 처분되어버립니다.

구토, 양의의 감성

내 존재와 세계 존재와의 동시적인 접촉이,
내 존재 자체로, 이는 초월성의 깊은 움직임이다.
—모리스 메를로퐁티, 『지각의 현상학』

구토는 근대주의에 익숙해진 지성인들이 갑자기 외부가 살아 있음을 느꼈을 때의 감성이다. 구토란 우연히 이 세상에 내던져져 추악하게 널려 있는 사물들(외부)과의 만남으로 얻어진, 그 외부를 토해내고 싶은 감성이다. 불편하고 생소하며, 자신의 고유한 몸에 무언가 이상한 물체가 느껴지거나 침입해온 것 같아 내뱉고 싶은 원초적인 거부의 감정이자 행위이다. 로캉탱은 18세기의 인물 롤르봉에 관한 연구를 인과적이고 합리적으로 추론해나갈수록, 그와 상관없는 자신의 생각으로 재구성되는 롤르봉을 깨닫고 포기한다. 그가 의식을 포기할 때마다 촉각, 청각, 후각, 시각을 통하여 외부 사물들이 침입해 들어오고, 이때마다 구토를 느낀다. 사르트르는 예민한 지성과 감각으로 '구토'라는 느낌을 정확히 포착했다.

이러한 구토를 느낄 수 있도록 일종의 장 혹은 콘텍스트를 만드는 것이 바로 작가 이우환의 역할이었다. 돌과 철판은 마주 보고 있지만, 관객은 돌과 철판이 적지 않은 간격을 두고 배치되어 있기에 두 물체가 아무 상관 없이 각기 놓인 것이라고 생각할 수도 있다. 철저한 이질감을 지닌 돌과 철판이기에 한 작품이라고 생각하지 않을 수도 있다. 그런데도 관람객들 대부분은 두 물체가 한 작품을 구성하는 요소임을 즉각적으로 감지하고, 좀 더 예민한 관람객들은 이 두 물체가 서로 마주 보며 교감을 나누고 있다고 느낀다. 바로 이러한 느낌이 가능하도록 물체를 선택하고 배치하는 데에 작가의 역할이 있다. 물체들 간의 긴장이 서로에게 적당해야 하는데, 어느 한쪽이 지나치게 우세하다면 또 다른 하나는 압도당하여 입을 다물 것이다. 두 물체가 놓인 간격도 적절해야 한다. 너무 멀면 두 물체는 서로 상관이 없게 되고, 너무 가까우면 이들의 소곤거리는 소리가 너무 작아서 관람객들의 귀에까지 닿을 수 없을 것이다.

사르트르는 이 일기 형식의 소설 가장 앞에 「편집자의 주의」를 썼는데, 흥미로운 것은 로캉탱이 여러 나라, 특히 극동아시아를 여행하고 온 후에 이 일기를 쓰기 시작했다는 사실이다. 이와 관련하여 소설 속의 도시 부빌Bouville에는 '세상 끝au "bout" du monde'의 '도시ville'라는 의미가 숨어 있다. 자아의식이 끝나는 곳, 이 도시를 떠나면 외부가 있는 것일까? 이 외부는 아주 우연하게 끼어든다. 이 소설의 가장 큰 특징의 하나는 사르트르 본인이 강조했듯이 '우연성의 요소'이며, 이는 '구토'의 첫 번째 조건으로 외부의 개입이 이뤄지는 순간이다. 모노하 작가들이 이처럼 '우연성의 요소'를 이용하여 외부의 개입을 적극적으로 받아들임으로써 다양한 종류의 표현 방법이 발산되었는데, 이는 작가 자신이 가지고 있는 것보다 무한히 더 큰 외부와의 협작이기에 가능했다. 이러한 협작의 중개는 신체가 맡는다. 『구토』에서도 마찬가지이다. 로캉탱이 구토를 느끼게 되는 첫 장면이 바로 자갈(조약돌)로 인한 것인데, 이 자갈의 한 면은 매끈하고 건조한 반면에 또 다른 한 면은 축축하고 진흙이 묻어 있다. 이러한 상반된 두 면이 강조되는 것 또한 자연스럽게 서구의 전통적 이원론(선과 악, 영혼과 몸[자연] 등)을 떠올리게 한다. 그런데 이 두 면을 몸의 일부인 손가락이 감당해내고 있다.

가장 커다란 외부 중의 하나인 '타자의 문제'에 대해 이우환은 자신의 노트에서 다음과 같이 적고 있다.

사르트르는 『구토』에서 로캉탱의 입을 빌려, 나무뿌리나 돌멩이가 자기 의지와 관계없이 이쪽의 내부로 엄습해오는 것을 느끼고 기분 나쁘다 못해 구토가 나는 경험을 묘사하고 있다. 이것이 바로 타자의 이슈이다. 사르트르는 『존재와 무』에서 "타자란 구성하는 것이 아니라 만나는 것이다"라고 했다. 철학사에서 대단히 중요한 지적을 한 셈이다. 사실 사르트르는 내가 모르는 사이에, 다시 말해 만남 이전에 당돌하게 거기 버티고 있거나 그냥 스며들어오는 어쩔 수 없는 존재로 감지되는 것에 대해 적대감이나 불쾌감을 토로하고 있는데, 이것은 곧 자아와 무관한 외부가 존재한다는 이야기가 된다. 이것이 실존주의자들의 타자관이라고 본다면, '대상은 거기 있는 대로가 아니라 자아가 구성해서 성립되는 것이다'라는 데 카르트나 칸트의 세계관(독아론)은 무너지고 만다. 자기 외에 대상―세계가 존재한다는 이야기가 되기 때문이다. 자기와 관계없이 대상이 이쪽으로 다가온다는 것은 자아중심주의자들에게는 공포에 가까운 느낌을 준다. 그러나 이쪽 또한 저쪽의 많은 사물들과 무의식적으로 늘 연유되어 있으며 다가오기도 하고 다가가기도 하고, 때로는 경이로운 만남 속에 살고 있다고 생각하는 사람들에게는 특별한 대상이 아닌 한 타자란 그다지 적대의 대상이거나 등을 돌려야 할 것들이 아니다. 사르트르는 자기를 내세우는 동시에 타자를 인정하려 애쓴 철학자이지만 메를로퐁티에 비해 자타의 상호성을 이해하지 못한 것 같다. 삼라만상은 서로 얽혀 있어 때로는 보기도 하고 그냥 스며들기도 하는 관계이며 그 현상일 뿐이다. 나는 때때로 나의 의지와 무관한 뜻밖의 감응에서 세계의 무한감을 느낀다. 사르트르의 말을 내 식으로 고쳐 쓰면 '타자의 인정 이전에 세계와 만난다'.

근대성(산업대량생산주의, 인간중심주의 등)의 산물인 '철판'과 절대적 타자로 취급되었던 자연의 일부인 '돌', 이 둘의 마주 봄은 일종의 초월이다. 내부와 외부, 나와 너의 만남이기 때문이다. 우리가 제1장에서 줄곧 다룬 근대성과 자연, 내부와 외부에 대한 이야기는 이렇게 '철판'과 '돌'의 만남(제2장의 「관계항」)으로 요약된다. 내부가 외부로 열리는 것은(관계가 만들어지는 것은) 이우환의 말대로 '언어와 대상을 넘어선 차원의 터뜨림', 즉 일종의 초월이다. 나와 타자, 만들어진 것과 만들어지지 않은 것이 만나는 이러한 초월은 수직적이라기보다 수평적 혹은 파노라마적인 초월이다. 수평적 초월은 전통적 방식인 정신이나 영혼을 매개로 하기보다는 신체를 매개로 한다. 메를로퐁티의 신체의 개념에 근거하여 이우환은, 몸은 외부 세계의 일부분으로 의식보다 훨씬 큰 세계와 걸려 있으며, 내부와 외부를 중재한다고 강조한다. 그가 신체에 구애하는 이유가 여기 있다.

타자성을 존중하는 이우환의 그림에서 붓은 붓대로, 캔버스는 캔버스대로, 물감은 물감대로, 그리고 작가는 작가대로 존재 이유를 드러낸다. 그렇다면 서로 관계를 맺으면서도 어떻게 각각 존재할 수 있을까? 또한 철판과 돌, 나와 너는 관계를 맺으면서 어떻게 개별적일 수 있는 것일까? 이 미묘한 역할이 어떻게 가능한지에 대해 레비나스의 말을 인용한다. "관계는 그 자체에 의해 타자성을 뉴트럴[26]하게 하는 것이 아니라 오히려 이를 유지한다. 타자로서의 타자는 우리가 되거나 우리의 것이 되는 오브제가 아니다. 반대로 자신의 신비 속으로 들어간다."

이제 우리도 그 신비 속을 산책하도록 하자.

제2부

시적
─점과 여백의 역사

성性은 특별히 의식 행위의 대상이 아니면서도
내 경험의 특권적 형태에 동기를 부여할 수 있다.
이처럼 양의적 상황 때문에 성은 삶과 동일한 외연을 갖고 있다.
달리 말한다면, 애매성은 인간 존재에 본질적인 것이며
우리가 살고 사고하는 모든 것은 늘 여러 의미를 지닌다.
─모리스 메를로퐁티, 『지각의 현상학』

이 : 내 회화에 에로스적 성향이 있냐고요? 아마 조각에서는 보다 쉽게 느낄 수 있을 거예요. 하지만 내 회화로 아직 사랑과 관련하여 이야기한 비평가는 없어요. 반면에 많은 사람들이 내 글에서는 그러한 흔적을 쉽게 발견해요.

심 : 제가 보기엔 선생님 그림에서 억제된 에로스의 숨결이 느껴집니다.

이 : 어쨌든 회화든 조각이든 글이든 섹시하지 않으면 끌리지도 않을 것이고 재미없잖아요. 참 그리고 보니, 내 그림을 보고 깊은 엑스터시를 느낀다는 독일의 여성 화가도 있는가 하면, 정화된 에로티즘을 논하는 일본의 시인도 있습니다. 이런 느낌은 그림의 숨결이나 화면의 바이브레이션이 보는 사람의 신체와 교감하는 데서 오는 것인지도 몰라요.

이우환의 그림에 대한 미술평이나 기사들을 보면, 일반적으로 엄격하고 청명하며 선禪적이고 지적이라고 한다. 또한 작가에 대해서도 '수도하는 사막의 고행자' 혹은 '냉철하고 신랄한 노매드 작가'라는 평이다. 이러한 일반적인 평가와 반대되는 에로스적 성향에 대한 '부–적절한' 질문27)을 던지자, 작가는 웃으며 이와 같이 대답했다.

부적절하다고 생각하면서도 왜 질문을 했을까? 그 이유는 '자갈의 건조한 면'뿐만 아니라, 만약에 존재한다면 '진흙이 묻어 축축한 면'도 보기 위해서이다. 이미 대중적으로 인정받는 평판, 거의 교과서적으로 용인되고 있는 그러한 미술평이, 아직 발견되지 않은 다른 면을 가리고 있을 수도 있기 때문이다.

좀 더 중요한 또 다른 이유는 그의 그림이나 조각은 '오브제 자체가 아니라, 그것과 주위 공간의 상호작용에 의해 울려 퍼지는 공기이고 장소'이며 '작품은 대상 자체가 아닌 관계에 의해 열리는 여백'이기 때문이다. 그렇다면 그의 주변을 바라볼 때, 그의 그림에서 '사랑의 흔적'을 찾을 수 없는 게 오히려 이상한 것이 아닐까? 왜냐하면 그의 아틀리에는 물리적이건 예술적이건 혹은 종교적이건 가장 뜨거운 열정과 정열이 흥건한 몽마르트르 지역에 있기 때문이다.

제1장

몽마르트르의 에로스

피갈 지역, 세속적 에로스

19세기 유럽의 사방에서 바람(예술가들)이 불어와 몽마르트르에서 만나고, 예술에 대한 정열과 끈끈한 사랑이 얽히고설키는 '비너스의 작업'이 왕성하게 발생했다. 몽마르트르는 이전에는 전쟁의 신 '마르스의 산'이었다. 마르스는 비너스의 애인이었으며, 마르스는 사색보다는 행동을, 비너스는 머리보다 심장을 상징한다. 지성의 여신인 아테네보다 사랑과 미의 여신인 비너스와 더 잘 어울리는 곳이다. 이후 '순교자의 산'으로 개명되었다고 한다. 그런데 그것도 머리가 없는 순교자, 생드니 성인의 산이다. 파리의 첫 주교인 생드니 성인은 기독교 박해 시기에 몽마르트르 언덕에서 참수되었다. 그는 자신의 잘린 머리를 들고 현재 그가 매장되어 있는 장소인 파리 북쪽 근교의 생드니 성당까지 걸어갔다고 한다.

흥미로운 점은 고대 그리스에서 이성적인 영혼이 머리에 있다고 여겨 머리를 중요시한 것과 달리, 구약성경에서는 심장을 영혼이 머무는 주요 장소로 언급하며 머리는 언급되지도 않는다. 몽마르트르의 상징인 사크레쾨르 성당의 이름은 번역하면 '거룩한 마음聖心'이다. 이래저래 이곳은 옛날부터 이성을 대변하는 머리보다는 감성을 대변하는 가슴(심장)이 활발히 활동하는 곳이다. 이성보다 감성이 살아 있는 곳, 몽마르트르. 그래서일까, 이곳은 현대의 여러 주요 미술 운동이 태어난 요람이었다.

바로 이 언덕 자락에 '비너스의 작업'이 특히 왕성한 피갈 지역28) 이 있다. 피갈29)의 아틀리에가 있었던, 그래서 피갈이라 불리는 이 지역은 화가들에게는 20세기 중반까지는 아카데미 화가이거나 이미 성공한 화가들이 거주하는 부촌이었다. 그래서 갓 성공한 피카소도 몽마르트르 언덕에서 내려와 이곳에서 그의 삶의 '장밋빛 시대'를 연장했고, 그의 아틀리에가 있었던 건물에 이우환의 아틀리에도 있다.

새벽의 한기가 느껴지는 10월의 이른 시간, 파리의 전형적인 건물의 진한 초록색 대문이 무겁게 열리며 이우환이 아무 표정도 없이 나온다. 진한 청색 셔츠와 청바지, 검은 재킷과 시간을 담은 편해 보이는 검은 구두가 조화를 이루었고, 선선한 아침 공기에 대비한 낡고 진한 보라색 머플러가 아무렇게나 묶여 왼쪽 가슴 앞쪽으로 축

늘어졌다. 재킷 오른쪽 주머니에는 접힌 우산의 손잡이가 불쑥 튀어나와서 마치 메트로놈처럼 작가가 걸을 때마다 규칙적으로 까닥까닥 움직인다. 10월 파리는 잦은 비로 땅이 늘 젖어 있고, 하늘도 습기를 가득 먹은 회색빛이다. 무게만큼이나 느릿느릿 움직이는 대문이 완전히 닫혔을 때는, 이우환은 이미 아파트에서 한참 멀어져 있다.

늘 다니는 산책로이기에 다리가 인도하는 대로 간다. 문득 다른 방향을 생각하기도 하지만, 이미 다리는 일상의 산책로를 걷고 있다. 악보를 외우고 있는 손가락이 머리가 굳이 지시하지 않고 눈이 악보를 보지 않아도 스스로 움직이는 것과 같다. 이우환의 시선은 곧장 나아갈 길만 바라보며 보폭도 최대한 넓게, 걷는 속도도 최대한 빨리 걷는다. 이 산책은 즐기기 위한 것이 아니라 일을 위한 산책이다. 아침 산책을 통해서 그는 악기를 조율하듯, 그렇게 몸을 조율해야 한다. 그가 작업하는 자세는 몸에 상당히 무리를 주기 때문이다. 그는 서서 허리를 굽혀 발바닥에 무게중심을 두고 팔에 힘을 주어 그림을 그린다.

또한 아침 산책은 그날그날 여러 마티에르와의 협연일 콘서트에서 유능한 지휘자가 되기 위한 변모의 과정이기도 하다.

이 : 작업이란 게 발바닥에서 몸으로 힘이 역행하는 것이기 때문에 엄청 피로가 와요. 안될 때는 너무 잘 안돼요. 진땀을 뻘뻘 흘리면서도 안돼요. 그럴 때는 그냥 버리는 수가 있어요. 그리고 조금만

딴생각한다든가 하면 그림이 다 달라져버립니다. 그러니까 그리는 힘이라고 할까, 집중력이 많이 필요합니다. 그림을 그리기 위해서는 내가 가능한 한 정제가 되고 가다듬어져야 합니다. 같은 자세로 네다섯 시간 정도는 작업하려면 그 전에 몸을 많이 풀어놓아야 합니다. 그러기 위해서 산책을 통해 신체적인 조건을 정비합니다. 안 그러면 중간에 쥐가 나거나 해서 작품을 망칠 수도 있습니다. 내가 결과적으로 생각해보니까, 작업 전의 산보는 아무 생각 없이 하는 것이 제일 좋아요. 작업을 안 할 때는 여기 기웃 저기 기웃하고 생각도 해보고 물건도 기웃거리고 하는데, 작업을 할 때는 아무것도 안 보고 그냥 걷기만 하는 것이 좋습니다. 다른 것을 보면 잡념이 생겨가지고 '이게 어떤 걸까' 하고 엉뚱한 데로 빠지면, 그림 그릴 때 아주 곤란해져요. 그래서 산보도 어떤 식으로 하느냐에 따라서 많이 달라져요.

이른 아침의 먼동이 틀 때는 빠른 산책(호메로스의 오디세우스〔율리시스〕처럼 목적이 분명한 '몸'의 산책), 오후나 황혼에는 여유 있는 산책(제임스 조이스의 『율리시스』의 주인공 레오폴드 블룸처럼 일상적 산책)을 한다. 몽마르트르 아틀리에를 사용한 지 벌써 20년 정도 되어간다. 그사이 산책을 하면서 자연스럽게 자신만의 '이우환 산책로'[30]가 생겼다. 쉼 없이 빨리 걷는 이 산책은 45분 정도 걸린다. 그보다 길면 시간이 아깝고, 그보다 짧으면 몸이 충분히 덥혀지지 않아서 일하는 데 지장이 있기 때문이다. 이우환은 이 외에도 생각과 현실이 맞부딪쳐 깨지는 가운데 사유 속으로 침잠해 들어가는 산보로, 마치 소요학파와 같은 산책도 말한다.

아! 그리고 또 다른 산책도 있다.

이 : 한번은 아는 사람 차를 타고 어떤 식당에서 같이 식사를 하기로 했어요. 금방 도착할 수 있는 거리를 차가 밀리고, 우회해야 하고, 그렇게 해서 계속 못 가는 거예요. 그러면서도 차는 계속 식당에서 멀지 않은 거리를 빙빙 돌게 되고…… 우여곡절 끝에 결국 식당에 도착은 했지만, 사실은 도착하지 말았어야 해요. 그래야 불투명한 일상 삶에서의 '고도를 기다리며'가 되는 거거든요.

1950년대 말에 청년 이우환은 또 다른 오디세우스, 레오폴드 블룸, 소요학파처럼 혹은 『고도를 기다리며』의 블라디미르나 에스트라공처럼 그렇게 일본으로 떠났다.

억제된 '열정'[31]—예술 그리고 노매드

1956년 이우환이 일본으로 향할 때만 해도 산보를 떠나듯 가벼운 차림이었다. 금방 돌아오리라 생각하고, 우산 대신에 '약'(파르마콘) 봉지를 들고 떠났을 뿐이다. 그런데 이 약이 이우환에게는 '독'도 되고 '약'도 되었다.[32] 가장 쥐고 싶었던 지휘봉이나 펜을 잡는 대신에 가장 들고 싶지 않았던 붓을 평생 들게 되었기 때문이다.

심 : 일본에는 어떻게 가게 되셨나요?

이 : 일본 계시는 삼촌이 편찮으셔서 약만 얼른 갖다 드리고 온다는 것이, 삼촌께서 강력하게 잡으시는 바람에 머물게 되었어요.

심 : 일본에서 미대를 다니신 건가요?

이 : 천만에, 미술대학 갈 생각은 아예 없었습니다. 음악은 아주 좋아했지만 처음부터 포기한 상태였고, 문학이 꿈이었는데, 일어가 부족해 문학을 할 수가 없어서 학문의 기반이라고 생각한 철학이나 미학 쪽을 택할 수밖에 없었습니다. 그런데 내가 가장 천시하고 멸시했던 그림을 할 줄은 몰랐습니다. 그림 그리는 사람을 바보 취급했는데 내가 그게 된 겁니다. 다른 것은 잘 안되고 하니까, 1960년대 말부터 어쩔 수 없이 미술 쪽으로 점점 기울게 되었습니다. 10여 년 전까지만 해도 나는 화가라고 안 그랬습니다. 늘 나 자신에 대해 불평불만이 많았고 내 그림에도 늘 불만이 있어서 일본에 잘 갔다고 생각해본 적이 없습니다. 일본에만 안 갔어도 그림을 안 그렸지 싶어요. 다른 일을 하리라고 계속 생각하다가 이제는 어쩔 수 없이 화가라는 것을 인정하게 되었습니다. 이제는 열심히 화가임을 합리화하고 있지만, 그래도 여전히 콤플렉스가 대단히 많습니다.

심 : 선생님께서 문학가의 꿈은 확실히 이루셨다고 봅니다. 선생님께서 쓰신 책들이 상당히 잘 읽히고(잘 팔리고), 또한 일본 고등학교 교과서와 일본 대학 입시에도 정기적으로 게재되니 정말 대단

한 일입니다. 이곳 프랑스에서도 교과서나 대입 시험에 게재된다는 것은 상당한 영광입니다. 더욱이 살아 있는 작가에게 그런 영광이 돌아가는 경우는 드뭅니다. 그것도 모국어인 한국어가 아니라 일어로 직접 쓰신 것이니 더욱 놀랍습니다.

그런데 선생님의 글이 일본 대학 입시에 출제될 때, 어떤 질문이 주로 주어지는지요?

이 : 교과서에 실리거나 입시에 자주 나오는 물음의 대부분은 '이 사람의 문장의 특성을 이야기해보라' 혹은 '이 사람의 문장에 정반대되는 부분이 있는데, 그걸 본인은 어떻게 정리했다고 보는가' 뭐, 그런 것들이에요.

심 : 아주 좋은 질문이네요. 사실 선생님의 의도를 가장 이해하기 어려운 부분 중의 하나가 고의적 양의성입니다. 대부분의 사람들은 이러한 양의성이 있어도 시공간의 차이 없이 바로 언급하는데, 선생님의 경우에는 시간과 공간의 간격을 두고 말씀하시기에 오해의 소지가 많습니다.

이 : 그래요. 내 생각이나 글은 늘 양의성을 띠고 있어요. 그래서 내 글을 번역하는 뛰어난 전문 번역가들도 엄청 골치 아파 해요. 예를 들어 주어가 분명하지 않고, 혹은 주어가 두 개가 되거나 아니면 아예 빼야 하는데, 그러면 서구어로는 이게 번역이 안 되거든요. 그래서 한번은 일어에서 독일어로 여러 번 내 텍스트를 번역해준 지크프리트의 노고를 줄일 생각으로 서구식으로 글을 썼어요. 그랬더니 그 사람이 "이건 일본 글이 갖는 습도가 없다"라고 말하는 거예요.

심 : '습도'요?

이 : 일본은 습기가 많은 나라이기 때문에 끈끈하다거나, 언어가 서로 엉켜 있는 느낌, 즉 술어나 주어가 서로 엉켜 있는 느낌을 줘요. 서구 로마자 언어는 주어가 모든 걸 통괄하는 주어 중심의 말이어서 주어가 빠지면 말이 안 되지만, 우리말이나 일본 말은 술어 중심의 말이기에 주어가 빠져도 괜찮거든요. 그래서 습도가 있다는 건, 끈끈하게 서로가 얽혀 있다는 뜻이에요. 데카르트의 발상에 문제가 있다는 것은 주어 중심으로, 주어가 모든 걸 결정하기 때문입니다. 그런데 한국말이나 일본 말은 주어가 결정하지 않고, 누가 결정하는지도 모르게 말이 널려 있어요. 이 독일 번역가는 일본 말을 워낙 잘 아니까 내가 서구식으로, 즉 주어 중심으로 썼더니 자신을 무시하느냐며 다시 써달라고 했어요.

심 : 훌륭한 번역가시네요. 사실 서구에서도 번역과 관련된 문제는 오랫동안 논쟁의 중심이었습니다. 특히 성경의 경우에는 신성한 언어(고대 히브리어, 그리스어, 라틴어)를 인간적 언어(독일어, 프랑스어 등)로 번역하면서, 진정 중요한 '정신'은 빼고 '껍데기'만 번역한다고 했어요. '번역'이 아니라 '변형'이 되는 것이지요.

선생님의 글과 그림은 어찌 보면 글의 번역이 그림이고 그림의 번역이 글인 것은 아닌지요? 제가 드리고 싶은 질문은, 같은 사람이 동시에 쓰고 그리니까, 글과 그림의 표현 방법이나 형태는 서로 달라도 그 결과물은 비슷하지 않나 하는 것입니다.

이 : 심은록 씨는 철학을 하고 글을 쓰니까 자꾸 몸을 잊는 경향이

있어요. 심은록 씨가 말한 대로 '표현의 방법'과 '형태'가 다르기 때문에 '글'과 '그림'이 둘 다 필요한 거예요.

심 : 아, 그러네요.

이 : 그림이나 조각의 제작에는 몸과 마티에르가 필연적으로 동반되며 외부성이나 타자와의 밀접한 관계에서 이루어지니까, 눈앞에 제시를 하면서도 상상의 세계로 무언가를 되돌리며 내부를 동경하는 경향이 있어요. 그런데 글 쓰는 일은 외부나 타자를 생각하면서도 암시성을 띤 언어 구조의 성격 때문인지 관념적이고 비물질적이고 내적인 표현이 되기 쉬우니까, 외부를 갈구하면서 내부를 드러내고 읽히려고 해요.

내게는 이런 모순이 필요한 것이고, 글과 그림을 오가면서 열어 보이고 닫아 보이려고 하고 있습니다. 그런데 열어 보이는 것은 다 보이는 것이 아니에요. 열려 있는 공간이라고 하면, 주변은 덮여 있다는 이야기거든요. 시쳇말로 '해방구'가 생겼다면 주변은 해방이 안 되었다는 것이거든요. 헤라클레이토스식으로 말하면 "진리는 숨기를 좋아한다"입니다. 뭔가 열어 보인다는 것은, 많은 암시와 힌트를 얻을 수 있다는 것을 의미해요.

음악적 암시

심 : 선생님 작품에 대한 미술평이나 대중매체의 기사를 읽을 때

면 문학이나 철학과 관련된 이야기는 쉽게 접합니다. 반면에 음악과 관련된 이야기는 잘 보지 못했습니다. 하지만 저는 평소 선생님의 말씀을 들을 때나 그림을 볼 때, 직접적이든 간접적이든 음악적 암시를 거의 매번 느끼곤 합니다.

이 : 아주 좋은 지적이에요. 보이지 않는 것으로 사람을 감동시킬 수 있는 음악을 나는 지금도 최고의 예술이라고 생각합니다. 시각의 뒷면에는 언제나 음률의 진동이 있다는 것을 느껴요. 나의 1970년대 「점으로부터From Point」와 「선으로부터」의 화폭에서는 그야말로 호흡에서 음률을 느끼게 하거든요.

심 : 언제, 어떤 계기로 음악에 관심을 가지게 되셨습니까?

이 : 내가 네댓 살 즈음이었나, 일본을 왕래하시던 삼촌 댁에 축음기가 있었어요. 나는 시골에서 자라 그런 거 잘 몰랐는데, 축음기에서 '쾅' 소리를 내며 심포니나 여러 가지 음악이 울려 나왔어요. 축음기에 아무도 없는데 그런 소리가 나는 게 어린 내게는 정말이지 신기했어요. 아주 충격적이었다고 할까, 그것이 계기가 돼서 음악에 관심이 대단히 많았습니다. 그러다 6·25 전쟁이 난 해에 중학교를 부산으로 갔는데, 옛날 시골 초등학교에는 오르간만 있었는데, 이때 처음으로 피아노를 보았어요. '이게 바로 레코드에서 나오는 피아노라는 거구나' 하고 신기해서 쳐다보고 쓰다듬고 하니까, 한 친구가 "우리 집에도 그거 있어, 놀러 와" 하는 겁니다. 그래서 며칠 후에 친구 집에 놀러 갔는데, 피아노는 조그마했지만 이 친구가 그럴듯하게 연주하는 거예요. 나는 '아, 내가 촌놈이구나!' 느끼며 움츠러들

었고, 완전히 시골 콤플렉스, 음악 콤플렉스에 사로잡혔습니다. 그렇지만 음악에 대한 신비로움은 여전해서 중학교, 고등학교 다니면서도 음악에 관련된 책을 늘 읽고, 콘서트에 다니고 그랬습니다. 하물며 문학 책을 읽으면서도 그 이면으로는 음악 혹은 소리와 연관해서 읽고 생각하는 습관이 생겼습니다.

심 : 일본에서도 음악을 접할 기회가 있으셨습니까?

이 : 일본에서도 주변에 음악을 하거나 음악과 관련 있는 사람들이 많아서 항상 음악에 빠져 있었던 듯합니다. 작업할 때도 음악을 틀어놓는 경우가 많은데, 음악도 작업의 한 요소로 작용하니까 배경음악으로 듣는 것만은 아닌 것 같아요.

그러나 작업을 할 때 차이콥스키나 시벨리우스처럼 가까이 느껴지는 민족음악이라든지 너무 강한 음악을 들으면 작업을 못 합니다. 예를 들어 드뷔시나 바흐나 그리그를 들으면서는 작업을 할 수 있지만, 무거운 베토벤이나 바그너를 들으면 음악이 너무 강하게 다가오기 때문에 작업을 할 수가 없습니다. 작업할 때는 일정한 거리감이 있는 음악이 좋습니다. 어쨌든 음악은 보이지 않는 세계의 질서를 듣게 하고 그 고양감에 떨게 합니다.

심 : 어떤 작곡가를 즐겨 들으시는지요?

이 : 바흐를 좋아해요. 바그너도 상당히 좋아하기는 하는데, 겹겹이 중층적으로 쌓인 느낌 때문에 나중에는 너무 무겁게 느껴져서, 내가 힘이 있을 때는 듣지만 늘 듣기에는 버거워요. 하지만 심신이 강할 때는 이런 음악이 필요해요. '자, 지금부터 음악을 들어보자!'

하고 마음먹고 들을 때는 역시 베토벤이지만, 내가 맥이 없을 때는 베토벤을 들으면 쓰러져요. 그래도 역시 나이 먹으면서 들으면 들을 수록 위대한 것은 베토벤이에요. 인간이 가진 음으로 만들어내는 조율에 그 이상은 없어요. 그야말로 괴테가 말한 대로 만들어낸 음이거든요. 「운명 교향곡」의 '딴따따 딴—'(제1주제), 자연에는 이런 음이 없어요. 인간이 만들어낸 음악이지만 숭고한 느낌을 줘요. 카라얀처럼 지휘자에 따라서는 이를 더욱더 잘 나타내는 사람이 있거든요. 이는 음악만이 할 수 있다고 봅니다. 보다 에센셜하다거나 고도한 테크닉 하면 그건 바흐지만, 베토벤은 엄청난 그 무엇인 거예요. 눈앞에서 크게 펼쳐지는 파도나 거대한 산……

이우환 1. 「점으로부터」 「선으로부터」

심 : 그림을 본격적으로 하신 것은 언제부터인가요?

이 : 어릴 때부터 그림을 그려왔지만, 그림을 해야겠다고 마음먹은 것은 1960년대 말입니다. 1960년대 말과 1970년대에는 회화와 조각을 병행한 셈인데, 처음에는 회화보다는 조각 쪽에 더 치중했습니다. 그게 당시 유행이기도 했고[33] 그림을 그린다는 것은 대단히 쑥스러워서 손이 잘 가지 않는 부분이었습니다.

1960년대 말은 모노하 초창기였으니까 물건이나 공간 등을 어떻게 생각해야 될 것인가 하는 방황이나 헷갈림이 있었습니다. 그러니까 구체적인 물건이나 공간을 사용하는 작품을 한 10년 했습니다. 1972~1973년부터 그림을 본격적으로 시작했는데 조직적, 반복적, 신체성이 드러나는 작업을 꾸준히 했습니다. 그러다 보니까 작품이 대단히 질서 정연하다든가, 법칙이나 어떤 분명한 구조를 가지게 되었습니다. 그때의 작업이 「점으로부터」와 「선으로부터」였어요.

심 : '점'과 '선'으로 시작하신 이유는요?

이 : 내가 점을 찍은 것은 어렸을 때 시서화[34]를 배우면서부터였습니다. 점 찍는 것과 선 그리는 것부터 시작하거든요. 동아시아에는 우주 만물은 점에서 시작하여 점으로 돌아간다는 발상이 있고, 그 이야기를 우리 집에 종종 머무시던 동초 황견룡 선생에게서 자주 들었습니다. 어렸을 때니까 그 깊이야 알 수 없었지만, 같은 이야기를 반복해서 듣다 보니까 그것에 대해 이론적으로 비판하기도 전에 이미 내 머릿속에 꽉 차게 되었고, 그것에 의해 내가 배양된 셈입니다.

그러니 점은 내가 발명한 것도 아니고, 내가 태어나기 훨씬 이전부터 있었던 거고, 그것을 내가 어릴 때 배워서 구워 먹고 삶아 먹고 하는 거고…… 점은 아주 역사적이고 뉴트럴한 것으로 아이부터 어른까지 누구나 할 수 있는 거고, 그걸 집어다가 거기서 출발하여 거기에 뭐가 나타나는가, 그로 인해서 어떤 구조, 시공간이 연관되나 그것을 찾아보자는 그런 생각이었습니다. 그리고 '점'의 연장선이 '선'이고……

심 : '……으로부터from'가 있으면 자동적으로 '……로까지to'도 생각하게 되는데, 선생님 작품에는 보이지 않습니다.

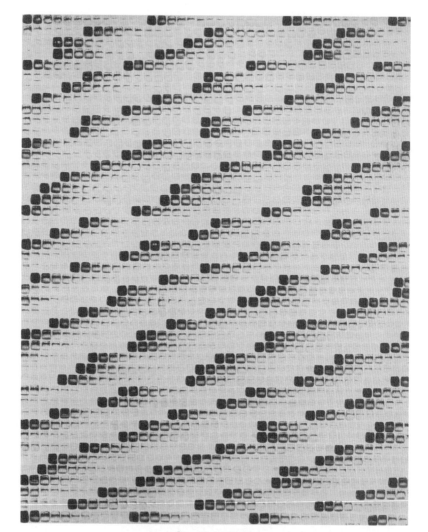

「From Point」(1976)

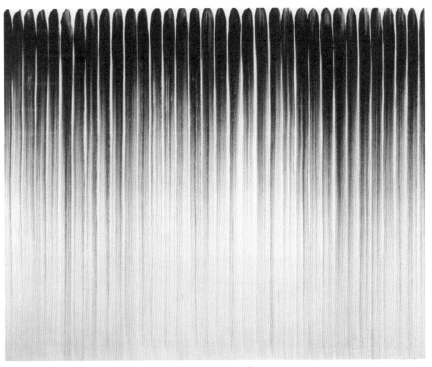
「From Line」(1977)

이 : '……으로부터'라는 원인발생론적 출발론적인 제시는 있지만 '……로까지'와 같은 목적론적인 암시, 목적인目的因35), 목적지 등은 전혀 없어요. '……으로부터'라는 것은 하나의 출발이고 여러 가지가 어울리는 과정입니다. 이런 것을 구조적으로 반복합니다. 그래서 일종의 반복의 문제가 생기는데, 그림 자체가 크게 달라지지는 않지만 계속적으로 조금 더 잘, 조금 더 철저히 하게 됩니다. 과정은 있지만 목적 설정은 해서는 안 됩니다. 그것은 자기 완결이 될 테고, 또한 목적을 성취하기 위해 수단 방법을 가리지 않기 때문입니다.

심 : 이론적으로는 가능하지만, 실제에 있어서 목적을 가지지 않는다는 것이 가능할까요?

이 : 종교에서는 신이 목적이 되고 철학에서도 이데아, 로고스(이성) 등 개념적인 것이 목적이 됩니다. 나는 종교도 없습니다. 점도 하나의 과정인 것처럼 나 자신도 떠돌이이고, 어디로 가는지 누구와 어울릴지 알 수도 없으며, 질문은 하지만 답에 머무르지 않기에 불안합니다.

그는 불안하다. 그것도 열정적으로 불안하다. 그가 좋아하는 작곡가 베토벤의 「열정」처럼 그렇게 열정적으로 음악도 듣고, 문학도 하고, 미술도 한다. 참으로 지독하게 음악도 많이 듣고, 기분 좋으면 노래도 흥얼거리고, 지독하게 문학 책도 많이 읽고, 기분이 무척 좋으면 외우고 있는 몇백 편의 시 가운데 몇 편을 내리 읊는다. 전시회도 많이 다니는데, 매우 신랄하게 비평하기도 한다. 본인의 의사와 상관없을 수도 있겠지만, 하물며 노매드조차도 그는 참으로 열정적으로 한다. 그는 도착함 없이 늘 출발한다. 그것도 알레그로 모데라토(경쾌하게 알맞은 속도로)로. 바로 이 속도로 그는 지금 클리시 산책로를 지나고 있다.

이 산책로는 도로 한가운데 있는데, 산책로 양옆으로 커다란 나무들이 줄지어 있고 여전히 잎이 무성해서, 도로의 양옆으로 줄지어 있는 상점, 섹스 숍, 식당 등을 묻어버린다. 산책로의 나무 밑에는 초록색 벤치가 적당한 간격으로 놓여 있다. 이 거리에는 유명한 물랭 루주, 리도(카바레)가 있고 또한 많은 관광객들, 물론 파리지앵들도 있다. 저녁이 되면 파리에서 보기 힘든 반짝거리는 네온사인이 켜지는 것을 신호로 이 지역은 뜨거워진다. 캉캉, 쇼, 샴페인, 소매치기, 화장이 진한 여성들, 포옹하고 있는 고객들 혹은 저녁의 관광객들, 사랑, 낭만 등등. 그러나 아침이 되면 마치 모든 것이 '한여름 밤의 꿈'이었던 것처럼 밤새 일어난 모든 일은 어둠과 함께 떠나고 말끔한 얼굴의 회색 새벽이 시작된다. 아침의 이곳은 진한 화장을 지운 여자의 얼굴처럼 말쑥하고, 새벽의 기운으로 차갑다. 부지런한 연인들 혹은 부부가 서로의 직장으로 떠나기 전에 입맞춤을 한다. 이우환이 특별히 좋아하는 고전인 플라톤의 『향연』의 한 장면 같다. 이 책에서 양의적인 사랑을 말하는 파우사니아스는 두 에로스(비너스)를 말한다. '세속적 에로스'와 '천상의 에로스'이다. 세속적 에로스는 '뜨거운 것'(육적 사랑, 육체, 모험, 감성, 우연, 카오스 등)을 좋아한다. 천상의 에로스는 '차가운 것'(지성, 정신, 지적 사

랑, 이성적인 행동, 필연, 로고스 등)을 좋아한다. 육체적인 사랑의
아름다움이 천상의 사랑으로 인도한다. 육체는 모든 것의 시작이라
는 암시가 깔려 있다.

　이러한 상황을 다시 한 번 확인해주듯이 그가 말한다. "이곳은 아
침과 저녁이 가장 다른 지역 중의 하나일 거예요."

묘지 위의 다리

이우환은 이제 18구의 콜랭쿠르 길로 접어든다. 모딜리아니, 로트레크(21번지), 르누아르(73번지) 등의 많은 작가들의 아틀리에가 있었고, 또한 에콜 드 파리가 태어났다는 카페 셰 마니에르(65번지)가 있다. 몽마르트르의 대부분의 길이 이처럼 예술사가 겹겹이 중첩되어 있다. 아직도 버스나 차량들은 전조등을 켜고 운행하고 있다. 작가의 걸음에 조금씩 속도가 붙기 시작한다. 뒤도 돌아보지 않고, 옆도 살펴보지 않고, 빨간불인데도 그냥 건너간다. '에로스'의 지역을 벗어나자마자 바로 '타나토스'의 지역으로 들어선다.[36] 콜랭쿠르 다리를 지나고 있다. 몽마르트르의 한 시인은 이 다리를 가리켜 "센 강이 아닌 몽마르트르 묘지를 가로지르는 유일한 다리"라고 했다. 다리 아래로 수많은 다양한 형태의 무덤들이 보인다. 프랑시스 피카비아, 스탕달, 에밀 졸라(유해는 1908년 팡테옹으로 옮겨짐), 하인리히 하이네, 바츨라프 니진스키 등등의 유명 인사들이 더 많은 무명의 망자들과 함께 누워 있다. 시대, 국적, 신분, 직업에 상관없이 모두들 다리 '아래'에 나란히 함께 있다. 우리 눈에는 미처 보이지 않지만, 배가 고프지 않아서 운 좋게 보르헤스의 '유스테네스의 타액'을 벗어난 '부패와 찐득함을 암시하는 피조물'인 '살모사, 쌍두사, 날개미, 뱀, 해룡, 암몬조개, 곡식벌레, 용, 전갈, 독사, 뱀눈나비, 거미, 잠자리, 차상충, 도마뱀, 치질 등'이 이곳에 와서 그들 사이에 혹은 그들과 우리 사이에 함께 있을지도 모른다.[37]

심 : 선생님, 죽음에 대해 생각해본 적 있으세요?

이 : 어렸을 때 할아버지가 자신의 관을 짜고 시커면 옻칠을 하거나 때로는 그 안에 들어가서 낮잠도 주무셨어요. 그리고 공기가 잘 통하라고 처마 밑에 달아놓았는데, 어둑어둑할 때 비바람이 불고 매달아놓은 관이 삐걱삐걱 소리를 내면 어린 마음에도 뭔가 으스스하고 무서웠어요. 할아버지는 관 안에다가 죽음을 기르며 때를 기다렸는지도 몰라요. 인간은 죽음을 늘 옆에 두고 사는 재미있는 동물 같아요. 나는 학생 때 자살할 거라고 면도칼로 두어 번 손목을 잘라보기도 했는데, 피만 많이 나다가 그냥 저절로 그치더니 안 죽었어요. (마치 남의 일처럼 무감각한 어조로 말한다.)

심 : 일종의 '베르테르의 열기' 같은 것이었나요?

이 : 아니에요. 문학을 좀 많이 읽은 탓도 있었지만, 그때는 괴테의 『젊은 베르테르의 슬픔』보다는 쇼펜하우어의 『자살론』 영향이 더 컸어요. 학생 때니까 '왜 사는가? 오래 산다는 것은 수치다'라고 생각했습니다. 당시 내가 생각한 죽음은 심각한 고민이 있어서가 아니라 괜히 이상한 문학 책도 많이 읽고 '자살론'을 써보고도 싶었고, 별 이상한 생각을 하다가 죽음이라는 것이 뜻도 있고 상당히 매력도 있어 보였어요. 허무맹랑하고 맹목적인 환상에서의 죽음이에요. 뭔가 로맨틱하게 생각하는 부분이 있는 것, 그게 내가 20대에 생각한 죽음입니다.

물론 죽음을 사회적인 차원에서 경험하거나 생각해본 적이 없는 건 아니에요. 가령 6 · 25 전쟁 당시 나는 중학교 1학년이었는데, 인

민군에 둘러싸어 피난을 가다가 다리를 건너는데, 갑자기 비행기가 나타나 기관총 폭격을 퍼부었어요. 무의식적으로 엎드렸다가 비행기가 지나간 다음 일어나서 뛰었는데, 그때 뒤에 오던 사람들이 죽었는지 살았는지 무서워서 뒤돌아보지도 못했어요. 그 후 한동안 밤중에 깜짝 놀라 깰 때가 많았습니다. 그런데 그런 상황적인 경험은 시간이 가고 나이를 먹으며 잊어버리고 오히려 허무맹랑한 개인적인 상상이 날개를 펴는 느낌입니다. 그리고 40대에 생각하는 죽음이란……

심 : 나이에 따라 죽음에 대한 생각이 바뀌셨다는 건가요?

이 : 그래요, 나이에 따라 생각하는 것이 달라져요. 40대 후반쯤 되니까 내가 생각하는 대로 잘 안되거든요. 내 한계가 자꾸 느껴지고, 해봐야 깜깜하고, 내 재능에 회의와 절망이 생겨서 이럴 바에는 죽는 게 낫겠다, 스스로 자기를 결정짓는 것이 부끄럽지 않고 깨끗하고 좋겠다는 생각, 그러니까 어떤 절망감도 좀 있고, 자기 과신도 좀 있고, 그런 데서 오는 갈등에서 자기를 끊어버린다는 식으로 자기 의지를 내보이는 식으로 생각했어요. 그러면서도 늘 교통사고 당할까 봐 겁을 먹고, 병이 날까 봐 조심한다거나, 어디 아프면 금방 병원에 간다거나, 그러면서도 동시에 자기 죽음을 생각하는 등 아주 이율배반적인 것이 있어요.

심 : 쇼펜하우어도 자살에 대한 찬양과 의지를 말했지만, 도시에 페스트가 돌자 가장 먼저 도망쳤다고 합니다.

이 : 나도 그처럼 병이 날까 봐 조심했어요. 그런가 하면 고등학교

때는 토마스 만의 『마의 산』이나 이상의 소설을 읽고, 폐병에 걸리고 싶다는 호기심도 있었으니 모순투성이였어요. 그런데 나이 들어서는 자살이 바람직하지 않다는 생각이 들었습니다.

예순 넘어서부터는 에고에서 오는 죽음이 아니라 우주의 섭리로, 태어나면 죽고, 죽으면 다른 에너지로 변화한다고나 할까요. 나는 불교신자는 아니지만 다른 것으로 태어난다는 것(윤회), 다시 말해서 '에너지 보존의 법칙'에 의해 내가 죽어도 내 에너지가 없어지는 것이 아니니까 다른 것이 될 수도 있고, 그렇게 생사가 어떤 커다란 연관 속에 있는 것도 같아요. 만물이 그러한 연관 속에 있어서 삼라만상이 얽히고, 그 자체가 영원히 살면서도 죽음이 있어요. 그러니까 죽음과 함께 다른 여러 가지가 서로 배합되는 것을 나 자신의 의지로는 알 수 없는 것이지요. 내가 어쩔 수 있는 부분은 단지 삶의 한 부분으로, 알 수 없는 것에서 왔다가 다시 알 수 없는 것으로 돌아가는 그 틈 사이에 잠깐 있다는 느낌이에요. 이러한 섭리가 어떤 느낌으로 조금이라도 다가올 때는, 그것을 안다는 것 자체가 경이로움으로 받아들여져요. 이러한 의미에서 뭔가 주어진 것을 자기 의지로 끊는다는 것은 생물생태학적인 측면이나 우주적 섭리에서 볼 때, 지나친 자기 과신이나 에고에서 한 판단(우주 전체가 돌아가는 것을 한 개인의 좁은 생각으로 단절시키는 것)이라고 생각하게 되었어요. 인간은 순간마다 다시 태어나고 순간마다 다시 죽는 것이 아닙니까.

심 : 나이에 따라서도 달라지지만, 또 시대에 따라서도 죽음의 의

미가 많이 달라지는 것 같습니다.

이 : 그래요, 근래에 와서도 많이 달라졌어요. 젊은 사람들은 죽음 같은 것은 지워버리고 오로지 삶밖에 없는 식으로, 어느 순간에 죽으면 그것으로 끝이라고 여기는 것 같아요. 대단히 속도가 빠른 오늘날 문명의 양식은 너무나 일방적입니다. 천천히 간다거나, 삶과 죽음을 아우르는 지속적인 개념, 즉 영혼, 윤회, 영원, 이러한 발상도 거의 사라졌어요. 삶이란 게 공간적으로 있다가 그냥 끊어져버리는 것이라고 생각해요.

이후 이우환과 나는 '파스칼의 도박'[38]과 '세네카의 죽음'에 대해서도 이야기를 나누었다. 죽고 나면 마침내 진리, 즉 그가 말했던 우주적 섭리를 알 수 있게 되거나 아니면 알고 싶다는 것조차 모르는 상태일 테니 이도 나쁠 것이 없다고 말했다. '죽음을 기억하라 Memento mori'는 말은 사람을 겸손하게 만든다. 죽음이 존재하지 않는 세상은 마치 엘리엇의 『황무지』의 제사題詞[39]에 나오는 쿠마이의 무녀처럼 되지 않을까? 그녀의 쪼그라든 끔찍한 모습이 스쳐 지나간다.

'살았다, 썼다, 사랑했다.' 이곳 몽마르트르 묘지에 묻힌 문학가 스탕달의 비문이다. 세상에 남기고 싶어 하는 마지막 말인 비문은 때로는 한 마디로 압축해 그들의 삶과 사상을 요약한다. 이 책에서 끊임없이 거론되고 있는 칸트는 그의 『실천이성 비판』의 결론이 비문으로 적혔다. '내 머리 위의 별이 반짝이는 하늘과 내 마음속의 도덕률.'[40] 떠오릴 때면 웃음까지 선사하는 톡 쏘는 버나드 쇼의 괜찮은 비문, '우물쭈물하다 내 이럴 줄 알았다.'

다리 아래로 펼쳐진 몽마르트르 묘지의 무덤들은 같은 모양 없이 모두 다르다. 무덤의 형태가 정말 다양하여 마치 작은 건축물 박물관 같다. 작은 성, 작은 성당, 기념 건축물, 동상 등. 반대로 한국에서는 오히려 다른 모양을 찾기가 어려울 정도로 반원 형태의 봉분으로 단지 크기의 차이가 날 뿐이다. 개인주의와 공동체주의의 단면을 보는 듯하다. 그러나 이처럼 들어가는 문(무덤)은 달라도 모두들 '무의 세계'로 들어간다. 존재의 반대로 인식되는 '비존재'로서의 '무'가 서구에서는 일반적으로 통용되는 '무'이자 '공'이다. 무덤 형태만큼이나 동양의 주요 개념 중 가장 많은 차이를 보이는 것이 바로 이 '무'나 '공'이라는 개념이다.

살아 있고 죽어 있는 고양이[41]

심 : 동서양 할 것 없이 현대미술에서 젊은 작가들이 '무'나 '허무'를 많이 다루고 있습니다.

이 : 젊은 현대 작가들이 다루는 '무'는 서양 사람들이 말하는 '무'에 가깝습니다. 그들의 표현에는 생과 사라든지 그러한 대립 개념에서 오는 부분이 크거든요. 그런데 내가 생각하는 '무'는, '존재l'être'가 '무le néant'가 될 수도 있고 '무'가 '존재'도 될 수 있는, 존재와 무

가 헷갈리는 그러한 존재이고 무입니다.

심 : 데카르트의 후손답게 사르트르는 '존재'와 '무'를 명료하게 구분해주었는데, 선생님의 설명은 정말 헷갈립니다.

이 : 바로 나는 사르트르처럼 '존재'와 '무'를 별개로 취급하는 데 동의하지 않기 때문입니다. 존재와 무는 떨어질 수도 있고, 겹칠 수도 있고, 헷갈리기도 하는 그런 것입니다. 보이는 데에 따라서 이게 무일 수도 있고 존재일 수도 있습니다.[42] 서양에서는 일반적으로 대상물 자체를 가지고 존재라고 합니다. 하지만 하이데거는 이를 넘어서서 존재의 개념은 존재자를 존재자이게끔 하는 것, 예를 들어서 '쇼파주'(난방 기구)를 쇼파주이게 하는 것, 즉 쇼파주가 놓인 바닥, 공기 등 이러한 것이 진짜 존재성이라고 합니다. 그런데 나중에는 그것마저도 부정해버립니다. 그러니까 그 사람도 존재라는 개념에 문제가 있는 것을 안 것입니다. 그는 그리스 철학을 아주 깊게 생각했는데, 특히 헤라클레이토스[43]와 같이 동방에서 온 사람들에게 관심을 많이 가졌습니다. 동방, 즉 근동이나 아랍에는 존재론이 없습니다. 존재는 늘 바뀌는 것이에요. 그쪽에서 온 사람들은 늘 변하고 이런 변하는 관계에서의 생성을 말합니다. 노자나 장자도 마찬가지이고, 그러나 이데아를 말하는 플라톤이라든가 아리스토텔레스, 이들은 존재론자예요.

심 : 프랑스에서도 그렇지만, 사실 고대 그리스 때부터 '무'의 시공간적인 표현으로 '공'이라는 것이 대체되어 사용되기도 합니다. '여백'이 프랑스어로는 일반적으로 '마르주marge'로 번역되는데, 선

생님의 '여백'도 이렇게 번역될 수 있습니까?

이 : 곤란합니다. 그 마르주라는 것은 가운데를 빼버리고 주변만 이야기하기 때문입니다. 그것도 그렇고, 프랑스어의 '비드vide'나 영어의 '엠프티너스emptiness'도 적당한 번역은 아니에요.

심 : 데리다도 '여백'에 대해서 책을 썼습니다. 연관성이 있습니까?

이 : 데리다의 '여백'도 '마르주'처럼 기본적으로는 '변경', '주변'의 문제입니다. 그런데 시인 말라르메의 경우에는 여백이 좀 더 커요. '여백이 커져서 다 삼킨다'는 표현도 있습니다. 그렇지만 여전히 문제가 있어요. 오브제와 공간과의 연계가 없기 때문입니다. 나는 그 자체의 힘이 아니라 물체의 공간과의 연관에서 생기는 바이브레이션, 여백을 말합니다. 내가 늘 드는 예는, 종 치는 사람이 있고 공간(여백)이 있는데, 보통 때는 안 느껴지지만 '꽝' 하고 울리면서 종소리가 들리고 어떤 공간이 열리는 거예요. 이때 이 종을 포함한 사람이며 공기며 공간의 울림이 '여백 현상'입니다.

내 최근 그림은 캔버스나 벽에 아주 조금밖에 터치를 안 합니다. 아주 작은 이 터치에 의해서 그림이 걸려 있는 공간에 어떤 울림이 퍼지거나, 공기가 밀도를 가져서 공간이 열리면 그것은 환한 장소가 됩니다. 물론 여기서 장소라는 것은 시간성을 포함한 것입니다. 어떤 '특정한 순간'이 장소입니다. 그런데 점 하나만이 보인다면 그것은 실패작입니다. 그것이 위치라든지, 뭔가 억양이라든지, 점이 가지는 힘, 에너지라든지 여러 가지가 필요합니다. 나의 조각, 그림,

글은 하나의 계기나 힌트이지 그 자체는 아니에요. 그래서 내 시집 후기에도 "내가 쓰는 것은 시 자체는 아니다. 시를 유발시키는 말일 뿐이다"라고 썼는데, 글뿐만 아니라 그림, 조각 다 그래요.

심 : 그러면 여백을 중요하게 여기는 동양화의 여백과는 비슷합니까?

이 : 동양화의 가운데나 윗부분이 비어 있기는 합니다. 그런데 비어 있다 해서 모두 여백은 아닙니다. 태반의 공백 있는 그림이 사실상 여백이 아닙니다. 그냥 비어 있는 거예요. 동양화에서도 잘된 그림에는 여백이 있습니다. 동양화이기에 여백이 있는 것이 아니라 훌륭한 그림이기에 여백이 있는 것입니다. 잘된 그림에는 힘이 있어서 그려진 것들 사이(예를 들어 산과 산 사이)에 바이브레이션(울림)을 일으키기 때문에 여백이 생기는 것입니다. 명말 청초의 팔대산인 같은 화가의 그림에서 고도의 여백 현상을 느낄 수 있습니다. 그려지지 않은 부분이 여백이 아니고, 그려진 것과 공간(그려지지 않은 것), 그 전체를 포함하고 그 주변까지 포함한 것의 상호작용에 의한 바이브레이션이 '여백 현상'입니다. 내가 해석하는 여백은 '현상학적인 여백의 현상'입니다. 일본 여관에 가면 휑뎅그렁한 다다미방의 귀퉁이에 꽃 한 송이만 꽂아놓거든요. 그 꽃이 잘 꽂혔을 때, 아무렇게나가 아니고 잘 꽂혔을 때에 그 꽃은 방 안을 환하게 비추고 울림이 있습니다. 그렇게 여백이 열리고 생성되는 겁니다. 여백은 '존재의 개념'이 아니고 '생성의 개념'입니다. 그래서 '동양화에는 여백이 있다', 나는 그것 인정 안 합니다.

심 : 수많은 무덤을 바라보는 것은 인간의 유한성을 느낄 수 있는 좋은 방법 같습니다. 동일한 이유로 그림에서도 해골이 곧잘 등장하는데요. 제가 혼동스러운 점은 파손되거나 허물어진 고대 조각이나 성곽과 같이 극히 유한의 모습을 드러내는 것에서 무한성을 느끼게 되는 이유가 무엇인가 하는 것입니다.

이 : 심은록 씨가 감성적으로는 '무한'을 느끼면서도 이성적으로 서양적인 '무한' 개념을 가지고 있기에 혼동이 오는 것입니다. 서양에서 무한은 어떠한 절대나 완벽이라는 개념에 닿아 있기 때문에 문제입니다. 그리고 '유한'을 불완전하다든가 파편성이라고 생각합니다. 전체가 아닌 것(유한)이 어떻게 전체(무한, 절대)를 알 수 있느냐, 이런 것은 서양 논리학에서 온 모순입니다.

심은록 씨가 예로 든 허물어진 옛 성곽이나 파손된 고대 조각 혹은 그림의 파편은 그야말로 무한을 잘 나타내고 있지요. 그것들이 완벽할 때는 그 완벽성 때문에 사실은 유한을 넘어서기 힘듭니다. 그런데 완벽성에 상처가 나고 허물어지면 곧 주변의 시간이나 공기가 엄습하고 스며들면서 버티려는 쪽과 사그라뜨리려는 쪽의 양면이 보이게 되는 겁니다. 여기에 무한의 모습과 비밀이 있는 거예요. 그래서 파편성은 더욱 커다란 세계와 맞물려 있음을 잘 보여주는 것입니다. 이것이 시이고 초월임을 아시겠지요. 그래서 장자는 "유한으로 보면 유한이고, 무한으로 보면 무한이다"라고 했습니다. 이것도 아니고 저것도 아닐 수도, 이것이기도 하고 저것이기도 합니다. 불교에서도 "색즉시공色卽是空 공즉시색空卽是色" 혹은 "모든 것은 파편이고, 모든 것이 그 안에 들어 있다. 아무리 커도 큰 자체도 파편일 뿐이다. 그렇다고 모든 파편을 다 모아도 전체는 아니다. 작은 파편 하나도 큰 것에 연결되어 있다"라고 합니다. 유한과 무한을 구별 짓지 않으며, 무한의 한 파편을 유한으로 해석합니다.

심 : 그렇다면 선생님의 '무한'은 어떤 것입니까?

이 : 나는 '무한'이라는 것에 참으로 흥미를 가지고 있습니다. 내가 1970년대에 가졌던 무한 개념은 수학이나 물리학적인 세계였습니다. 우선 무한 개념이 있고, 그것을 그림으로 전개하는 것이에요. 예를 들어 「점으로부터」에서 붓에 물감을 묻혀 점을 찍어가면 점차 물감이 사라지고, 완전히 사라지면 물감을 묻혀 다시 시작합니다. 이런 반복의 시스템 안에서 무한을 본 거예요. 그것은 근대주의적인 무한 개념에 가까워요. 그런데 1970년대 말부터 시스템이 망가지기 시작하면서 그리지 않은 공백과 그런 것의 관계가 보이기 시작합니다. 이 관계에서 나타나는 것이야말로 무한한 것이구나 하고 깨달았습니다. 무한은 존재 개념이 아니고 생성 개념이란 걸 알게 되었어요. 그래서 나의 무한은 무제한의 자기 확대 또는 무제한의 재생산을 의미하지 않습니다. 나는 만드는 데 대한 희열이 별로 없어요. 이 경우에는 '무한'이라는 개념보다 '공'에 가깝다고 보입니다. 좀 더 정확히는 '안 만드는 것'과 '만드는 것'을 포용한 커다란 세계를 희망합니다. 내가 생각하는 '무한'은 존재하는 것이 아니라, 어떤 무엇을 했을 때 나타나는 것입니다. 그러니까 내가 무한 자체를 만들 수도 없고 무한 자체를 나타낼 수도 없습니다. 다만 내가 무슨 일을 했

을 때, 거기에 무한성이 보일 수는 있습니다.

오늘날 예술의 역할

'에로스' 지역(피갈 지역)과 '타나토스' 지역(몽마르트르 묘지)을 지나며 프로이트의 서신이 떠올랐다. 1931년 국제연맹의 국제지적 협력협회는 '국제연맹과 지적 생활의 공동 이익에 기여할 것으로 여겨지는 문제들'에 관해 대표적 지식인들 사이에 편지 교환을 주선, 아인슈타인에게 의뢰하였고 아인슈타인은 편지 교환 상대로 프로이트를 제안했다. 아인슈타인은 문명이 직면해야 하는 온갖 문제들 가운데 당시 상황에서 가장 긴급한 문제를 전쟁이라고 보았고, 이에 대해 프로이트와 서신을 교환했다. 이 서신 중에 프로이트는 전쟁은 타나토스에 의해 발생되므로 에로스를 많이 생성해야 전쟁을 줄일 수 있다고 썼다.

심 : 이 세상에서 가장 시급히 해결되어야 할 문제는 무엇이고, 이를 위해 예술이 할 수 있는 일이 무엇인지 알고 싶습니다. 갑작스러운 엉뚱한 질문이지요?

이 : 오히려 중요한 질문이에요. 두 가지 방식으로 대답할 수 있는데, 하나는 내가 시민 의식을 가지고 생각할 때이고, 또 다른 하나는 아틀리에에서 일하며 예술가로서 생각할 때입니다.

우선 시민 의식을 가진 한 사람으로서 나는 오늘날 현대라는 문명이 어디로 가는가, 문명의 중심 문제가 어디에 있는가, 늘 거기에 관심을 가지지 않을 수가 없습니다. 가령 핵 문제, 환경문제, 그리고 나는 한국 사람이니까 한국에 전쟁이 나지 않을까, 한국의 불안 문제 등, 그런 고민이 늘 따릅니다. 특히 2011년 3월의 후쿠시마 원자로 사고 이후 이에 대해 많은 생각을 하게 되었는데, 이는 인류에게 어떤 암시를 주는 사건이라고 생각합니다.

심 : 핵 문제를 말씀하셨는데, 선생님께서는 오래전부터 핵에 반대하신 것으로 알고 있습니다.

이 : 그래요, 나는 옛날부터 핵 개발에 반대해왔습니다. 왜냐하면 핵은 인간의 이성이나 오성을 넘어선 바깥의, 즉 자연이나 우주와 직결되는 문제를 안고 있기 때문입니다. 지금 당장 폐기를 한다 해도 완전히 폐기되려면 몇십 년이 걸리고, 또 그 쓰레기를 어디다 처분해야 하는지도 모릅니다. 오늘날 원자로는 이론적으로 감당이 안 되고, 관리를 할 수 없는 것입니다. 이는 또한 하이데거의 경고이기도 했습니다. 그는 기술론에 오랫동안 관심을 가져왔으며, 그 위험에 대해 이렇게 경고했습니다. "인간이 관리할 수 있는 범위 내에서 이뤄진 기술은 괜찮다. 하지만 기술은 기술을 낳고 이러한 기술이 바깥의 것, 즉 자연과 우주에 관련된(인간이 통제할 수 없는) 어떤 것을 건드려 이용할 때는 관리가 불가능하다."

심 : 사실 일본은 강력한 지진에도 놀라울 정도로 대비 및 대처를 잘해왔기에 후쿠시마 원자로 사고가 발생한 것에 세계가 놀랐습니다.

이 : 일본뿐만 아니라 오늘날 핵 발전소를 소유하고 있는 모든 나라가 '절대 안전하다'고 주장하지만, 안전한 것 하나도 없습니다. 모두 문제가 있어요. 여기저기서 사고가 나고 체르노빌에서도 사고가 났고, 마침내 일본에서 결정적인 사고가 났습니다. 이제는 사고가 아니라 폭발할 수 있는 그런 위험성을 많이 안고 있습니다. 원자로를 관리할 수 있다는 생각은 상상에 불과합니다. 후쿠시마 원자로 사고는 인류에 있어서 대단히 상징적인 사건이고 어떤 암시를 주는 사건입니다. 바로 인류 전체의 멸망에 대한 암시입니다.

극히 정교한 원자로의 전기만이 현대 정보사회에서 컴퓨터에 필요한 고도의 칩을 만들 수 있는 등, 우리 도시 생활과 산업사회를 유지하는 데 대단히 효율적인 것은 사실입니다. 원자로를 그만두게 되면 많은 중대한 문제들이 생길 것입니다. 하지만 이 모든 문제를 감안한다고 해도 인류가 살고 봐야지요. 인류에 어떤 큰일이 일어나서 멸망한다면 아무 소용이 없어요.

심 : 프랑스 텔레비전에서는 후쿠시마 원자로 사고 당시나 그 이후로도, 큰 동요 없는 표정으로 정부의 지시대로 움직이는 일본인들의 모습에 초점을 맞추어 보여주었습니다. 하지만 그 표정 뒤로 일본인들의 심리적인 고통과 이로 인한 변화가 엄청 컸을 텐데요?

이 : 문제는 이러한 사건의 후유증은 1~2년, 10~20년이 아니라 100년, 1,000년 간다는 겁니다. 그건 앞날이 없다는 뜻이에요. 국민 전체가 불안에 떨고, 특히 아이들이나 노인들 같은 약자들은 이러한 불안으로 생리적인 변화를 일으키고 있습니다. 일본인들이 정부의

거짓말로 신뢰를 잃고, 모든 일에서 적극성이 사라져버리고, 생활 자체가 즐겁지도 않고, 일도 하고 싶지 않은 등 이러한 면이 경제적인 어려움보다 오히려 더 심각하지 않나 싶어요.

심 : '시간이 파르마콘(약, 독)'이라고, 고통이 잊히는 것에는 감사하지만 문제까지 잊혀 같은 오류를 반복하게 됩니다. 마치 나치의 만행을 끊임없이 경각시키며 재발을 막으려고 하듯이, 이런 것을 항상 경각시키는 것이 지성인들의 역할이라고 봅니다. 일본 지성인들은 핵 문제에 대해 어떻게 생각하고 있습니까?

이 : 자각 있는 일본 지성인들은 모두 반대합니다. 보수적인 일본 세력은 원자로를 지키려고 하는데 그건 말도 안 될 일입니다. 일본의 힘을 과시하기 위해서는 오히려 원자로를 확대해야 한다고 말하는 사람들도 있는데, 이들은 완전히 돈 사람들입니다. 일본의 멸망을 앞당기자는 것이 일본을 돕는 것인가요? 말도 안 돼요. 이건 남의 일이 아닙니다. 인류와 지구의 문제예요. 문화 예술 지식인들에게는 사회와 문명에 대한 시대적 책임이 있습니다. 저마다가 하는 일이 조금이나마 이에 브레이크를 걸 수 있어야 합니다.

그런데 어이없는 소용돌이에 휘말릴 때도 있어요. 이런 일이 있었어요. 이러한 원자로 산업 반대 입장에도 불구하고 나의 작품이 원자로 산업에 보탬이 되어버리는 웃지 못할 일을 경험했습니다. 얼마 전 한국이 중근동 어딘가에 원자로를 팔러 갔다가 일단 보류가 되어 포기 상태에 이르렀는데, 현대미술에 관심이 많은 그 나라 왕녀가 이우환의 그림을 좋아한다는 이야기가 나와서 결국 일이 성사되었답니다. 이러면 내 입장은 어떻게 되나요?

심 : 정말 아이러니한 경우네요. 찜찜하면서도 기분 좋고요. 선생님, 이제는 두 번째 입장인 예술가로서의 생각을 말씀해주십시오.

이 : 이러한 시민적인 감각으로 사회가 처해 있는 상황을 생각하지만, 이것을 가지고 작업에 임하지는 못합니다. 예술가로서는 자신의 작품에 대한 생각이나 제작에 시급해서, 직접적이기보다는 간접적으로 접근이 됩니다.

심 : 어떻게요?

이 : 예를 들면 나의 작업은 재료를 양적으로 아끼며 많은 것을 쓰지 않습니다. 동시에 주변을 다 허용하거나 인정하면서 내가 하는 일을 극소화합니다. 줄이고, 가능한 한 덜 만들고, 만들지 않은 부분과 콘택트를 하면서 작업합니다. 지나치게 많이 만드는 대량생산, 전적으로 인간이 만드는 이러한 상태는 문명적으로 문제가 많습니다. 공해도 심각해지고, 자원도 다 써 없애고, 커다란 문제입니다. 미술계에서도 마찬가지로 모든 것을 몽땅 다 만드는 것, 몽땅 다 그리는 것에서 가능하면 덜 만들고 덜 그리고, 그리지 않는 부분으로 하여금 이야기를 하도록 하자는 것이 내 기본자세입니다. 그 결과, 간단한 그림과 만들지 않은 조각이 나오는 겁니다. 나는 인간적인 윤리성, 행위, 표현은 축소화, 정제화하면서 자연이나 우주와 같이 건드릴 수 없는 주변에 대해서는 좀 더 배려해야겠다는 입장에 서서 작업하고 있습니다. 그런 의미에서 내 작품은 현대와 문명에 대한 태도를 분명히 하고 있습니다. 그렇다고 내 작업으로 당장 빵을

만들거나, 전쟁이 났는데 무기를 만들 수 있거나 하지는 않습니다. 그렇지만 내가 하고 있는 일이 문명이나 문화사의 또 다른 측면에서 볼 때는 이에 대비하는 자세를 보이고 있습니다. 그런데 내 식으로 국가를 향해 덜 만들고, 반성해서 생산을 줄이고, 관계를 줄이라고 요구한다면, 문화인으로서는 그게 훌륭한 말일지는 모르지만 국가로서는 망해버려요.

심 : 그렇지요. 소비와 생산을 촉진시켜야 하는 현대 자본주의 사회에서 국가까지 그렇게 나서면 망할 것입니다.

이 : 그런 아이러니한 문제가 있습니다. 그러나 지식인과 문화인으로서는 그런 자세를 취하지 않을 수가 없습니다. 나의 작업은 글을 쓰건 미술 작업을 하건 그 자체가 아주 문명비판적이고 현실비판적입니다.

이우환이 지적했듯이, 핵 기술과 산업 생산품은 마치 '파르마콘'처럼 문명에 대해 '이기'와 '맹독'을 동시에 내뿜고 있다. 이 상극적인 효과를 지닌 파르마콘의 적절한 투여량을 위해서는 아스클레피오스(그리스 신화의 의술의 신)의 지혜가 필요하다. 그래서 소크라테스도 다음과 같은 유언을 남긴 것일까? "크리톤, 나는 아스클레피오스에게 닭 한 마리를 빚졌네. 기억해두었다가 갚아주겠나?"

어쩌면 『즐거운 지식』의 「죽어가는 소크라테스」에서 니체가 지적한 대로 "크리톤, 삶은 병이다!"라는 의미일 수도 있다. 문제는 우리의 삶과 문명이 어떤 병을 앓고 있는지도 모른다는 사실이다. 도

대체 우리는 얼마나 많은 닭을 빚졌을까? 소크라테스의 의문의 유언을 상기하며 타나토스의 지역을 벗어난다.

제2장
몽마르트르 언덕을 오르며

벽을 통과하기

이우환은 르피크 길로 접어든다. 이제 제법 가팔라진다. 그래도 작가의 보폭이나 속도는 조금도 변함없이 그대로이고 그의 메트로놈(우산)의 리듬도 그대로이다. 그가 막 지나는 언덕 경사로의 왼쪽으로 깊이 파인 조그만 광장이 있는데, 광장을 둘러싼 한 벽에는 벽을 뚫고 나오는 중년 남성의 모습이 조각되어 있다.

"몽마르트르 언덕 오르샹 가의 75번지에 사는 뒤티유월이라 불리는 사람은 아무런 불편함 없이 벽을 뚫고 나갈 수 있는 독특한 능력을 지녔다."

문필가 마르셀 에메의 단편소설 「벽으로 드나드는 남자」는 위와 같이 시작된다. 이 책의 주인공 뒤티유윌은 갑작스러운 정전으로 벽을 더듬다가, 벽을 빠져나갈 수 있는 자신의 능력을 우연히 발견한다. 이 능력은 어디에도 그를 가둘 수 없는, 이동의 완전한 자유스러움을 말한다. 기상천외한 아이디어로 고정관념의 벽을 넘나들었던 이 문필가를 기념하기 위해 「벽을 통과하는 에메像」(1989)이 저자가 살았던 집 앞 광장에 만들어졌으며, 광장 또한 '마르셀에메'라고 불린다.

19세기부터 20세기 중반까지 몽마르트르는 이처럼 '벽'을 넘어 세계의 예술가(화가, 조각가뿐만 아니라 문학가, 시인, 음악가, 건축가, 디자이너 등)들이 열정을 가지고 몰려들고, 같은 분야 혹은 다른 분야의 예술가들이 서로 영향을 주고받고, 사랑하기도 증오하기도 했다. 이러한 만남과 교류 가운데 예술사에 남을 새로운 사조들과 훌륭한 예술가들이 태어난 것은 오히려 운명적이었다. 이들은 어떤 의미에서건 이처럼 지리적인 벽(경계)만이 아니라 심리적, 예술적, 내면적 벽을 무수히 통과한 작가들이었다. 여기에 이우환도 포함된다.

심 : 선생님처럼 그렇게 자주 국경을 넘어 다니는 분은 거의 못 뵈었습니다. 주로 머무는 곳이 어디신지요?

이 : 어디에 머물러 있지 않아요. 보통은 파리, 뒤셀도르프를 중심으로 런던, 밀라노, 빈 등 1년의 절반 이상을 유럽에 있어요. 유럽에서도 이리저리 다니고, 미국도 가고, 이런 삶이 벌써 40여 년 되었

어요. 처음에는 굉장히 소외감을 많이 느꼈습니다. 내가 설 땅은 아무 데도 없구나 하고…… 일본 가서 조금 알려지기 시작하니까 "저 사람은 한국 사람이다" 하고 따돌림을 받고, 한국에 발을 들여놓으면 일본 냄새 피우는 자라고 하고, 유럽에 와서 무명일 때는 괜찮았는데, 이름이 나기 시작하니까 이번에는 "저 사람은 아시아 사람이다" 하면서 같은 테이블에 있는 작가로 취급을 안 했어요. 그래서 나는 어떻게든지 같은 테이블에 앉아서 같은 주제를 논하는 작가가 되려고 글도 쓰고 손짓 발짓 다 했어요. 하도 많이 다니면서 끔찍하고, 무섭고, 부끄러운 일, 우스운 일, 별의별 일을 다 당하다 보니까 용기가 생겼는지 완전히 엉망이 되었는지 뭐가 어떻게 되었는지 모르지만, 서로 다른 것들 사이에 내가 끼여 있는 것이라고 생각하게 되었습니다. 어디나 다 그런 연관 관계에서 사는 것이라 생각했습니다. 결론은 내가 설 땅이 없는 것이 아니라, 어디든지 내가 설 땅이기도 하고 아니기도 합니다. 또한 모든 사람이 친구가 될 수도 있고 아닐 수도 있습니다. 그리고 나니 어느 순간부터는 마음이 편안해졌습니다. 소외감도 거의 다 없어졌어요.

심 : 칸트가 선생님처럼 그렇게 바깥세상으로 나갔더라면 어땠을까요?

이 : 아닌 게 아니라 칸트가 바깥세상으로 나갔더라면 아주 많이 달라졌을 겁니다. 왜 안 나갔는지 알 수가 없어요.

의식 내에 머무르며 이성적 자세로 근대적인 바탕을 확립한 칸트

155

가 한곳(내부)에 머물러야 했듯이, 근대의 내부의 벽을 깨며 끊임없이 외부와의 교류를 요구하는 이우환이 노매드의 삶을 사는 것은 운명처럼 느껴진다.[44] 또한 경계를 넘나들어야 한계를 가장 명료하게 인식할 수 있기에 이우환의 삶은 노매드 그 자체이다. 이우환에게는 '노매드'라는 말보다 '자원한 귀양exil volontaire'이라는 말이 더 정확하다는 느낌이다. 고향을 떠나려 하지 않았던 칸트의 고집처럼 이우환은 편안하게 어느 한곳에 뿌리를 내리면, 그의 '만남', '조응'의 폭이 좁아질까 두려운 듯 노매드적 삶을 고집한다. 국경을 넘어 그가 오고 있구나 싶은데, 벌써 다른 곳으로 떠나는 그의 뒷모습이 보인다. 마치 지금 몽마르트르 언덕을 오르는 저 뒷모습처럼 그렇게 늘 종종종 서둘러 떠난다. 그래서인지 어딘가 그의 뒷모습은 쓸쓸하고 고독하고 어떤 비애 같은 것이 느껴지기도 한다.

바람의 언덕

현재는 거의 다 사라졌으나 이전의 몽마르트르에는 갈레트의 풍차를 비롯한 수많은 풍차가 언덕 위에서 쉼 없이 돌고 있었다. 풍차가 많다는 것은 그만큼 바람이 많은 곳이라는 이야기이다. 지금은 수없는 건축으로 인해 이러한 바람조차 느끼기 쉽지 않지만 언덕의 가파름만은 여전하다. 가파른 오르막길이 본격적으로 시작되었는데도 작가의 호흡은 가파르지 않다. 능숙하고 단련된 산책자의 모습이다. 보폭도 그대로, 속도도 조금도 줄지 않고 그대로이다. 작가의 일정한 보폭에 맞추어 까닥까닥 아래위로 움직이는 우산이 오른쪽 주머니 밖으로 거의 빠져나와 금방이라도 떨어질 듯하다. 어둠이 완전히 물러갈 시간이지만 회색빛 흐린 날씨를 핑계로 미적거리고 있다. 한바탕 비라도 쏟아져 씻어버린다면 말간 하늘이 드러날 것 같다. 작가는 앞만 바라보며 간다. 미술사로 얼룩진 유명한 갈레트의 풍차를 지나치는데도 짧은 눈길 한 번 주지 않는다. 우산은 어느새 그의 오른손에 들려 있다.

갈레트의 풍차 앞에 코로, 르누아르, 드가, 위트릴로, 뒤피, 피카소, 로트레크 등 많은 화가들이 자신의 이젤을 고정시켰다. 바람이 만만찮은 이곳에서 마치 연처럼 날아가버리는 화구들을 쫓아 달리는 화가들의 모습, 또한 르누아르처럼 자신의 몽마르트르 아틀리에에서 이곳 풍차까지 매일 아침저녁으로 거대한 캔버스와 화구들을 옮기는 행렬의 진풍경이 오버랩 된다. 인상주의 화가들이 그랬듯이 르누아르도 「갈레트 풍차의 무도회Bal du moulin de la Galette」(1876)를 처음부터 끝까지 야외에서 그렸다. 당시 몽마르트르 주민들은 누구나 나무 아래서, 뜰에서 혹은 작은 광장에서 음악 소리에 맞춰 하루의 시름을 잊으며 어울려 춤을 추었다. 몽마르트르 언덕의 꼭대기에는 사크레쾨르의 기초가 세워지고 있었고, 많은 풍차가 있었던 몽마르트르는 그대로 좋은 그림 소재였다. 예술가들의 현실은 그림처럼 늘 따스하고 즐거운 것만은 아니었지만, 몽마르트르의 좋은 면을 최대한 즐기며 살아낼 수 있었다. 물론 견뎌내지 못하고 떠나간 작가들도 많았다. 그중의 한 명이 반 고흐였다. 방금 지나왔던 르피크 길 54번지의 5층에서는 1886년 반 고흐가 당시 신혼이었던 그의 동생 테오 부부에게 얹혀살았다. 반 고흐는 모델을 살 돈이 없어 몽마르트르에서 쉽게 보이는 '파리의 지붕' 연작(1886/1887)을 그렸다. 그는 수많은 파리의 지붕들을 세며 낯선 나라에서 '여우도 굴이 있고 새도 둥지가 있는데 머리 둘 곳도 없는'(『마태복음』 8장 20절) 자신의 신세를 한탄했을까? 그래서 '초록색 요정'이라 불리는 압생트[45]를 마시며 외로움과 고독을 달랬던 것일까? 그의 마지막 작품들 가운데 「별이 빛나는 밤」(1889), 「올리브 나무 숲」(1889), 「까마귀가 있는 밀밭」(1890)에서는 작가의 터치에 의해 드러나는 공간의 움직임과 역동성이 보인다. 그는 오래 생각을 한 후에 단번에 그려나가기에, 그의 그림을 보면 그가 어떠한 제스처를 취하고 얼마나 빠른 속도로 그려나갔는지가 눈에 보이는 듯하다. 바람처럼 자유롭고 거의 통제 불가능할 듯한 강하고 다이내믹한 터치가 이우환의

「바람과 함께With Winds」 연작에서도 느껴진다.

지리적으로 바람이 많은 몽마르트르에는 풍차가 많았다. 사방에서 몰려오는 바람으로 예민한 작가들은 모두 고통 받으면서 일부는 이를 견뎌내기도 일부는 바람과 함께 영원히 사라져버리기도 했다. 하지만 피카소, 마티스, 반 고흐와 같이 더 심하게 바람을 일으키는 예술가들도 있었다. 몽마르트르는 이렇게 전 세계로 퍼져 나갈 새로운 바람을 만드는 '바람의 요람'이었으며, 현재에도 몽마르트르 언덕 자락에서 바람을 일으키고 있는 작가가 한 명 더 있다.

이우환 2. 「바람과 함께」

심 : 「바람과 함께」 연작을 시작한 데는 어떤 동기가 있으셨는지요?

이 : 「점으로부터」와 「선으로부터」 같은 비슷한 유형의 작품을 계속하다 보니 1970년대 후반에는 거의 내 기대에 가까울 정도로 철저해졌습니다. 그런데 어느 순간부터인가 그림 그릴 생각만 해도 진땀이 나고 손이 떨렸습니다. 점과 선이 흔들리면 흔들릴수록 불안도 더 커지고 내가 하는 일도 의심스러워졌습니다. 밤에는 거의 잠을 이루지 못했어요. 결국에는 병까지 얻어 병원에 가고 쉬기도 하고······

「With Winds」 (1987)

이우환은 1970년대 초반부터 파리를 기점으로 국제 전시회를 열기 시작했다. 당시 세계 미술계는 급변하고 있었다. 개념미술과 미니멀리즘 혹은 실존주의나 존재론이 약화되고 뉴페인팅 혹은 구조주의나 현상학이 도래되었다. 전 세계를 직접 다니면서 다른 작가들의 전시도 많이 보고 문화, 하물며 세계적으로 공통일 것이라고 느껴왔던 자연과도 부딪쳤다. 그가 돌을 찾는 일화에서 머릿속의 돌과 실제의 돌의 차이가 컸던 것과 마찬가지로, 서구 사상을 책에서 읽어 머릿속으로 알고 있었던 것과 실제로 체험하면서 많은 차이를 경험했다. 그래서 그의 연작 제목들은 서구 철학자들의 주요 사상을 연상시키면서도[46] 중요한 차이가 존재한다.

이 : 하이데거, 메를로퐁티, 레비나스도 그렇고 또 마르틴 부버 등 여러 사람의 영향을 받은 것은 사실이지만, 기본적으로는 그 사람들한테서 제목을 따왔다기보다는 나의 체험에서 나온 것입니다. 처음에 그런 책을, 예를 들어 마르틴 부버의 『나와 너』를 읽을 때는 무슨 소리인지도 잘 몰랐어요. 그런데 내가 일본 가서 말도 안 통하고, 다 모르는 사람이고, 또 일본 갔다가 한국 가고, 한국 갔다가 유럽에 오가며 자기 공동체를 벗어나서 남의 공동체 혹은 어디에 속하는지도 모르는 불투명한 사람들과 접촉하면서 '만남'이라는 말을 찾게 된 거예요. 그러니까 그것은 내가 공부한 것과도 연결되지만, 나중에 '아, 이게 그런 거구나!' 하고 현실과 이론이 맞물린 겁니다. 내가 쓰는 태반의 말은 다 경험과 관계가 있습니다.

「바람과 함께」의 시기는 이처럼 그가 전 세계를 다니며 때로는 의식적으로 때로는 의지와 상관없이 사상과 체험, 다른 예술가들과 새로운 조류의 작품들, 다른 자연과 낯선 사물들, 선입견과 고정관념, 개념과 행위성의 문제, 내부와 외부, 의식과 몸 등이 부딪치며 뒤섞여야(영향을 받아야) 하는 카오스의 시기였다. 하이데거는 몸으로부터 시작해서 공간과 소통한다고 말한 바 있는데, 이 소통을 시작한 작가의 몸은 작가 자신(의식)도 모르게 더 새로운 변화를 요구하지 않았을까? 하물며 그의 작품에 관련해서도? 어쩌면 외부의 일부인 그의 몸은 이미 이러한 변화를 감지하고 받아들이고 있는데도, 그의 의식은 다음과 같이 합리화하며 몸에게 좀 더 참을 것을 강요하지 않았을까? '점과 선은 어렸을 때부터 배운 나의 모든 것이다. 나는 오랜 고생과 노력 끝에 타국(일본과 유럽)에서 어렵게 인정받은 점과 선을 잃고 싶지 않다. 지금의 변화는 변화가 아니라 파멸이다. 변화 대신 오히려 완벽하게 점과 선을 해야 한다.' 이렇게 생각을 했든 안 했든 간에 어쨌든 작가는 더욱더 엄격하게 밀고 나갔다. 절제와 완벽의 절정에 이른 「선으로부터」 연작의 후기 즈음에는 의식과 신체의 강렬한 긴장이 표출된다. 1970년대 말의 「선으로부터」의 일부 작품은 그 긴장이 몹시도 강렬해서 나열되어 있는 선들이 마치 칼날을 쭉 세워놓은 것 같다. 검의 끝이 위로 향하고 그 손잡이는 화면 아래에 있어 보이지 않는, 그리고 명검의 강한 힘 때문에 공간을 울리게 하는(검이 운다), 그러한 예민하고 어쩌면 폭력적일 정도의 긴장이 느껴진다.

이 : 신체가 정확한 기계에 거의 가까워지더니 거부반응을 일으키는 거예요. 어느 정도까지는 신체가 말을 들어주는데, 한계를 넘으면 그쪽으로 가기 싫어해요.

반복하며 철저히 하려는 내부의 고집(의식)과 혁신적인 외부의 충동은 몸의 반란(병)으로 나타났다. 화폭에 조금씩 바람이 불기 시작했다. 똑바로 선을 긋고 싶었지만 신체는 그를 배반했다. 이 어긋남이 클수록 거기에서 발생하는 공간(여백)도 점점 더 커지고, 바람도 점점 더 심하게 분다. 마침내 의식은 몸에 양보했다. 양보라기보다는 어쩔 수 없이 놓아주었다. 화폭에서는 더 이상의 규칙성은 느껴지지 않고 일정한 형태가 없는 붓의 자국 혹은 선분들이 마음대로 휘젓고 다닌다. 본격적인 카오스의 시대가 시작되었다. 폭풍과 같은 바람이 작가를 어디로 몰고 갈지 알 수 없었다.

이 : 입원도 하고 쉬기도 하고, 그러고 나서 다시 그림을 그리는데 곧장 바로 긋는다고 긋는데도 손이 떨리고 그림이 깨지기에 그렇게 나갔습니다. 그랬더니 뭐가 뭔지도 모를 정도로 완전히 깨져버리는 상태가 되었습니다. 물론 오랫동안 그림을 그리다 보니 멋대로 한다고 해도 무의식적으로 그럴듯한 조화를 이루거나 약간은 재미있는 구도가 되기는 합니다. 어떤 사람들은 나더러 분열병에 걸렸다고 하고 또 다른 이들은 그게 자유분방하다고 했는데, 나한테는 그냥 깨지는 데서 발생하는 붕괴이고 흐트러지고 잡탕이 되는 1980년대였

어요. 그때가 「바람과 함께」의 시기였어요.

바람이 몰아오는 여백

1980년대 초 화폭에는 사방에서 바람이 분다. 때로는 '나비의 날 갯짓의 팔랑임'처럼 아주 은밀하고 짧게, 때로는 폭풍을 알리듯 폭력적이게, 때로는 종잡을 수 없는 사춘기의 소년처럼 변덕스러운 바람이다. 때로는 봄의 한때를 분홍빛 화사함으로 현란하게 물들였다가 한순간에 지는 벚꽃 바람처럼 그렇게 비극적이기도 하다. 이처럼 바람의 방향, 강약도 알 수 없이 휘어지고, 굽어지고, 겹쳐지며 세계 (캔버스) 전체에 온통 바람이 인다. 그렇게 10여 년간 바람이 불다가 서서히 조금씩 가라앉는다. 바람이 진 곳에는 공간이 드러난다.

심 : 「바람과 함께」에서도 후반기로 갈수록 바람이 서서히 가라앉는 것 같습니다. 그즈음 건강은 어떠셨는지요?

이 : 당시 나는 자크 라캉이나 루이 알튀세르[47])를 읽고 있었는데, 자아가 깨지니까 분열병이 오고 그 재확립을 위해 자아의 재구축을 시도해야 한다는 설명이 납득되지 않았어요. 거꾸로 어쩔 수 없이 깨지는 대로 가면서 눈앞에서 멀어지고 있는 그림의 광경이 신체의 현상이란 점을 점차 받아들였습니다. 그러면서 억지로 갈 수 있는 게 아니라고 생각하며 조금씩 깨진 채로 그림을 다시 그리다 보니

「With Winds」 (1991)

까, 의외로 힘이 나고 마음도 안정되고 건강해졌습니다. 신체가 좀 풀어지고 편해진 거예요. 그때 삐뚤빼뚤한 것을 보면서, 그려진 부분과 그려지지 않은 빈 공간이 서로 상반되는 것 같기도 하고 다시 보면 조응하는 것 같기도 하는 재미있는 양상을 느꼈습니다. 거기서 그림을 내가 다 해야 하는 것은 아니구나 하는 점을 발견했어요.

「바람과 함께」이후 1980년대 말에 가서는 그 안에서 점이라든지 뭔가가 구성이 되고 정리가 되면서 회화의 뼈대가 보이기 시작했습니다. 그래서 1990년대 초반에는 점이 많았지만, 1990년대 후반에는 점이 줄어들고 대신에 그리지 않는 공간이 점점 많아졌어요.

1960년대 말 이우환의 조각에 '만들지 않은 부분'이 도입되었듯이, 20여 년의 연구와 노력에 의해 회화에도 '그려지지 않은 부분'이 도입되었다. 물론 처음부터 여백의 중요성을 알고 이를 재현했지만 최근의 여백처럼 자유롭고 유희적이며, 여백의 힘이 화폭을 뛰어넘어 관람객이 있는 곳까지 도달하지는 못했다. 바람이 그렇게 세차게 분 것은, 그래서 기존의 것을 쓸어내고 그 자리에 좀 더 자유롭고 적극적이며 바이브레이션이 좀 더 강한 여백 현상을 도입하기 위함이었다.

이우환의 회화 작품 「대화」연작이나 조각 작품 「관계항―침묵」이 여백을 드러내면서 마치 여백이 그려진 것과 그려지지 않은 것, 혹은 만들어진 것과 만들어지지 않은 것을 포함하듯이, '대화'와 '침묵'도 이러한 관계에서 여백에 포함된다. 이는 음악에서의 '음'과

'쉼표'와 같다. '음'이 연주되는 것처럼 '쉼표'도 연주된다. 또한 대화란 상대방(몸, 외부)이 말을 할 때 그를 듣기 위해서 내(의식, 내부)가 침묵하는 것과 같다. 사랑에 푹 빠진 연인들이 말을 잊고 쳐다보는 대화처럼 말 이전의 말을 넘어서는 대화(침묵)도 있다. 이우환이 쓴 존 케이지를 위한 단상처럼 음악에도 좀 더 적극적이고 자유로운 여백이 도입되었다.

「4분 33초─존 케이지에게」, 이우환

연주회에 갔다.

자그마한 홀에는 학생이 많았고 음악, 미술, 문학 관계자 등 주로 예술을 좋아하는 젊은 남녀들로 북적대고 있었다.

이윽고 연주회장은 희미하게 어두워지고 피아노가 있는 무대 언저리만이 환하게 빛으로 둘러싸인다.

얼마 후 검은 연미복 차림의 연주가가 무대에 나타난다.

박수 소리가 회장에 울려 퍼진다.

그는 관객에게 가볍게 고개를 숙인 후, 어정쩡한 몸짓으로 피아노 앞의 의자에 앉는다.

커다란 그랜드피아노 건반을 잠시 바라보는가 싶더니, 미리 피아노 위에 올려져 있던 주먹만 한 시계를 손에 집어 든다.

시간을 세팅하고 원위치로 돌려놓은 다음 두 손으로 피아노 뚜껑을 천천히 조용하게 닫았다.

　양손을 무릎에 놓고 등을 꼿꼿이 세우고 얼굴을 차분하게 앞으로 향하고 약간 눈을 내리깐다.

　어느새 회장에 침묵이 흐른다.

　그러는 동안 밖에서 바람이니 자동차 소리가 벽을 넘어 침입하고, 객석에서 누군가가 기침하기 시작한다.

　밖과 안의 잡음이 뒤섞여 적막감은 깨지고 점차 술렁거림이 커져간다.

　시계가 4분 33초에 멎자 연주가는 두 손으로 정중하게 피아노 뚜껑을 열었다.

　흑백의 건반이 빛 속에서 아름답게 가지런히 줄지어 있다.

　연주가는 한 템포 후 자리에서 일어나 객석을 향해 가볍게 머리를 숙인다.

　관객들의 박수를 받으며 그는 어정쩡한 발걸음으로 무대를 떠났다.

　그리고 회장은 밝아지고 모두는 다음 곡명의 연주를 기다렸다.

　1952년 뉴욕 우드스톡에서 존 케이지의 「4분 33초」가 처음 연주되었을 때 청중들은 혼란스러워했다. 다음에 조금 익숙해진 청중들은 케이지가 침묵을 들으라는 것으로 이해했다. 하지만 그는 음악에서 여백을 끌어들인 것이다. 4분 33초는 273초. 모든 분자가 운동을 정지하는 절대영도인 섭씨 영하 273도를 비유한 것이다. 절대영도, 소리의 절대영도라고 할지라도 무음은 없다는 것을 보여주고자 했다. 이는 케이지의 주요한 한 경험에서 착안되었다. 그는 1940년대 후반에 하버드 대학의 무향실에서 아무런 소리도 듣지 못하리라는 예상을 뒤엎고 자신의 '신경계가 돌아가는 높은 소리'와 '혈액이 순환하는 낮은 소리'를 들었다고 한다. 결국 사람은 죽을 때까지 소리를 지니고 사는 것이며, 절대적인 무음은 없음을 발견했다.

이는 로버트 라우션버그와 이브 클랭[48]을 떠오르게 하는 연주이다. 라우션버그는 아무것도 그려지지 않은 빈 캔버스를 전시했다(「흰 그림〔세 개의 패널〕White Painting[three panel]」〔1951〕). 클랭은 전시장에 빈 캔버스조차 걸어놓지 않은 아무것도 없는 전시를 했다(「공의 전시l'Exposition du vide」〔1958〕). 아무것도 설치되지 않은 전시장은 동시에 전시 작품이 되었다. 그러나 다니엘 뷔렌은 이렇게 지적한다. "갤러리에서 클랭의 '공空'이라는 전시를 보는 사람들은 '공'을 보는 것이 아니라 오히려 '꽉 참滿'에 대한 강박관념을 보았을 것이다. 왜냐하면 전시장은 사면의 벽이 꽉 차 있었기 때문이다." 같은 논리로 본다면 빈 캔버스에는 꽉 찬 캔버스가 보일 수 있다.

왜 '비움'보다는 오히려 '꽉 참'을 느끼게 될까? 물질세계에 익숙해진 우리에게 암시가 없는 빈 공간은 실제의 순수한 의미에서의 '비움'으로가 아니라 '꽉 참'으로 인도하기 쉽다. 그렇기에 이우환이 즐겨 인용하는 센노 리큐의 아포리즘처럼 말끔히 청소된 뜰에 몇 잎의 낙엽을 떨구어놓듯이, 그렇게 이우환은 자신의 화폭이나 전시장에 몇 잎의 가랑잎(회화에서는 '점', 조각에서는 '자연석')을 떨궈놓는다. 이우환은 자신의 모든 예술은 그래서 다른 세계로 인도하는 일종의 '암시'라고 강조한다. "점은 그림이 아니라 그려지지 않은 여백을 인식시키기 위한 최소한의 표식일 뿐입니다. 그래서 나는 캔버스에 최소한의 개입만 하여 많은 공간을 빈 채로 둡니다. 전체를 만들겠다는 것이 아닌 한 점, 즉 최소한의 개입(활동)을 의미합니다. 이렇게 해서 그려지지 않은 부분, 즉 만들어지지 않은 부분이 회화로 들어옵니다."

향 연

이우환은 이제 몽마르트르의 유명한 테르트르 광장에 도착한다. 벌써 모든 레스토랑이 문을 열었고, 레스토랑 앞의 테라스에는 의자들이 나란히 놓여 있다. 부지런한 관광객들이 여기저기 보이지만 아직 식사하는 손님은 없고, 단지 한 레스토랑의 테라스에만 두 명의 식성 좋은 관광객이 크루아상과 커피로 아침 식사를 하고 있다. 바람이 언뜻 불었는데 커피 향이 코끝을 스친다. 언덕을 열심히 걸어 올라왔더니 갑자기 시장기가 돈다. 겉은 바삭하고 속은 몽실몽실한 따스한 크루아상, 금방 뽑아내어 연한 고동색의 거품이 이는 향긋한 에스프레소, 그리고 통통한 알갱이가 자유로이 유희하는 신선한 오렌지 주스로 구성된 프랑스식 아침 식사……

이우환은 프랑스 요리는 마치 근대미술의 완벽함을 보는 것 같다고 말한다. 그렇듯이 프랑스 요리는 그림처럼 아름다워서 때로는 포크를 대거나 나이프를 대는 것이 예술을 파괴하는 듯한 느낌이 들 정도이다. 음식 이름마저도 시적이며 그림 제목 같다. '떠다니는 섬', '바삭바삭한 신사', '사랑의 우물' 등. 포도주의 맛을 표현하는 찬란한 수사학은 또 다른 하나의 문학이라고 할 만하다. 솔직히 맛이 발달해서 표현이 발달된 것인지, 언어(표현)를 따라가자니 음식이 발달된 것인지 알 수 없을 정도이다. 이우환은 요리와 포도주 전문가이기도 하다. 그는 여러 번에 걸쳐 역사적인 관점에서의 요리와 예술의 관계, 요리와 지정학적 요소의 상관관계 등의 분석을 이야기

171

한 바 있다.

심 : 프랑스 요리 하면 여전히 세계 최고의 요리라고 하는데, 어떤 것이 프랑스 요리인가요?

이 : 훌륭하면서도 특히 지적인 요리로 인정받는 프랑스 요리는 역시 데카르트의 자손답게 '셰프의 요리'여야 합니다. 자신의 아이디어와 이미지를 가지고 맛이나 프레젠테이션 등 모든 면에서 셰프를 느끼게 하는 요리여야 해요. 가령 피카소의 그림을 보고 '아, 피카소구나!' 하듯이, 조엘 로뷔숑의 요리를 보는 순간 '아, 이 요리는 조엘 로뷔숑이구나!' 하고 떠올려야 합니다. 요리가 조엘 로뷔숑의 얼굴을 하고 있어야 하고, 먹을 때도 로뷔숑을 먹어야 하고, 로뷔숑을 100퍼센트 음미해야 합니다. 물론 손님이 짠 프레젠테이션(고객의 선택[주문])을 셰프가 어떻게 이뤄냈는가 하는 해석과 판단은 있어야겠지만, 최종적으로는 셰프를 먹어 삼켜야 하는 겁니다. 해체해서 먹어서는 안 되지요.

심 : 그랬다가는 식당에서 쫓겨나게요.

이 : 맞아요. 여기서 '고전' 혹은 '오트haute' 요리라고 부르는 근대식 요리는 꽉 짜여 있어가지고, 한 코스 먹으려면 적어도 일고여덟 개, 열몇 개는 먹습니다. 좋은 식당 가서 요리를 잘못 짜면, 예를 들어 쇠고기 요리에 돼지고기 요리를 겹친다거나, 붉은 고기 요리에 붉은 포도주 대신 흰 포도주를 선택하는 식으로 하면 "저거 촌놈이다"라는 소리를 태반으로 듣고 업신여김을 받습니다. 그렇게 되지

않으려면 선택을 잘해서 레시피에 맞춰 100퍼센트 실천된 것을 그대로 삼켜야 합니다. 마치 근대의 화가가 완벽한 콘셉트로 그림을 그리면 화가가 그린 의미를 그대로 몽땅 다 받아들여야 하는 것과 같습니다.

심 : 근대의 영향이 생각보다 무척 크네요. 제대로 형식을 갖춰서 먹는 프랑스 요리, 셰프 요리를 먹으려면 시간도 많이 걸리겠지만 그 많은 양을 다 먹으려면……

이 : 그런 요리를 먹다 보니 버터가 많다든가, 양이 많다든가, 인간이 비대해지고 허황하다는 것이, 그 당시 소비사회처럼 요리에도 나타난 거예요. 이것을 깨부수기 위해 1970년대 와서 '누벨퀴진'⁴⁹)이라는 것이 유행했는데, 이것은 1968년 5월 혁명과 함께 왔습니다. 요리라고 해서 시대랑 상관없이 오는 게 아니라 이렇게 같이 옵니다.

그런데 누벨퀴진이 프랑스 것으로만 된 것은 아닙니다. 오히려 프랑스가 깨지고, 다른 것이 섞이고 새로 태어나는 것입니다. 예를 들어 폴 보퀴즈, 알랭 상드랑 셰프 같은 경우에는 일본의 영향을 받아 요리 수도 줄이고, 곁들이는 요리, 즉 고기와 야채를 곁들이면서 서로 균형을 맞추고 담백하면서도 건강에 좋게 적용했습니다. 다시 말하면 종래의 '오브제 요리'(셰프의 콘셉트에 의해 짜인 요리를 의미)가 약간 분열하고 타자가 뒤섞이게 된 것이지요. 이렇게 외국 요리의 영향에 의해서 프랑스 요리가 깨지고 새로운 요리가 등장합니다. 여기서 중요한 점은 일본의 영향을 받았다는 것이 아니라 외부성이 도입되었다는 것입니다.

이처럼 새로운 바람을 불러일으킨 것까지는 좋았는데, 다시 셰프 자체의 이미지와 아이디어로 점점 굳어지게 됩니다. 재미도 있고 건강하게 되었지만 틀은 그대로입니다. 1970년대 말까지 이렇게 진행되다가, 가장 도시적이고 지적인 요리를 하는 셰프인 조엘 로뷔송이 파리 플라자 아테네를 그만두면서, 자신의 원칙과 상반되는 '시골 요리' 스타일의 셰프인 알랭 뒤카스에게 바통을 넘겨줍니다. 이는 이제 초근대식으로 하는 것은 끝났으니 프랑스의 시골이니 엄마의 손맛이니 그런 요리, 즉 옛날 요리로 돌아가서 다시 생각해보자는 의미였습니다. 그러다가 레스토랑 아르페주가 대표하듯이, 일부에서 아시아(근동, 중동, 극동)의 에스닉 느낌이 나는 요리가 어우러졌습니다. 그러니까 도시 요리가 시골 요리나 다지역 요리로 간 셈인데, 이것은 후퇴가 아니라 반성과 재발견을 거친 요리가 된 것입니다.

심: 그러면 오늘날의 요리는 여전히 시골 요리나 에스닉 요리 같은 건가요?

이: 아니요. 오늘날의 인기 요리는 후식의 과자같이 아주 세련되고 정제된 요리입니다. 고기든 생선이든 얼핏 보면 케이크나 아이스크림 같기도 한 그런 모양의 요리예요. 어떤 놀이도 있고 가벼워도 보이고 양도 줄어들어서 아주 예쁜 요리가 되었습니다. 과자라는 것은 식후에 즐기면서 배가 불러도 먹을 수 있습니다. 요리가 식사가 아니라 뭔가 후식 먹듯이 즐기는 것이 되었습니다. 다들 배가 부른 거지요. 먹는 개념이 또 달라진 거예요. 이 사람들이 걸어온 음식 문

화를 보면 철학에서 음악, 예술까지 거의 비슷하게 걸어왔습니다.

심 : 오늘날 제법 이름 있는 식당들은 한국이고 프랑스고 줄을 길게 서야 한다거나, 예약하지 않으면 먹을 수 없을 정도입니다. 그만큼 사람들의 미각이 발달한 건가요?[50]

이 : 오늘날은 정보화되어서 정보를 먹으러 가는 것처럼 되었어요. 인터넷이나 텔레비전에서 본 식당 정보를 먹으러 오는 부분이 많지 않을까 싶어요. 그렇게 되면 저 바깥에 있는 것과 나하고의 연관을 짓거나 순환을 시키거나 안팎을 상호작용 시키는 그런 것은 거의 사라지고, 정보를 확인하러 가는 음식이 되는 겁니다. 전람회도 어떤 것이 좋고 나쁘다는 정보로 다니고, 자기 눈으로 보는 것이 아니에요. 음식 문화도 자기 입으로 맛이 있다 없다를 논의하는 구체성을 잃어버렸어요. 그러니 신체성이 없는 음식을 먹으면서 어디로 들어가는지도 모르고, 물론 배 속으로 들어가겠지만 배 속이라는 개념도 별로 없어요. 정보에 따라 레스토랑을 가고, 먹는 시늉을 하고, 돈을 치르고 나와서 잘 먹었다는 이러한 가상현실적인 퍼포먼스가 현실 속에서 진행되고 있습니다.

한국, 중국, 일본의 요리 방정식

심 : 프랑스 요리를 이야기해주셨는데, 일본이나 한국 요리는 어떻습니까?

이 : 바로 비교하기는 좀 어렵지만 일본 요리를 장인 요리로 볼 수 있는데, 한국 요리는 셰프 요리나 장인 요리도 아니고 '불특정 다수의 아줌마 요리'예요. 아줌마의 솜씨가 뛰어나다는 것입니다. 그런데 한국 음식은 식탁 위에 한꺼번에 늘어놓고, 그 하나하나가 나름대로의 맛인 모든 음식을 숟가락 젓가락으로 산보하며 먹거든요. 그래서 입으로 하나둘 가져가 입안에서 부수어서 다른 것과 조합해 자기 식으로 먹습니다. 셰프 요리를 삼키듯이 하지 않고 이것 조금, 저것 조금 해서 자기 식으로 다시 만들어서 먹습니다. 자기 식으로 만들어 먹는 요리니까 이것은 근대인지 현대인지 알 수 없는, 대단히 재미있는 문제가 거기 있습니다.

한두 가지를 섞어 먹는 일본 요리를 격찬한 롤랑 바르트가 한국에 왔더라면 놀라 자빠졌지 않을까 싶어요. 그는 아시아인은 자아가 발달되지 않은 애매한 인간들로 알고 있었는데, 요리사가 잘 만들어 놓은 것을 그대로 삼켜 음미하지 않고 이것저것 입안에서 다시 짜서 만들어 먹는 것에서 기막힌 '자아의 발로'를 본 거예요.

그런데 잘되려면 아줌마 요리를 정리해야 합니다. 이탈리아 요리도 크게는 한국처럼 아줌마 요리가 기본이에요. 그래서 셰프가 아줌마를 넘어서기가 어려워요. 그래도 장인 요리나 셰프 요리가 역시 발달해야 합니다. 셰프 요리가 발달하려면 근대주의가 서야 합니다. 자아와 자각, 개성이 뚜렷해야 하고 자기 생각으로 레시피를 짜야 해요.

자기의 식단, 자기의 아이디어, 자기의 프레젠테이션을 생각하고 만들어낼 줄 아는 전문가, 곧 셰프가 나와야 합니다.

20여 년 전에 서울의 원서동 내 화실을 사서 요리 교실을 연, 이른바 궁중 요리 인간문화재 황혜성이라는 분이 계셨는데, 때때로 찾아가서 물으면 아무것도 답을 못 해요. 예를 들어 "선생님의 배추김치는 어떤 레시피입니까?" 혹은 "선생님의 꼬리찜은 어떤 겁니까?" 이렇게 물으면 "그 다 아는 걸 왜 나한테 물어?" 이럽니다. "아니, 선생님의 요리는 어떤 거냐고요?"라고 물어도 답이 없어요. 일반화된 아줌마 요리를 자기 식으로 해석해서 다시 짜고 다시 만들어내고 다시 프레젠테이션 할 줄 아는 셰프가 나와야 되는데, 궁중 요리니 사대부 요리니 해서 좋은 요리가 나오는 게 아니잖아요. 황 누구누구 하면 그 사람 식의 요리가 되어 나와야 합니다.

서울에 한국을 대표한다는 세 호텔이 있는데, 거기에 한국 요리점이 없어요. 그러니까 한국은 한국 요리가 없는 나라예요. 왜 그렇게 되었는지 생각해야 합니다. 그리고 먹는 쪽도 주는 대로가 아니라 자기 식으로 식단을 짤 줄 알아야 해요.

심 : 선생님께서는 항상 콘텍스트와 관련하여 말씀해주시는데, '반도 문화'와 관련된 한국 음식의 성격은 어떤 것일까요?

이 : 한국의 반도문화적인 성격이란 늘 침략을 받고, 늘 왔다 갔다 위에서 내려오고 아래에서 올라오고 하기 때문에 침략을 받거나 어떤 문화가 들어오면 조금 저항을 해보다가 그대로 꺾이고 얼른 지나가게 합니다. 왔다 갔다 하는 의미에서는 통풍은 잘되는데, 대신 숙성이 잘 안돼요. 절반쯤은 섞이고 절반쯤은 새는 겁니다. 그러니 한

국은 비빔밥이에요. A+B=A′B′가 되는 거예요. 어정쩡하게 약간 바뀌면서 섞여 있는데, 사실은 그대로 다 있습니다. 그래서 한국은 통풍이 잘된다거나 외부의 것이 항상 왔다 갔다 하며 어정쩡하니까, 늘 바뀔 수 있는 가변성을 지니고 있습니다. 이러한 의미에서 한식은 현대 조각과 비슷하다고 봅니다. 그러니까 ′(다시) 정도가 되는 거지 A+B=C가 되지는 않습니다.

A+B=C가 되는 것은 중국이에요. 중국의 고전 요리를 보면 무엇으로 만들었는지 알 수가 없습니다. 그런데 프랑스 요리도 A+B=C예요. 완전히 변형이 됩니다. 한국은 반 정도만 변형이 돼요. 일본은 A+b=A′가 되면서 b는 사라져요. A를 A답게만 하면 됩니다. 가령 어떤 채소를 삶으면 너무 퍼레져서 지나치게 와일드한 거예요. 일본 사람들은 그것을 살려서 근사한 파란색으로 만드는데, 이를 위해서 조미료가 필요합니다. A를 더 살리기 위한 조미료 b입니다.

심 : 각 나라의 특징을 비교하니 분명하게 특성을 알 수 있네요.

이 : 그래서 우리나라의 것을 말하기 위해서, 그리고 제대로 보기 위해서는 중국, 일본이나 세계의 것과 비교하고, 어떤 특성이 있는지 연구하고, 그러고 나서 다른 점을 가르쳐주어야 합니다. 그냥 '우리 것이 최고다', 이렇게 아무리 골백번 이야기해봐도 그건 아무 소용이 없습니다. 이건 우물 밖을 나가본 적도 없는 애국자나 하는 소리예요. 그런 최고는 필요 없어요. 제각각의 차이와 특성에서 무엇이 좋고, 무엇이 나쁜지를 아는 것이 관건이거든요.

우리나라 음식은 자기 콘셉트로 완전히 돼야 하는 근대주의적인 눈으로 보면 완성도가 약해요. 근대적인 완벽함의 시각을 가지고 있는 미학에다가 우리나라 것을 가져다 맞추려니 그게 떡이 되고 아무것도 안 보입니다. 근대적인 시각으로 한국 요리를 합리화하려는 억지를 흔히 보게 되는데, 그래서 우리나라 요리가 뒤처지는 것입니다. 그런데 근대주의를 깨면 우리나라는 제법 근사합니다. 예를 들어 우리나라의 도자기나 전통 그림 가운데 많은 것들이 중간에 서 있는 느낌으로 늘 어정쩡해 보입니다. 분청사기에서 보듯이 이것은 완벽함보다는 상상력을 불러일으킵니다. 그게 우리나라 것이에요. 완성도가 높을 필요가 없어요. 우리는 열려 있는 문화, 가변성의 문화를 이야기하는 것이 제일 좋습니다. 오늘날 같은 시대에 우리나라가 크게 한몫 볼 수 있습니다. 그러려면 현시대가 어떤 시대인지 전체적으로 알아야 합니다. 그래야 우리 것이 살아날 수 있습니다.

심 : 특별히 기억에 남는 셰프의 요리가 있으십니까?

이 : 일본 도쿄에 아피시우스라는 유명 레스토랑이 있는데, 1980년대 언젠가 프랑스의 유명한 셰프인 조엘 로뷔숑과 알랭 샤펠을 일주일간 초대했었습니다. 그때 로뷔숑은 30대였고 샤펠은 40대였지 싶어요. 그런데 완전히 상반되는 셰프였어요. 이들이 일본에 올 때, 조엘 로뷔숑은 조수 두 명과 모든 요리 재료와 저울까지 가져왔습니다. 자기가 파리에서 하는 그대로 몽땅 이동해 온 거예요. 알랭 샤펠은 입은 그대로 설렁설렁 혼자 왔어요. 나는 아피시우스의 초대로 두 셰프가 각각 만든 같은 이름의 요리인 '비네그레트소스를 곁들인

아스파라거스, 파와 트뤼프' 요리를 동시에 맛볼 기회가 있었습니다. 특히 비네그르(식초), 파, 트뤼프(송로), 이 모두가 각각 성격이 강합니다. 이렇게 다 성격이 강하니까 잘못하면 부딪쳐서 깨질 수도 있는데, 기가 막히게 살려내고 조화를 이루는 데에 천재성이 발휘되는 거예요. 이름은 똑같은데 나온 결과물은 전혀 달랐어요. 로뷔숑의 것은 칼로 정갈하게 끊어 아스파라거스와 파도 두 동강이 정확하게 나고, 트뤼프가 그 위에 얹히고 반투명한 비네그레트소스가 아주 예쁘게 어우러졌어요. 반면에 샤펠은 비네그레트소스가 국물처럼 홍건한 데다가 파도 트뤼프도 손으로 쭉쭉 찢어서 아주 야성적이었습니다. 같은 재료, 같은 이름의 요리였지만 맛이 전혀 달랐습니다. 로뷔숑이 한 것은 품격과 조화가 뛰어나며, 네 가지 주재료 중에 트뤼프를 잘 살리는 쪽으로 요리되었습니다. 반면에 알랭 샤펠은 파를 약간 더 돋보이게 하는 식으로 트뤼프, 아스파라거스, 비네그레트소스를 요리했어요. 어느 쪽도 분리가 된다거나 잡탕이 되지도 않고 환상적이고 에로틱할 정도로 조화시켰어요. 어느 게 더 좋고 나쁘다 할 수 없이 다 맛있었습니다. 나는 이 두 사람을 통해 요리가 아주 다를 수 있다는 것을 목격하고, 요리란 정말 개성적이고 재미있는 것이구나 하는 것을 깨달았어요.

심 : 선생님께서는 요리하는 것도 좋아하세요?

이 : 옛날에는 꽤 관심도 있고 해서 요리를 했는데 지금은 안 해요. 내가 하려고 하면 잔소리가 많잖아요. 아내가 "이 사람은 입으로 요리를 한다"고 말하고, 내가 부엌에 들어가면 싫어하고, 또 나

도 바빠지다 보니까 시간도 없어요. 한동안은 내가 요리를 배워서 셰프가 되면 좋겠다는 생각도 많이 했어요.

요리는 마치 조각과 같습니다. 시장에서 서로 아무 상관 없어 보이는 재료들을 사다가 요리조리 하모니를 맞춰서 요리를 하듯이, 자연에 있는 무수한 돌 중의 하나와 철공장의 무수한 철판 가운데 하나를 가져다가 이리저리 맞춰보며 작품을 해요. 요리나 조각이나 많은 시행착오를 겪다가 결국 하나의 작품이 되는 거예요. 그런데 사실 이것들은 이미 어떤 관계에 있었던 것을 다른 양상으로 짜 맞춘 것이라는 슬픈 자각도 들어요.

포도주, 시간의 집약

20세기 중반까지 몽마르트르에서 세 가지 주요한 요소이면서도 풍부했던 것은 바로 에로스(정열), 바람, 알코올이었다. 당시 예술은 비너스적인 열정(시적)과 헤르메스적인 돌풍(해석학적, 비판적)과 그리고 디오니소스적인 알코올(초월적)로부터 배양되었다. 몽마르트르가 파리에 소속되기 전에 세금이 낮다는 이유로 수많은 카페와 다양한 술집들이 생겨났으며, 마치 출근 도장이라도 찍듯이 예술가들이 모여들었다. 현재 파리의 가장 유명한 포도밭인 '몽마르트르 포도밭' 앞에는 카바레 '라팽 아질'이 있다. 이곳에는 폴 베를렌, 기욤 아폴리네르, 막스 자코브, 피카소, 모딜리아니 등 많은 예술가들이 드나들며 마시고 토론하고 때로는 서로 주먹을 주고받기도 했다.

심 : 근사한 프랑스 요리에 포도주가 곁들여지지 않으면 안 되겠지요. 음식이 시대성을 띤다면, 영원성을 띤 듯이 변덕스럽지 않으면서 늘 좋은 것은 역시 포도주가 아닌가 싶습니다.

이 : 아! 포도주는 술의 범주에만 속하는 것이 아닙니다. 차처럼 독립적으로 또는 식사와 같이 마시는 건강식품이기도 하고 감각이나 정신을 일깨워주는 신비로운 그 무엇입니다. 포도주는 3,000년의 역사를 가지고 있어요. 중국의 고대 문헌에도 포도주가 등장한다고 하고, 그리스 신화에도 성경에도 포도주가 등장합니다. 기독교에서 포도주는 '신神의 피'라고 했거든요. 그게 무슨 말인가? 왜 그런가? 이는 기독교 입장을 떠나서도 가능한데, 포도나무라는 게 대단히 심오한 거예요. 한국의 재래종 차나무도 뿌리가 곧고 깊게 내려가는데, 포도나무는 그보다 더 뿌리가 곧고 깊어서 5미터, 10미터까지 내려갑니다. 이 정도 뿌리가 내려가는 식물은 좀처럼 보기 어렵습니다. 5미터만 내려가도 5만 년에서 10만 년 정도 되는 지층에 닿는 거예요. 10미터 내려가면 20만 년, 30만 년 되는 지층을 만나요. 시간의 축적을 빨아내는 게 포도입니다. 포도주를 마시는 건 엄청난 땅의 힘, 시간의 축적을 마시는 겁니다. 또한 태반의 술이 산성인데 포도주는 알칼리이며, 발효식품이라 적당히 마시면 감각이나 정신이 맑아지고 높아집니다. 좋은 포도주를 조용히 마시면 자기가 조금 높아진다거나 뜨는 느낌이 들어요. 니체도 술에 취하면 몸이 이성을

누르고 다르게 행동할 수 있다며 좋게 보았습니다. 아프리카도 그렇고 술이라는 것이 신화와 연결되고 신적인 것과 연결되거든요. 이것은 엄청난 의미가 있는 거예요. 인간을 넘어설 수 있는 작용을 곁들이는 것, 이것이 바커스의 특징으로 그냥 감정에 젖는 것이 아니라 술에 의해 또 다른 감성이 전개되고, 지성화된 것을 때려 부수고, 어떤 다이너미즘을 가질 수 있고, 또한 시적인 것을 제공해주는 것이 술인 거예요. 미셸 푸코식으로 풀이를 하면, 이성으로 줄거리를 만들어 쌓아 올리는 역사의식에 대해, 술이나 성性 같은 감정에 속하는 것이 있어 인간을 제도에서 풀어주거나 다이내믹하게 비약시켜 준다고 봐요. 예술도 이쪽에 속해 있지 않나 합니다.

한 가지 덧붙이자면 모스크바 크렘린, 백악관이나 일본 왕실 등의 최고의 잔치는 프랑스 요리로 하는데, 그것은 요리의 맛도 중요하지만 프랑스 포도주 때문인 거예요. 포도주 중에 프랑스 포도주는 특별하거든요.

심 : 조금 전에 한국, 일본, 중국의 재미있는 요리 방정식을 말씀해주셨는데, 혹시 포도주로도 그런 비유가 가능한지요?

이 : 도식화한다는 것은 지나친 단순화 오류의 위험이 늘 따르는 것입니다. 그냥 내 경험을 재미있게 말해줄게요. 우선 붙어 있는 세 나라, 프랑스, 이탈리아, 스페인 포도주가 좋긴 좋습니다. 말하기 좋아하는 프랑스 도시 사람들하고 달리 여기 포도주는 안 떠듭니다. 희한하게도 조용하고 지적이에요.[51] 사실 시골 프랑스인은 조용한 편입니다. 이탈리아 포도주는 뭔가 간단하지 않은 길고 풍만한 역사

가 느껴지고 굴곡이 있습니다. 그런데 스페인 포도주는 화끈하고 드라마틱해요. 붙어 있는 나라들인데도 뭔가 그렇게 달라요.

심: 독일이나 미국은 어떤가요?

이: 독일 포도주는 태양열이 약해서인지 토질 때문인지 어딘가 차갑고 엄격한 느낌이에요. 그래서 뭔가 생각하게 만들어요. 2차 대전 전만 해도 독일의 붉은 포도주는 대단히 좋았는데, 최근에는 정갈한 흰 포도주가 특징인 것 같습니다. 그리고 미국 포도주는 꼭 미국 사람 같거든요. 한 모금 마시면 "와, 이거 맛있다" 하는 소리가 나올 정도로 대단히 와일드하고 좋아요. 그런데 삼키고 나면 "어, 내가 뭘 마셨더라?" 하게 되는 것이, 꼬리가 약해요. 앞은 와일드한데 뒤에 여운이 없어요. 그러나 그 자체로는 힘이 있고 좋아요.

외출할 때는 훌륭하고 세련된 옷이 좋지만 집에서는 편안한 옷이 좋다. 마찬가지로 셰프의 근사한 요리도 좋지만, 맥도날드의 햄버거처럼 무미건조한 편한 맛을 좋아하는 것에도 일리는 있다고 이우환은 자신의 경험담을 말했다. 그는 배고프다는 친구 딸을 데리고 잘 아는 훌륭한 레스토랑에 가서 친구 딸이 먹고 싶다는 '햄버거'를 셰프에게 특별 주문했다. 하지만 다 먹고 난 친구 딸은 "익숙한 맥도날드 햄버거가 더 좋다"라고 말했다. 고급 레스토랑에서 일일이 맛을 음미해야 하거나, 엄마의 정성이 듬뿍 들어가 고마움을 느끼면서 먹어야 하는 것이 불편한 신세대는 맥도날드 햄버거가 편한 것이다. 더욱이 햄버거는 포크나 나이프 필요 없이 한 손에 가뿐하게 잡고 신 나게 떠들면서 혹은 인터넷을 휘젓고 다니면서 먹을 수 있다. 친구 딸의 반응에 놀란 그는 이후 맥도날드에 가서 햄버거를 사 먹어보았다. 하지만 지나치게 무미건조한 맛에 일종의 고통까지 느끼며 친구 딸이 이와 반대되는 의미의 고통을 느꼈음을 생각하게 되었다고 한다.

데카르트적인 명쾌한 셰프 요리, 어정쩡한 가변적인 한국 요리, 정성이 가득한 어머니 요리, 무미건조한 음식, 양의성의 양의성! 그러나 다른 양의성이 또 존재하고 있다.

> 이(빵)는 내 몸이요
> 이(포도주)는 내 피다.

이우환이 잠시 언급했던 신의 '피'(포도주)와 신의 '살'(빵)을 나누는 순간이 기독교 예식에서는 가장 중요한 순간인 '성찬식'이다. 어떤 의미에서든 먹는 것은 중요하다. 왜냐하면 외부가 내부로 들어오는 가장 구체적인 순간이기 때문이다. 그는 이제 몽마르트르 정상에 있는, 신성한 빵과 포도주 배달지地이자 '거대한 머랭'(사크레쾨르 성당의 별명) 쪽으로 다가가고 있다.

제3장

성스러운 마음, 성스러운 에로스

사크레쾨르, '동결된 음악'

"사크레쾨르가 건축학적으로 잘된 작품은 아니라고 해요." 줄곧 빠르고 일정한 보폭으로 사크레쾨르 성당 앞까지 도착한 이우환은 그쪽으로 눈길 한 번 주지 않은 채 말한다. 그는 조금도 숨이 흐트러지지 않았지만, 필자는 운동 부족으로 숨이 가빠 미처 대답도 못 한다. 그는 성당 앞, 파리 전체가 내다보이는 중앙 계단 앞에서 잠시 멈춘다. 파리를 바라보고 있는지, 아니면 필자에게 숨 고를 시간을 주는 건지 시선은 원경의 파리까지 도달하지 않고 그 중간에 머물러 있다. 겨우 숨을 고른 필자가 말한다. "바로 파리 전경이 보이는 이 테라스 덕분에, 또한 파리 어느 곳에서도 파리를 굽어보며 하얗게

서 있는 성당 자태 때문에 아름답게 보이는 것 같아요. 하긴 이 성당
이 세워지자 거대하게 못생긴 과자 머랭 같다고 했대요. 프랑스 사
람들은 큰 건물이 세워질 때마다 별명도 기가 막히게 잘 갖다 붙여
요."

"맞아요." 사크레쾨르 성당의 건축적 아름다움에 이 테라스를 포
함시키는 게 맞는다는 건지 별명을 잘 짓는 게 맞는다는 건지 알 수
없는 대답이다.

파리 건축물의 대부분이 공해에 찌들어 힘들게 수년에 걸쳐 청소
한 보람도 없이 쉽게 검회색빛으로 돌아가는데, 이 성당은 늘 하얀
자태이다. 특히 햇빛이 비칠 때는 햇빛이 성당에 닿아 부서져 튀어
오르는 듯하다. 늘 이렇게 하얀 자태를 볼 수 있는 것은 빗물에 의해
자동적으로 씻어지는 자재인 석회질 돌로 만들어졌기 때문이다.

네오로만-비잔틴 양식의 이 성당은 비잔틴 형태의 건물이 대개
그렇듯이 음향효과가 좋다. 동방정교 성당과 같이 커다란 돔이 있
는 곳에서 노랫소리가 커다란 중앙 돔과 작은 돔들을 배회하며 부드
럽게 굴러다니는 것을 보면 '건축은 동결된 음악'이라는 표현이 실
감난다. 이 표현을 일러 쇼펜하우어는 괴테가 한 말이라고 한다. 하
지만 슐레겔과 셸링도 언급했을 정도로 공감이 되는 멋진 표현이다.
그리스의 신전들이 음악의 비례를 바탕으로 만들어졌다고 할 만큼
고대부터 건축과 음악은 떨어질 수 없는 것이었다. 그렇다면 잘못
지어진 수많은 건물들은 뒤샹의 제목을 차용하자면 '음악적 오류'[52]
가 아닐까?

바흐와 샤먼, 엄청난 타자와 소통하는 방법

"인간이 우주로 보낼 메시지로 어떤 것이 좋겠느냐?"고 생물학자 루이스 토머스에게 묻자 그는 "바흐의 전곡"이라고 말했다. 엄청난 타자인 외계인과 소통하는 방법에 대한 흥미로운 대답이다. 고대에는 사실 이러한 질문에 대해 더욱 심각하게 고민하고 다양한 방법으로 대답했다. 가장 전형적인 예로 희생 제사가 있는데 향긋하고 먹음직한 향기로 신들을 유혹하며 교통을 나누었다. 고대부터 현재까지 절대타자인 신과의 가장 오래 지속된 좋은 교통의 한 방법으로 음악이 사용되었다. 인간의 영혼을 직접적으로 울리며, 다른 어떤 감각보다 쉽게 숭고와 거룩함의 감정, 즉 신적인 감정을 느끼게 하기 때문이었을 것이다. 그러나 이 모든 대답은 결국 인간의 감각에서 추론된 것이다. '역원근법'처럼 인간 쪽에서가 아니라 외계 쪽에서 보면 어떤 대답이 나올까? 외계, 신, 자연, 동물 혹은 물체와의 대화, 즉 '엄청난 타자와의 대화'는 어떻게 가능할 것인가? 이를 위해 현대미술은 어떤 시도를 했는가?

이 : 현대미술에서의 타자와의 대화라…… 요제프 보이스는 엄청난 타자인 코요테와 통신을 하려고 시도했어요. 예를 들어 「나는 미국을 좋아하고 미국은 나를 좋아한다I Like America and America Likes Me」(1974)라는 퍼포먼스는 역시 대단해요. 말도 전혀 안 통하고 잡아먹힐지도 모르는 타자와 함께 지내는 퍼포먼스를 미국 뉴욕에서

터뜨렸다는 데에 큰 의미가 있습니다. 대단히 철학적이고 정치적이 거든요. 또 백남준과 함께 「코요테 IIICoyote III」(1984)라는 퍼포먼스도 했어요. 나도 직접 보았는데, 처음에는 보이스도 백남준처럼 피아노를 치기로 되어 있었습니다. 그런데 보이스가 피아노를 몇 번 만지더니 "바바바바" 하면서 발로 피아노를 차서 저쪽으로 밀어버렸어요. 그러고는 피아노 옆에 있던 마이크를 잡고 40여 분간 소리를 질러댑니다. 그러는 동안 백남준은 주어진 피아노를 혀로 핥기도 하고 때려도 보고 하며 놀았습니다. 보이스는 "왜 피아노를 안 쳤는가?"라는 관객의 질문에 "피아노 소리가 나빠서 밀어내고 코요테와 교신을 시도했다"는 거예요. 다시 말하면 마음에 안 드는 피아노와는 놀 수 없다는 소리이고, 백남준은 주어진 것을 그냥 받아들인다는 입장입니다. 이 차이는 엄청난 것입니다. 보이스는 폐가 나빴는데, 그렇게 소리를 지르니 폐가 더 나빠지지 않고 배기겠어요. 결국 폐 때문에 죽었는데 이런 것이 예술가의 삶이에요.

심 : 보이스를 만신이라고 하는 이유를 알 것 같습니다. 우리나라 만신(무당)들 굿하는 모습을 보면서, 저는 저렇게 소리 지르고 소란을 피우면 거룩한 신들이 오히려 도망가지 않을까 생각했거든요. 보이스가 소리를 지르면 코요테가 오히려 도망갈 것 같다는 관객들의 느낌처럼 말입니다. 그런데 지금 생각해보면 안 좋아할 이유도 없을 것 같습니다. 물론 서양 신들(좀 더 정확히는 서양인들이 생각하는 신들)은 모차르트, 바흐, 헨델의 음악 같은 것을 더 좋아하는 듯하지만요.

그런데 신의 세계는 모르겠고, 코요테가 우리나라 만신들의 굿을 보거나 혹은 거대한 고딕 교회를 전율시키는 엄청난 소리의 오르간이나 오페라 합창을 들으면 어떻게 느낄지 모르겠습니다. 코요테에게는 오히려 원시적인 자연에 가까운 음악이 더 듣기 좋을 수도 있지 않을까요? '외침'은 지적이고 거대한 의미를 전달하는 것이 아니라 순수 느낌만 전달하는 소리이고, 언어 이전의 소리라는 점에 보이스가 착안하지 않았나 싶습니다. 이처럼 의미를 떠난, 언어 이전의 소리를 아직도 발견할 수 있을까요?

이 : 언어를 떠난 말, 혹은 언어 이전의 소리라면 흑인들이나 원시인들의 음악이 그렇고, 더욱이 그들의 음악은 자연의 음률, 신체 율동이나 신체 움직임과도 깊은 관계가 있어요. 이와 관련하여 내가 아주 신기한 경험을 했습니다. 1970년대를 풍미한 재즈 음악가 오넷 콜먼과 2001년 우연한 기회에 도쿄에서 만나 떠듬떠듬 영어로 대화를 하고 있었어요. 그런데 내가 잠시 다른 사람과 일본어로 말하는 것을 보더니 그가 "우리가 꼭 필요한 이야기를 하는 것은 아니니까, 내가 영어로 물으면 일본 말로 대답하라"는 겁니다. 그 사람은 일본 말 한 마디도 모르거든요. 그래서 녹음기를 켜놓고, 묻고 대답하고 거의 한 시간을 했어요. 그런데 기묘하게도 아주 정확하지는 않지만, 그 사람이 물어서 내가 대답하면 마치 내 일어를 알아들은 듯 내 대답과 관련해서 비슷하게 영어로 다시 묻는 겁니다. 재즈를 하는 사람이니까 그 감각이 대단히 발달해서 그럴 수도 있겠다고 생각하지만 신기한 경험이었습니다. 그 사람은 내가 어떤 리듬으로 소리를 내고

어떤 톤으로 이야기하는지 그것을 알고 싶어 했던 거예요.

또 다른 이야기인데, 내가 어렸을 때 우리 선생님이 초서를 쓰시기에 "이게 무슨 뜻이에요?" 하고 여쭤보니까 "모르는데 그냥 베긴다"라고 하세요. "모르면서 어떻게 쓰세요?" 하니까 "그럴 수도 있지" 하시는 거예요.

심 : 흥미로운 것은 쩡판즈도 한동안 자신의 초상화 배경으로 중국 초서식의 그라피티를 했었습니다. 제가 무슨 뜻이냐고 물으니까 아무 뜻도 없이 글자를 '모사'(시뮬라크르)[53] 한 것이라고 했어요. 그러니까 의미를 적는 것이 아니라 느낌이나 감각, 행위 등을 적으려고 한 것이 아닐까 싶습니다.[54] 고양이나 강아지 같은 반려 동물들이 언어의 의미를 몰라도 주인을 거의 이해하는 것처럼, 어쩌면 글씨체나 소리에도 그런 비슷한 것이 있지 않나 싶습니다. 특히 음악에는 이러한 요소가 더욱 많은 것 같고요.

이 : 음악은 항상 경이로워요. 다른 예를 든다면, 우리와 전혀 관계없는 아프리카나 남아메리카의 민속음악이라고 할까 원시음악을 들으면 한국의 농악이라든지 시나위와 그야말로 똑같을 때가 많아서 정말 혼란스럽습니다. 그런데 이제는 충분히 그럴 수도 있겠다 생각하고, 특히 레비스트로스를 읽으면 금방 이해됩니다. 그는 직접 아프리카, 남아메리카의 정글, 오스트레일리아 등 많은 곳을 다니면서 이런 지역에서, 거대한 도시의 한복판에서 찾을 수 있는 비슷한 질서나 구조성을 발견해냈습니다. 엇비슷한 세리머니나 풍속 등을 통해 아득한 옛날이든 근래이든 간에 각 지역에 서로 비슷한 것들이

많음을 지적합니다. 지역과 시대가 달라도 일종의 생명력이나 어떤 신과 같이 표현하기 어려운 것들과 관계가 있는 원초적인 멜로디를 들을 때는 기억이 돌아옵니다. 우리의 신체성이 이 기억을 떠올립니다. 그래서 신체 율동과 깊은 관계에 있는 원시인들의 생명감 넘치는 음악은 언어를 떠난 말 같습니다.

심 : 그들에게는 신마저도 인간으로 만들어버리는anthropomorphism 그러한 인간중심주의anthropocentrism가 없습니다. 반대로 애니미즘이나 토테미즘을 말하지 않더라도 그들의 음악과 율동에서는 자연의 모습, 바람의 소리, 동물의 움직임 그런 것들이 느껴집니다.

이 : 맞아요. 그런 것들이 때때로 동물과도 연결이 되고 어쩌면 나무와도 연결이 될 수 있는 부분입니다. 그것은 아주 재미있는 부분이에요. 오늘날은 바슐라르가 분석해 보인 것처럼 인간이 너무 말짱한 쪽으로 가다 보니까 인간만 아는 음악, 동물과 식물과는 관계가 없는 음악, 인간의 내부로만 닫혀 있어 동식물과 관련이 없는 음악이 되었습니다.

그런데 1960~1970년대에 미국의 존 케이지 같은 미니멀 음악이 나올 때, 또 한편으로는 재즈가 히피와 연관되어서 뉴욕적인 재즈가 퍼질 때 신체적인 부분이나 감성적인 부분이 저 밑바닥에서 울려 퍼지는 그런 것들을 다시 재활시키자는 운동이 꽤 활발하게 있었다고 봅니다. 그게 플럭서스나 많은 미술 운동과 연결된 부분이 있기도 했고, 당시 전위성은 원시성과도 깊은 관계가 있었습니다. 그러나 오늘날에는 그런 전위성이 많이 약화되고 애매한 대중성으로 다시 보수화되지 않았는가 하는 느낌이 듭니다.

심 : 그런데 조금 전에 말씀하신 그런 공통점이 강조된다면 역사주의나 콘텍스트는 어떻게 되나요?

이 : 세상을 넓게 보면 볼수록, 종적인 역사의식만 가지고 콘텍스트나 사물을 보려는 것에는 역시 한계가 있구나 하는 것을 느낍니다. 때때로 프랭크 스텔라[55]의 '블랙 페인팅'과 같이 똑같은 선의 사용, 반대로 모리스 루이스처럼 색채를 쓰며 물감을 화면에 쫙 흘려 내리는 것, 앙리 미쇼[56]처럼 붓으로 그린 건지 아니면 물감을 그냥 떨어뜨린 건지 헷갈리게 하는 액션, 이러한 비슷한 것들은 태고에도 있었으며 오스트레일리아, 뉴질랜드, 남미, 태평양 가운데 있는 섬들에 사는 애버리지니(오스트레일리아 원주민)의 그림과도 아주 비슷합니다.

심 : 그 경우에는 역사주의와 콘텍스트주의에 대한 새로운 점검이 필요한 것 같습니다.

이 : 그래요. 한번은 미술비평가이자 큐레이터인 독일 젊은 친구 틸이 "최근에 아프리카와 중근동 쪽, 유럽 중세와 현대를 섞어서 전람회를 꾸미다 보니 문화와 시대가 확연히 다른데도 의외로 무척 비슷한 경우가 많은데, 이걸 어떻게 생각해야 하느냐?" 하고 묻는 거예요. "좋은 지적인데 왜 나한테 묻느냐?" 하니까 "당신이 늘 하는 이야기나 방식이, 외부에 있는 것은 내부에 있고, 내부에 있는 것은 외부에 있고 그렇게 늘 통용이 되어야 하고 서로의 교환이 있어야 한다는 것이니 묻는 거다"라고 그래요.

이 젊은 사람의 의문을 마주하며 내가 그쪽으로 좀 더 신경을 쓰면 좋겠다는 생각이 들었어요. 그런데 잘못 신경을 쓰다가는 내가 다 깨져버릴 수도 있겠구나 하는 의구심이 생기는 거예요. 사실 나는 한국에 태어나서 일본에서 학교 다니면서 근대적인 교육을 받았고, 이후 유럽에서 활동하면서 소위 근대주의라는 것을 아는 거예요. 사물을 본다는 것은 자기가 어디에 서서 보는가 하는 위치가 필요하고 콘텍스트가 필요합니다. 좋든 나쁘든 간에 내 머릿속에는 이런 것이 있습니다. '어떤 위치나 콘텍스트에서 사물을 보고 판단해야 한다'는 것이 이제는 '어떤 위치나 콘텍스트 없이 사물을 판단한다는 것은 이상하지 않은가'라는 강박관념으로 내게 교육되어 있습니다. 그러니 잘못 추론하다가는 내가 망하는 거지요.

그런데 오늘날 확실히 그걸 큰 의미에서 뒤섞고 다시 찾아내야 하는 그런 시대가 온 것 같습니다. 다른 시대에는 그게 안 보였는데 오늘날이니까 보이는 겁니다. 정보와 교통이 발달되어서 이삼일 만에 아프리카도 남미도 갔다가 뉴욕, 파리도 갔다가 하면서 자기가 어딜 다녀왔는지도 모를 정도로 쫓아다니면서 보니까, 이걸 어떻게 엮어야 할지, 그러니까 소위 말하는 역사주의나 콘텍스트주의가 깨지는 겁니다. 그렇게 한참 생각해보니까 '야생의 사고'가 중요하고 '시원始原의 양면성'이 보이는 거예요.

이우환 3. 「대화」「조응」

오랫동안 바깥과의 교류를 추구해온 이우환의 '대화'는 과연 어떤 형태일까? 그의 조각에 처음부터 지금까지 '관계항'이라는 주 제목이 사용되어온 것을 보더라도(부제는 바뀜), 작가가 외부와의 관계를 얼마나 중요시하는지 알 수 있다.

최근 그의 조각의 제목은 '관계항—침묵'으로, 회화에서의 '대화'와 반대되는 어감의 제목을 사용하고 있다. 물론 우연히 이렇게 반의적인 제목이 택해진 것은 아니다. 그러나 우리는 이미 그의 양의적인 입장에 익숙해졌기에 이 제목이 결코 반의적이 아니라 오히려 상보적일 것임을 직감하며, 그 사이를 헤맬 준비를 갖추게 된다. 그렇다면 그에게 있어서 '대화'가 의미하는 것은 무엇일까? 물론 이 질문은 '침묵'과도 직결될 것임에 틀림없다.

이 : 최근 작품의 제목은 '점으로부터'가 아니고 '대화'나 '조응'인데, '조응'은 일종의 말이 있는 혹은 없어도 되는 그런 대화지요. 그런데 그림과 대화한다는 뜻이 아니고, 공간 등의 여러 가지 요소가 서로 교감한다는 의미입니다.

심 : 제프 쿤스도 자신의 그림의 목적을 '소통'이라고 했습니다. 작품 경향의 엄청난 차이에도 불구하고 어떤 공통점을 찾아볼 수 있을까요?

이 : 글쎄요. communication(소통)은 community(공동체)에서

「Correspondence」 (2005)

나온 말이니까, 일종의 공동체 내부의 일을 암시하게 됩니다. 소통이란 공동체의 아이덴티티로서 이미 공통 견해를 공유하고 있다는 전제하에 이뤄지는 것입니다. 그러니까 이것이 common sense(상식)가 되고, 하지만 공동체 밖의 세계, 타자와 통하는 것은 아닙니다. 반면에 correspondence(조응)라는 것은 공동체 내부에 국한되는 대화가 아닙니다. 서로 의견이 일치된다거나 어떤 답을 목적으로 하는 것이 아니라 dialogue(대화) 자체가 있습니다. 그런데 골치 아픈 게, 여기 사람들의 대화는 우리가 생각하는 대화하고는 또 다릅니다. 서양에서의 대화는 monologue(독백)에서 나온 것으로, 독백이 깨진 상태가 대화거든요. 서양 사전에도 그렇게 나오지만 에고가 깨진 상태에서 오는 것이 대화입니다. 그러나 아시아에서 말하는 '대화對話'는 서로 대對하고 마주하고 말話하는 것이기에 서로가 대면하는 그 자체가 중요하고, 처음부터 에고라는 것이 전제되지 않기 때문에 에고가 깨지는 것이 아니거든요. 거기에는 답이 있다든가 그런 게 아닙니다. 서로가 대면하는 그 자체가 중요한 거예요. 마치 마르틴 부버의 '관계론적' 대화인 『나와 너』처럼요.

심 : 미셸 푸코는 사람들이 대화(소통)를 하는 경우에는 미세한 정치적, 전략적 힘 혹은 권력이 오간다고 했습니다. 선생님께서 말씀하셨던 communication의 특징을 가리키는 것 같습니다.

많이 단순화하여 말씀드리면 '점'의 숫자만 세어도 선생님의 회화 변천사를 알 수 있을 것 같아요. 예를 들어 초기 「점으로부터」에는 점이 평균적으로 아주 많았고, 「바람과 함께」 이후 많이 줄어들긴 했지만 그래도 1990년대 초반까지는 꽤 점이 있습니다.

이 : 1990년대 후반에는 점이 점점 줄어들고 대신에 그리지 않는 공간이 점점 많아집니다. 그리고 2000년대부터는 훨씬 줄어들어서 점이 커지고 어떤 질서감이 새로 생기고, 점이 몇 개의 커다란 붓 터치가 되면서 정리가 되었습니다. 이제는 불과 한두 개, 많아야 서너 개예요. 그렇게 하면서 '공간 느낌'이 더 발생하고, 그리지 않는 부분을 더 인정하고 허용하는 쪽으로 나갑니다. 처음부터 그렇게 하고자 했던 것이 아니고 한참 하다 보니까 결과적으로 그렇게 되었습니다. 조각도 거기에 준하여, 처음에는 재료를 많이 썼는데 재료가 점점 줄어들고 형태도 간략하게 돼요. 최종적으로는 돌 하나만 한다든지, 철과 돌이 있어도 아주 극단적으로 최소화하는 것으로 변모했습니다. 이것은 나 자신의 시대나 사회에 대한 하나의 태도라고 봅니다.

심 : 점을 그릴 때 '어떤 질서감'이 생겼다고 하셨는데, 구체적으로 어떤 것인지요?

이 : 이게 보이지 않는 변증법이라고 할까, 그런 관계가 생겨납니다. 체스는 내가 잘 몰라요. 그런데 장기나 바둑을 둘 때 한쪽에서 두면 다른 어딘가에서 받아주는 것이 있고, 그런 것이 연결이 되어서 하나의 세계가 형성됩니다. 그게 그림에도 그대로 있습니다. 오른쪽 화면에 뭔가 있으면, 왼쪽에서 되받아주고 싶어 하는 그런 현상이 있습니다. 그러니 하나를 움직이면 다른 하나도 움직여줘야 해요. 재미있는 것이 점 하나를 한가운데인 중심에 찍으면 어떤 움직

임도 안 나옵니다. 그런데 가운데서 조금만 비켜놓으면 눈이 가운데로 가져다 놓으려 기능합니다. 가운데 있지 않은 것을 가운데 가져다 놓으려 하니, 그림에 움직임이 나오게 되는 것입니다. 흥미로운 것은 전통적인 명화에서도 그런 것이 다 기가 막히게 기능하고 있다는 겁니다. 최근의 내 그림처럼 간단한 것에도 구성이나 구도가 생기는데, 모든 그림은 전통적인 것이든 구상이든 추상이든 구도성을 가지고 있거든요. 그림이라는 것이 가만히 들여다보고 있으면 황금분할이라는 게 아주 신기해요. 거기에 비하면 원근법은 별로 놀랄 것도 아니에요. 황금분할이라고 하지 않아도 되겠지만 그림이 길면 긴 대로, 넓으면 넓은 대로, 눈이라는 것은 뭔가 그 세계를 짜 맞추려는 기능을 가지고 있습니다. 그 기능을 어떻게 활용하느냐에 화가의 역량이 달렸습니다.

심 : 선생님께서 말씀하신 그 부분이 인류의 오랜 경험에서 축적되어 소유하게 된 공통된 시각적 감성이 아닌가 싶네요. 조금 전에 말씀하셨던 레비스트로스의 이론이 다시 연관되는 것 같습니다.

이 : 그래요. 인류가 사물을 볼 때 갖는 '공통된 감성'(아리스토텔레스적인 의미로)[57], 아마 이것은 어쩌면 동물 세계에서도 비슷하지 싶어요. 카메라로 파인더를 볼 때, 초점이 잘 안 맞을 때하고 멀리 초점을 맞출 때 뭔가 묘하게 구성 같은 것이 보이거든요. 그럴 때 뭔가 보인다는 것, 그 말의 이면에는 뭔가 맞추려는 작용이 있는 거예요.

왜 바흐를?

아직까지는 엄청난 타자로 남아 있는 외계인과의 첫 번째 소통 방법을 물었을 때, 한 생물학자는 '바흐'를 대답으로 주었다. 타자와의 소통에 변함없는 지대한 관심을 늦추지 않는 이우환도 같은 이유에서 바흐를 좋아하는 걸까?

이 : 내가 바흐를 좋아하는 이유는 무엇보다 음률의 지고성至高性을 느끼기 때문인지 몰라요. 음률의 원형질이랄까 어떤 순수음을 뽑아 올리기 때문이에요. 자연 음의 고도한 추상성의 소통이랄까 그런 것이 느껴집니다. 물론 인간이 만들어낸 조율된 음이지만, 그래도 바흐는 자연에서 뽑아낸 고차원적인 음률 같은 것을 체계화하고 이를 인간화하는 것에 관심을 가졌던 것 같습니다. 이건 내 추측이고 내 느낌일 뿐이지만 말입니다.

의외로 아이디어나 모티브는 많은 편이 아니고 기본음이랄까, 에센셜한 주제를 이리저리 많은 변주곡으로 전개하는 것이 바흐의 특징입니다. 또한 바흐는 같은 곡이라도 연주자에 따라 해석의 폭이 넓고 깊어서 늘 신선한 거예요. 악보가 커다란 기본 질서 안에서 움직일 수 있는 범위가 풍부하여 연주자는 바흐의 마음과 기본 시스템만 따르면 자유롭다는 생각이 들어요. 예를 들어 「평균율 클라비어 곡집 1번」을 스뱌토슬라프 리흐테르가 연주하면 천사가 악기를 어루만지는 느낌인데, 같은 곡을 글렌 굴드가 연주하면 금속 공장 숙

런공의 망치질처럼 들리거든요. 물론 둘 다 좋습니다.

바흐가 많은 사람들한테 존경받고, 교회음악에 많은 영향을 줄 수 있었던 것은 꾸준히 음률을 '정화'(시적)하고, '고도화'(비판적)하고, '고양'(초월적)해서 '원형'을 남겼기 때문이라고 봅니다.[58] 그런 음을 조금조금 변화한 것이 바흐의 일반적인 성격 같습니다. 그래서 예술가들이 정화되고 고도화를 지향하며 이를 쭉 생각하고 진전시키면 바흐에 가닿는 것을 느낍니다. 생각하고 또 생각하고 이를 조용히 추상화시켜나가면 거의 바흐가 됩니다. 베토벤처럼 장엄하거나 난리를 떠는 그런 것은 없지만, 바흐는 아주 청결하고 숭고한 맛이에요.

'예술가들이 정화되고 고도화를 지향하며 이를 쭉 생각하고 진전시키면 바흐에 가닿는 것', 그 예술가에는 물론 이우환 본인도 포함된다. 위에서 '바흐'라는 이름에 '이우환'이라는 이름을 대치하고, '음률' 대신에 '그림'(혹은 '점')을 대치시키면 그대로 이우환의 예술에 대한 아주 적절한 평이 된다. 그런데 그가 이렇게까지 음악을 좋아하는 이유는 무엇일까?

이 : 조각이나 회화에서도 구체적으로 그려진 그 자체를 보는 것이 중요한 게 아니라, 그것을 봄으로써 다른 세계로 연결되는 것이 중요한 겁니다.[59] 한 오브제로서의 음악, 그 자체에는 나는 별 관심이 없어요. 소리 나는 것의 이상, 즉 소리 나는 것이 암시가 되어 음

「Dialogue」(2009)

「Dialogue」(2009)

악은 들리는 것 이상을 느끼게 하는 것이 중요합니다. 콘서트에서 상상의 날개가 펼쳐지지 않고 음 자체만 자꾸 들려오면 그런 콘서트는 흥미롭지 않습니다. 그림도 눈앞에 있는 대상적인 것만 자꾸 다가오면서 난리를 떤다면 이것은 별 볼일 없는 작품이라고 봐요.

사실 우주에도 엄청난 소리와 말들이 날아다니고 있는데 우리의 감각이 그것을 못 들을 뿐입니다. 그런데 이런 소리를 느낄 수 있는 때가 있는데, 바로 음악의 음과 음 사이의 들리지 않는 부분이 연주될 때입니다. 그래서 연주자는 음과 음 사이의 들리지 않는 부분을 연주하는 것이 가장 중요합니다. 마찬가지로 회화도 그림에 나타나지 않는 다른 많은 것들과 연관시키는 일종의 매체입니다. 연주자도 좀 더 높고, 좀 더 깊고, 좀 더 먼 것을 들을 수 있는 그런 연주를 해야, 그럴 때 다시 듣고 싶은 연주가 됩니다. 그림이나 조각도 마찬가지입니다. 작품 그 자체보다 좀 더 깊게, 좀 더 멀리 가야 하고, 바로 이러한 '좀 더'라는 호기심 덕분에 또한 반복이 가능하게 됩니다.

마치 바흐의 변주곡처럼 이우환의 작품도 반복을 거듭하며 고도화를 지향하는 일종의 변주곡들과 같다. 연작은 '주제에 의한 변주곡'이 될 테고, 회화와 조각은 각각 '회화를 위한 변주곡'과 '조각을 위한 변주곡'이 된다.

그렇다면 미술가이면서도 "음악이 최고의 예술"이라고 그가 주저 없이 말할 수 있는 이유는 무엇일까?

이 : 그 이유는 음악이 가진 청각성은 단순한 청각에 그치는 것이 아니고, 감각이라는 문제의 가장 윗부분에 속한다고 보기 때문입니다.

감각의 차원을 크게 세 단계로 구분할 수 있다면, 보통 '감각'이라고 말하는 1차적인 단계는 모네나 세잔이 생각한 직감적인 것입니다. 우선은 눈앞에 보이는 사물들의 색채나 형태 등이 어떻게 반응하는지를 나타내는 것이 그림이라고 할 수 있어요. 그런데 모네는 바깥에 있는 것에 너무 의지하다가 자신을 빼버린 부분이 많고, 대단히 지적인 세잔은 센스가 지각으로 가요. 그러나 세잔의 편지나 글을 읽으면 일반적으로 지각에 대한 거부반응이 많이 깔려 있습니다. 그리고 감각에 대한 것이 자연을 이해하는 데 지각보다 더 중요하다고 자주 언급합니다. 이렇게 감각을 중요시하고, 또한 지각에 대해서 경계를 하면서도 지각적입니다. 그는 그림을 그릴 때 원통과 삼각형이라든가, 그림의 짜임새에 대한 것을 대단히 의식하며 그립니다. 또한 색채도 거기 있는 그대로 그리는 것이 아니고 자기 안에 들어온 것을 다시 내뱉는데, 이는 지각의 문제입니다. 총체적으로 볼 때 이 모든 것을 1단계의 감각이라고 봅니다.

그다음 2단계의 감각은 일종의 통각으로, 일부 후각, 시각, 촉각이나 미각 등이 섞인 2차적이고 개념화에 가까운 것이라고 생각합니다. 단순히 시각적인 것을 넘어서 종합적인 문제, 구체적인 현실과 연결되면서 일반화된 통각과 맞물립니다. 다시 말해 설명이 되고 제도화될 때가 많고 극히 기성 사실화된 감각이지요.

그리고 3단계는 두 번째를 넘어선 감각인데, 초월적, 정신적이거나 영적인 것과 비슷하지만 그리 적절한 표현은 아니고 뭐라고 할까, 인간을 넘어설 수 있는 어떤 질서나 텔레파시와 연결될 수 있는 감각인데, 바로 이 감각에 가장 가까운 것을 음악이라고 보는 겁니다.

심 : 그런데 유럽 문화 형성에 지대한 영향을 끼쳤던 많은 지성인들이 클래식을 상당히 좋아했음에도 불구하고, 선생님께서 이야기하시는 세 번째 단계의 어떤 범감각적인 감각이 발달되지 않은 이유는, 아니 오히려 축소된 것 같은 느낌을 주는 이유는 무엇일까요?

이 : 많은 철학자들이나 지성인들이 이성적으로 자꾸 나아가기 때문입니다. 하물며 칸트나 라이프니츠도 순수이성을 비판하면서도 이성적인 것이 앞섭니다. 그래서 인간을 중심으로 모든 것을 재구성하고 그쪽으로 몰고 가기 때문에 범우주적이고 범감각적인 것이 왜소화되고 축소화됩니다. 가령 루브르 박물관에 가서 이집트나 메소포타미아관 같은 것을 보면 우주를 느낄 수 있습니다. 단지 발목 혹은 잘린 팔의 일부분만을 보아도 엄청나게 큰 무엇인가가 있습니다. 이집트 예술에서 제일 감동적인 부분은, 미라라든가 죽은 사람을 저 세상에 보내는 배에 사공들이 쭉 타고 있는 작품에는 들리지 않는 심포니가 있는 듯하다는 것입니다. 뭔가 이 세상이 아닌 좀 더 큰 어떤 다른 세상으로 가는 그런 예감을 주거든요.

심 : 맞습니다. 그 사람들은 정말 그러한 것을 느꼈으니까 그렇게 생생하게 표현할 수 있었던 것 같습니다.

이 : 그런데 그리스로 오고 로마로 오면서, 그런 것이 점점 더 인간에 가까워지고 점점 더 이성화된 방식으로 만들어집니다. 근대에 와서는 그런 예감이 다 사라지는 거예요. 다 말짱해집니다. 오늘날은 다 갈고닦아서 아주 분명하고 명증한 것만 남아 있습니다. 그러니까 어두운 부분이라든지 애매한 부분은 싹 날려버려요.

그런데 재미있는 점은 인간이 이렇게 오랫동안 완전히 날려버리려고 온갖 애를 써왔고, 또 마침내 다 날려버리고 나서는, 이제는 날려버린 것이 어디 가서 어떻게 되었는가 하며 다시 관심을 갖는다는 거예요. 쓰레기처럼 버려진 그것이 지금 어떻게 하고 있는가 은근히 걱정도 되고 관심도 쏠리고 그러는 겁니다.

이우환이 말하지 않은 바흐를 좋아하는 또 다른 이유는 어쩌면 바흐의 양의적인 성격 때문이 아닐까? 바흐에게 양의성(애매성)이? 하지만 한 바흐 전문 연주자는 바흐를 연주하기가 가장 힘든 이유 중의 하나가 "지성적이며 동시에 감성적"이기 때문이라고 한다. 또한 가장 '원초적'이면서 동시에 '고도화'되었기 때문이 아닐까?

여러 번의 대담에서 이우환은 바흐의 일반적인 성격을 '정화', '고도화', '고양' 혹은 '숭고'라고 지칭한 바 있다. 이는 공교롭게도 그가 정의한 예술의 세 요소인 '시적', '비판적', '초월적'과도 각각 연결된다. 훌륭한 작품에서 여백의 현상이 발견되듯이, 훌륭한 작곡가들에게는 이러한 세 개의 주요 요소가 모두 들어 있다. 유독 바흐에게서는 균등하고 쉽게 눈에 띌 정도로 잘 드러나 있다.

아주 어렸을 때부터 음악에 지대한 열정을 쏟아왔던 이우환은 결국, 음악의 문법을 자신의 회화에 적용하기에 이르렀다. 현재는 바흐의 영향이 지배적으로 느껴지지만, 그의 작품사를 지켜보면 베토벤, 바그너, 시벨리우스, 존 케이지, 슈토크하우젠 등의 영향도 보인다. 음악, 특히 클래식 없는 그의 작품을 생각한다는 것은 거의 불가능하다.

사랑의 샘에서 시를 긷다

천상의 에로스라고 할 수 있는 사크레쾨르 성당의 테라스(성당 앞의 계단으로 이어지는 광장)에 잠시 머물렀던 이우환은 이제 넓은 계단을 타고 다시금 세속적 에로스라고 할 수 있는 피갈 지역으로 되돌아간다. 이른 아침인데도 이곳에는 제법 많은 관광객들이 파리를 바라보기도, 가이드의 이야기를 듣기도, 열심히 카메라 셔터를 누르기도 하고 있다. 어떤 이가 사크레쾨르를 배경으로 자신의 연인을 찍기 위해 카메라 줌을 맞추고 있다. 카메라를 든 쪽은 뒤로 약간 물러섰다가 옆으로 갔다가, 또다시 카메라 앞에 서 있는 연인에게 뒤로 조금만 더 물러서라고 손짓한다. 보아하니 배경으로 사크레쾨르 성당의 전체 모습을 최대한 집어넣고 싶은 듯하다. 단지 몇 초의 순간이지만 사랑하는 연인과 사크레쾨르의 관계를 최대한 아름답게 짜 맞추고 싶은 것이다. 마치 이우환이 돌과 철판의 관계를 이어 주듯이…… 본능적인 구성으로 맞춰진 아주 짧은 순간이지만, 이렇게 낯선 건축물과 연인의 관계는 평생 묶이리라. 적어도 이들의 사랑과 사진이 완전히 바래기 전까지는.

이우환과 필자는 순식간에 많은 계단을 내려와 몽마르트르 정상에서 다시 몽마르트르 자락에 와 있다. 순간 얼마나 많은 계단을 내려왔는지 궁금해 잠시 뒤돌아본다. 회색 하늘을 배경으로 사크레쾨르와 금방 타고 내려왔던 계단까지 전체적인 모습이 파노라마처럼 펼쳐진다. 공원의 오른쪽 구석에서는 아직 일러서 회전목마는 움직이지 않지만, 어린아이들의 시선을 끌려는 듯 찬란한 불빛이 반짝거리고 있다.

달콤한 '체험적인' 이야기가 나오지 않을까 실낱같은 기대를 하면서 사랑에 대한 주제를 은근히 던져본다.

심 : 몽마르트르는 예술사만큼이나 사랑사로 점철된 것 같습니다. 예술가들에게는 '에로스적인 분위기'가 긍정적이든 부정적이든 강한 추진력이 되지 않을까요?

이 : 에로스의 분위기란 성적인 측면을 다른 데로 가져가려는 부분이 많거든요. 그러기 위해서는 훈련도 필요해요. 사랑이 예술 관련 일을 하는 데 많은 도움이 되는 것은 사실이에요. 유명한 피카소의 예도 있지만 내가 좋아하는 라이너 마리아 릴케 시인도 사랑 경력이 만만치 않았어요. 그런데 내가 보기에는 예술가의 경우, 사랑 자체에 빠지는 일은 드물니다. 내가 젊었을 때 늘 아끼고 예뻐하던 어떤 여자가 묻기를 "선생님은 죽도록 사랑해본 적이 있나요?" 하는 거예요. 곰곰이 생각해보니 애틋이 열렬히 사랑해본 적은 있는 것 같은데 죽도록은 없었어요. 사랑의 절정에서 보는 그녀는 그녀가 아닌 거예요. 거기 있는데 다른 것을 떠올리거든요. 어떤 순간 아무리 불꽃이 튀고 황홀감에 젖는다 해도 다음 순간, 다른 것으로 더욱 높이고 지속시키고 싶어지는 거예요. 나는 상대를 사랑할수록 거기에 홀리고 빠져드는 것이 아니라, 특이한 거리감을 즐기며 그것을 다른 것으로 승화시키고 생성시키고 싶었던 게 아닌가 생각해요. 그

다른 것이 서로의 꿈이 될 때도 있고, 나만의 비밀을 키우는 일이 될 때도 있지만…… 어쨌든 파고들어보면 사랑은 상대방 자체가 아니라 그것을 넘어선 대상 아닌 사랑을 사랑하는 느낌이거든요. 릴케식으로 이야기하면 그것이 미美이고 시詩예요. 그래서 시인은 사랑의 샘에서 시를 길어 올리는 것이 아닐까요.

'에로스의 분위기란 성적인 측면을 다른 데로 승화시키는 것'이라는 이우환의 말은 세속적 에로스에서 천상적이고 지고한 에로스로 이끌어진다는 플라톤의 『향연』과 전체적인 맥락을 같이한다. 예술적으로 잘 요약된 한 구절은 바로 '사랑의 샘에서 시를 길어 올리는 것'이다. 이렇게 21세기의 또 다른 향연과 그 주제였던 에로스에 관한 심포지엄이 무르익는다.

이우환의 커다란 붓 자국은 정화되고 잔잔하면서도 강한 숨결과 신체성을 전달하기에 엑스터시를 느낀다는 어느 독일 여성 화가의 말대로, 이우환의 예술에서는 이처럼 성性적인(에로틱한) 면과 성 聖적인(극기의 수도자 같은) 면의 중층성이 겹쳐진다. 그러나 그 차이가 이처럼 양극적인 데다 오랜 고정관념과 습관으로 인해 관람자(관찰자)가 보는 순간, 어느 하나로 그 상태가 고정되므로 또 다른 면이 가려진다. 그런데 실제로는 이 성性과 성聖은 결국 동전의 두 면, 관찰되기 전의 중첩된 두 상태이기에 더 성적으로 느낄 수 있는 것은 아닐까. 마치 동시에 살아 있고 죽어 있는 고양이처럼……

어떤 중국 백과사전으로의 산책

관광객, 비너스, 상인, 부버, 거리의 여인들, 샌드니……

"살모사, 쌍두사, 날개미, 뱀, 해룡, 암몬조개……"

모더니즘, 포스트모더니즘……

피카소, 베토벤, 테오, 바흐……

위에, 안에, 그리고……

점, 여백……

그리고 비둘기……

산책 길 '위에' 있었던 것들……

오늘날 공해와 계속되는 격무, 도시 생활의 분주함과 이보다 더 바쁜 마음의 분주함 등으로 산책하는 모습이 점점 사라져가고 있다.

산책은 빡빡한 일상생활에서 일종의 여백의 역할을 수행한다. 주변을 둘러보거나 혹은 주변과 관련을 갖는 것, 바로 하이데거가 말하듯이 몸으로부터 시작하여 공간과 교류하는 것이다. 이우환의 몸은 성과 속, 에로스와 타나토스, 예술과 상업, 모더니즘과 포스트모더니즘이 섞여 있는 몽마르트르 공간을 규칙적으로 산책한다. 작업을 위해 생각을 비우며 몸을 푸는 산책으로 '아무 생각 없이 질주하는 산보'이자 호메로스의 오디세우스처럼 이타카로 돌아간다는 분명한 목적이 있는, '몸이 주변 환경과 직접 부딪치며 교류하는 산책'이다. 우리의 의식보다 훨씬 커다란 외부와 교류하는 몸은 이러한 산책을 통해 논리적으로 불가능한 만남을 갖는다. 이는 이우환이 말하는 세 종류의 산책 가운데 아침 산책의 광경이다.

작가는 45분 정도의 산책을 마치고 귀가한다. 이제 샐러드, 바게트 빵 한 조각, 따스한 차로 간단히 아침 식사를 마친 후, 그림을 그리기 시작한다.

캔버스 위로 네모난 점의 첫 번째 층이 생겨났다.

두 번째 종류의 산책은 가벼운 에세이, 혹은 반대로 다소 무거운 소고를 쓰듯이 산책하면서 다양한 주제를 논한다. 사랑이라는 주제는 쑥스러워 얼른 지나친다. 그리고 죽음이라는 주제에 갑자기 영원성이란 주제가 끼어들면서 한참 머무는 등 이것저것 기웃거리면서 "이게 뭐야?" "저건 뭐지?" 하며 무언가 새로운 것을 발견하기도 한다. 우연히 마주친 지인과 이런저런 이야기를 주고받기도, 따스한 날씨에 문득 봄인지 초여름인지를 궁금해하다가 나뭇가지 끝에 맺힌 새순을 발견하기도 한다. 마치 제임스 조이스의 레오폴드 블룸처럼 비록 몸은 같은 거리를 배회하고 하루도 안 되는 시간의 산책이지만, 주인공의 머릿속에는 호메로스의 오디세우스의 여행에 필적할 만한 의식의 이동이 이뤄진다. 이 산책은 설령 출발하기 전에 목적지가 있었더라도 이를 우회하거나, 그 중간에 흥미로운 것을 발견하면 구경도 하다가 약간의 망설임 후에 구입을 하고, 이를 아틀리에에 놓기 위해 예정보다 일찍 귀가할 수도 있다. 주변의 발견과 대화가 동반되는 이 산책은 정해진 규칙 없이 하고 싶을 때(주로 일이 끝난 저녁), 그때마다 가고 싶은 장소를 정한다.

점의 첫 번째 층이 그려지고 일주일 후쯤
두 번째의 층이 첫 번째 층 위로 겹쳐진다.
두 번째 층의 붓 자국 사이로 첫 번째 층의 붓 자국이 드러나고 감춰진다.

세 번째 산책은 생각과 현실이 맞부딪치는 가운데, 비판적(철학적) 사유 속으로 침잠해 들어가는 소요학파의 산책과 같다. 이 산책은 실제로 산책을 나서기도 하지만 아틀리에를 서성거리면서, 글을 쓰면서, 혹은 벽에 기대어 있는 빈 캔버스를 바라보면서도 가능하다. 마치 지금의 이우환처럼. 아틀리에 한구석에 놓인 책상 앞에 앉아 며칠 전에 칠한 점이 건조되고 있는 것을 바라보다가, 이미 식어버린 차를 한 모금 마시며 사유 속으로 산책한다. 이러한 산책을 통해 그는 한국의 정치적인 긴장, 핵 문제에 대해 깊이 생각하고 또한 스스로의 작품에서도 작가의 최소한의 개입으로 최대한 외부를 도입해야겠다는 생각 등에 이르기도 한다.

두 번째 덧칠 후, 약 일주일이 지난 후에
점의 세 번째 층이 생겨난다.
세 번째 층 사이로 처음 두 개의 층이 드러나거나 사라진다.

이 : 푸코가 벨라스케스의 「시녀들Las Meninas」(1656) 분석을 『말과 사물』의 가장 첫머리에 가져왔다는 자체도 어떤 상징적인 것이라고 봐요. 푸코는 이 작품 서술과 분석을 아주 세밀하게 해서, 그 이상 더 세밀할 수 없을 정도로 했거든요. 누가 보고 있는가, 이쪽에서 저쪽을 보는 것 그리고 저쪽에서 이쪽을 보는 것[60]은 왜인가? 이렇게 해서 보면 이렇고 저렇게 해서 보면 저렇고, 무언가 이야깃거리가 감춰져 있는 것 같기도 하고 또 아닌 것 같기도 하고, 이런 모든 것이 다 깨지고, 대상은 제각기 대상대로이고, 서로 이어지기도 힘든 것이고('수술대 1' 상실, 아토피아〔장소가 사라짐〕), 결론도 없고 흩어져버린 상태일 뿐이에요. 이처럼 책을 읽으며 내가 받은 첫인상은 푸코가 「시녀들」을 세밀하게 분석하고 또 했지만 결론적으로는 분석이 안 된다는 것이고, 별 뜻이 없다는 것('수술대 2' 상

215

실, 아파지아〔의미가 사라짐〕)을 알리는 이 책의 진짜 서문 역할을 하는 것이라는 거예요.

심 : 아! 맞습니다. 푸코가 「시녀들」의 장황한 분석에서 도대체 뭘 말하려는 건지 늘 애매했는데, 그 애매함이 맞는 느낌이었군요. 그래서 그렇게 많고 다양한 해석들도 주어졌고요. 선생님 설명을 들으니 이제야 『말과 사물』의 전체적인 아우트라인이 잡히는 것 같습니다. 책의 서문에 보면 푸코가 보르헤스를 인용하여 '어떤 중국 백과사전'에 실려 있다는 동물 분류표를 말하잖아요. 거기서도 보면 전연 연관성을 지닐 수 없는 철저히 다른 것들이 단지 알파벳 순서에 의해 아무런 상관 없이 나열되어 있을 뿐입니다. 전형적인 헤테로토피아를 보여주고 있지 않습니까? 결국 「시녀들」의 해석도 그렇게 연결되는 것 같습니다. '백과사전'(언어의 비-장소) 대신 '그림'(시각 혹은 관점의 비-장소)이 대치되고요.

이 : 맞아요. 마그리트의 '이것은 파이프가 아니다'(「이미지의 배반La Trahison des images」〔1929〕)처럼 파이프일 수도 아닐 수도 있고, 또 다른 것일 수도 있고, 그리고 다른 곳으로 갈 수도 있는 것을 잘 보여주는 것이라고 봐요. 원래는 사물도 이데아 안에 존재하는 모두 다 언어였던 거예요. 그런데 이제는 '말과 사물' 혹은 '언어와 사물'이 분리되면서 언어만의 역사는 끝났다는 이야기예요.

마치 점의 첫 번째, 두 번째, 세 번째 층이 오버랩 되듯 첫 번째, 두 번째, 세 번째 종류의 산책이 오버랩 되며 무수한 '만남'이 발생

된다. 관광객, 상인 등을 만났고, 비너스와 마르틴 부버 등을 이야기
했고, 피카소와 바흐 등을 생각했고, 우리가 미처 깨닫지 못했던 엄
청난 타자들이 우리 사이를 지나갔다. 그 모두는 '유스테네스의 타
액' 안에서의 산책이었다. 이 모든 만남을 위해 몽마르트르 혹은 파
리'에서'의 산책, 이른 아침 혹은 저녁 시간'에', 우리들의 대화 '속
에서', 생각 '안에서'와 같은 '수술대'가 있었다.

세 번째 층이 그려지고 약 일주일 후에
네 번째 층이 생겨난다.
네 번째 층 사이로 이전의 층들이 드러나거나 감춰진다.
이렇게 점은 자신의 톤을 바꿔가며 자라고 익는다.

다시금 아침 산책 후에 이제 그는 네 번째 혹은 다섯 번째 층을 쌓
고(그리고) 있다. 그는 홀로 '어떤 중국 백과사전' 속의 산책을 하고
있다. 작업하는 것을 지켜보는 필자는 그와 같은 공간에 있는 것이면
서도 아닐 수도 있다. 집중하여 작업을 하고 있는 그에게 필자의 존재
는 이미 사라진 지 오래일 수도 있고, 어쩌면 그가 현재 그리고 있는
붓질에 필자의 존재가 영원히 섞일지도 모른다. 마찬가지로 아침의
산책도 저녁의 산책도 그리고 그가 좋아하는 사유적인 산책도 그 안
에 스며들고 사라지며, 드러나거나 감춰질 수 있다.
이 모든 산책은 다름 아닌 이우환의 최근 그림을 재현한 것이다.
가까이 관찰했을 때 점(들) 안에서 아주 작은 알갱이들이 붓질의 층

에 의해서 사라지고 드러나는 모습(입자), 약간 멀리 떨어져서 보았을 때의 바이브레이션을 주는 모습(파장)에서 '양자量子의 산책'이 연상된다. '생각의 중층성'과 '신체의 두께'로 태어난 이우환의 회화에서는 '양자의 중첩된 상태'처럼 그렇게 '동시에' 살아 있고 죽어 있는 고양이가, 성性스럽고 성聖스러운 비너스가, 그리고 '유한'과 '무한'이 아무런 문제 없이 진리의 게임을 즐기고 있다. 양의적이며 양자적인 산책이다.

예술에도 기술(테크닉)이 사용되고 기술에도 예술이 사용된다. 플라톤 시대에도 그랬겠지만, 현대에는 예술과 기술이 더욱더 경계 없이 서로의 노하우를 주고받는다. 그래서인지 기술과 예술의 어원은 고대 그리스어 '테크네techne'로 동일하다. 그렇다면 예술과 기술을 구별 지을 수 있는 것은 무엇일까? 예술은 '시적, 초월적, 비판적'이라는 것에서 기술과 구별되는 것이 아닐까(물론 세 가지 요소를 전혀 찾아볼 수 없는 기술만도 못한 예술도 있고, 이 요소를 지니고 있는 예술 같은 기술도 있다)?

제2부의 주제는 '시적'이었다. 산문의 시대인 오늘날에 시가 필요한 이유는 무엇일까? 하이데거에 의하면 기술 만능의 우리 사회에서 "식물학자의 식물은 밭두렁에 피어 있는 꽃이 아니며, 지리학적으로 확정된 하천의 '수원水源'은 땅에서 솟는 '샘'이 아니"다. 하지만 횔덜린의 시는 '라인 강'을 '라인 강'으로 새롭게 드러낸다고 한다. 마찬가지로 시는 '샘'을 다시 '샘'으로, 예술은 '돌'을 다시 '돌'로 새롭게 드러낸다. '사물을 사물 그대로'는 현상학의 구호였으며,

또한 모노하와 같은 예술운동의 목적이기도 했다.

현대의 훌륭한 예술 작품들이 그러하듯이 좋은 시는 우리를 양의성의 긴장 안에 몰아넣고, 많은 암시를 제공하며, 새로운 시각을 열어준다. 역시 '양의성의 긴장 속에서 시적인 삶을 살아야만 했던' 하이데거가 자주 인용한 횔덜린의 「파트모스」의 일부 시구는 다음과 같다(그가 왜 '시적인 삶을 살아야만' 했는지는 이어지는 제3부에서 이야기된다).

그러나 위험이 있는 곳, 그곳에는 또한
구원의 힘도 함께 자라네.
(……) 인간은 이 땅 위에서 시인으로 살아가네.

이제 우리는 이우환이 중요하게 여기는 세 번째 종류의 산책, 즉 사유적이며 '비판적'인 산책을 시작한다.

제3부

비판적
—예술가들의 역사

그리고 만약 내게 기동대 지휘를 맡긴다면
나켈이나 헤프너처럼 나 역시 대량 검거를 해서
구덩이를 파게 하고 유죄 선고를 받은 자들을 줄 세운 후
"발사!" 하고 소리쳤을까?
그럼 물론이지. 어렸을 때부터
나는 절대와 한계를 극복하는 것에 사로잡혀 있었거든.
—조나탕 리텔, 『착한 여신들[61]』

제1장

예술가, 사회와 우주 사이에서

2011년은 '아랍의 봄'[62]이라는 하나의 계절이 더 있었던 해였으며 커다란 굉음과 함께 21세기를 연 9 · 11 테러의 10주년이 되는 해였다. 이해는 또한 이우환이 뉴욕 구겐하임 미술관에서 「거대 회고전Marking Infinity」(6월 24일~9월 28일)을 열었던 해이다. 3월, 그해 처음으로 그가 파리에 왔다. 며칠 전만 해도 구겐하임 전시 준비를 하느라 미국에 있었던 그가 마치 그동안 파리에 계속 있었던 것처럼 질문을 한다.

이 : 안젤름 키퍼[63]와 다니엘 뷔렌의 대담을 들었어요? 나는 전해 들었지만, 아주 흥미로운 대담이었습니다.

이우환이 언급한 대담은 프랑스 최고의 지성의 전당인 콜레주 드 프랑스가 안젤름 키퍼를 2011년 교수로 초빙하면서 진행한 일련의 강연 가운데 하나였다. 이 강연(1월 24일)에서 폴 아르덴 교수는 안젤름 키퍼와 다니엘 뷔렌을 초청하여 '예술은 삶과 양립할 수 있는 가?'라는 주제를 다루었다.

이우환은 오늘날에도 여전히 예민한 이 강연의 마지막 주제에 특히 관심을 가졌는데, 폴 아르덴은 그 주제를 다음과 같이 시작했다. "그(빈라덴)는 의식적이었든 아니었든 간에 전 세계에 엄청나게 충격적인 힘의 이미지를 보여준, 이후 수많은 영상예술 제작자들이 그 뒤를 헛되이 쫓게 한 21세기의 위대한 첫 예술가라고 할 수 있지 않을까요?" 그러면서 그는 "오사마 빈라덴을 예술가로 여긴다는 것은 만용일까요?"라고 묻는다. 이에 대해 안젤름 키퍼가 한 대답의 요지와 입장은 다음과 같았다. "그가 예술가였는지 아니었는지에 대해서 나는 대답할 수 없습니다. 하지만 그 이미지는 예술에 필요한 다섯 가지 주요 요소를 만족시켰습니다. (……) 흥미로운 점은 예전에는 테러 행위가 이미지를 창출하지 않았는데, 그는 서구로부터 이미지가 어떻게 기능하고 이미지를 어떻게 만들어내는지를 배웠습니다. 그리고 무언가를 보여주기 위해 상징적인 이미지를 창출했고, 내용이 있는 이미지였습니다. (……) 나는 테러리즘에 반대한다고 말하지는 않습니다. 왜냐하면 내 의무는 그것을 말하는 것이 아니기 때문입니다. 나는 무엇이 삶이고 무엇이 예술인지, 예술과 삶을 구분하기 위해 이곳에 있지, 어떤 종류의 도덕을 제시하려고 있는 것은 아니기에 그것은 나의 의무가 아닙니다.”

이 : 안젤름 키퍼가 한 말은 꽤 오해를 불러일으킬 수 있는 표현인데, 나는 키퍼의 이야기에 상당히 공감합니다. 그게 간단히 잘되고 못되고가 아니고 양쪽으로 양다리 걸쳐져 있는 거거든요. 늘 그런 양의성이 따라다니는 겁니다. 예술가 내지 예술은 삶과 작품을 동일시하는 단순한 정의론이 아니라 약과 독이 같이 있는(파르마콘) 양면성에 걸릴 때가 많다는 것이 중요해요. 지금 막 생각났는데, 나이 지긋한 유명 작곡가 카를하인츠 슈토크하우젠은 텔레비전 인터뷰에서 말하기를 “이는 지금까지 실현된 것 중에 가장 아름다운 예술 작품이다. 우리 음악가들은 상상도 하지 못했던 것을 단 한 순간에 이뤄내었다”라고 했어요. 그것도 9·11 테러가 난 지 얼마 안 지나서요. 그래서 그는 엄청난 비난을 받고 콘서트도 취소되고 후원도 끊기고, 나중에는 결국 자신이 한 말을 철회하였습니다.

그렇다면 예술가가 쓸개 빠진 사람들인가? 정신 나간 사람들인가? 그게 그렇게 간단하지가 않아요. 자신이 느낀 것은 거의 그대로라고 봐요. 거기서 판단이라는 것이 문제인데, 슈토크하우젠은 조금 전에 내가 인용한 것처럼 감탄한 뒤에 “그런데 이게 뭐야. 이게 영화도 아니고 현실도 아니고 어떻게 된 거야? 헷갈린다”고 그랬습니다. 양쪽이 다 맞는 거예요.

심 : 선생님의 느낌처럼 아르덴은 슈토크하우젠의 말을 참고했다고 했어요. 슈토크하우젠이 굉장히 예민하고 창조적인 사람이고 인

텔리인데, 당시 상황을 전혀 고려 안 하고 너무 용감, 아니 만용을 부렸던 것 같습니다. 사실 키퍼의 대담도 그 장소가 콜레주 드 프랑스이고, 또 10년이나 지난 뒤이니 그나마 어느 정도 자유롭게 말하는 것이 가능했지만 글쎄요…… 다른 장소였다면 난리가 났을 겁니다.

그런데 테러가 난 쌍둥이빌딩이 뉴욕이 아니라 이슬람이나 다른 지역에 있었다면 이야기가 많이 달라졌을 겁니다.

이 : 좋은 지적이에요. 키퍼가 비난도 받고 오해도 받았지만, 키퍼의 작품을 잘 들여다보면 그것은 결코 일방적으로 어느 쪽이 옳다 그르다가 아니고 많은 것을 생각하게 합니다. 그것은 정의의 문제를 이야기하는 것이 옳고 그르다를 말하는 것이 아닙니다. 어떤 메타포를 제공함으로써 어떤 느낌이 가능한지, 많은 가능성과 암시를 발현하는 겁니다. 그것이 중요하고 그 부분이야말로 예술이 명료한 과학이나 정의의 종교와 다른 점입니다. 예술은 선의로도 악의로도 볼 수 있고, 그 시대와 공간에 따라서 다르게 비칠 수 있습니다.

심 : 어떻게 다르게 비칠 수 있는지, 좀 더 구체적으로 설명해줄 수 있으신지요?

이 : 사실 이 주제는 동서양 구분 없이 잘못 이해하면 커다란 오해를 불러일으킬 수 있는 아주 예민한 문제라서 다루기가 결코 쉽지 않습니다. 우선 몇몇 예를 들겠습니다. 일본의 경우에 화가 후지타 쓰구하루(혹은 '레오나르 후지타')는 전쟁화를 많이 그렸습니다. 전쟁화를 그리기 위해 전쟁터에 가서 현장을 보며 그리기도, 상상을 해서 그리기도 했습니다. 그리고 일본이 패전하자, 비판을 많이

받아 결국 견디지 못해 프랑스로 귀화했습니다. 그런데 문제는 과연 그 전쟁화가 어떤 것이냐는 겁니다. 내가 본 느낌으로 그것은 일본이나 전쟁을 찬미하고 합리화하는 그림이 아니라, 한마디로 처참한 지옥도입니다. 적군도 아군도 없고 완전히 돌아버린 광기의 살육현장입니다. 이 메타포어가 무엇을 암시하는가, 잘 보고 이야기해야합니다. 끔찍하면서도 깊은 감동을 일으키는 그런 그림을 가지고, 함부로 전쟁을 합리화시켰다 어쨌다 하면서 그 사람을 매장시킨 거예요. 지금도 그의 작품들이 남아 있으니까 볼 수 있어요.

한국의 예를 들면, 서정주 같은 시인들이 학도병 출전을 고무하는 시를 써서 두고두고 문제가 되었고 죽기 직전까지 많은 사람들의 비판을 받았습니다. 세계사적인 측면에서 봤을 때 도저히 합리화될 수없는 침략적인 전쟁임에도 불구하고, 거기에 예술가가 놀아나거나적극 참여하는 입장을 표명할 때는 그 역시 문제가 안 될 수가 없습니다.

그렇지만 그런 사람들을 무조건 정의론에 의해 비판하고 말살한다거나 완전히 무시를 해버린다거나 할 때, 과연 그것이 타당하고가능한지 하는 복잡한 문제가 있습니다. 그 사람이 시인이라든지 화가라든지 했을 때, 그의 작품이 있기 때문에 작품의 전체적인 성격이나 톤이 과연 전쟁이나 식민지정책에 전반적으로 찬성을 했는지를 분석해봐야 합니다. 상당한 수련을 했고 대단히 중요한 위치에있으면서 훌륭한 시, 좋은 그림, 깊은 사상을 남긴 사람들의 기본적인 자세나 발상 그 자체를 따졌을 때 간단한 문제가 아닙니다.

심 : 정의론은 동서양, 고대나 현재 할 것 없이 가장 까다로운 문제인 것 같습니다. 특히 한 나라의 위대한 영웅의 경우에는 더욱 복잡해지는데요. 예를 들어 프랑스의 영웅 잔 다르크도 영국 입장에서 보면 다른 이야기이고, 그렇게 되니 잔 다르크에게 영감을 부어주었던 신의 정의까지도 문제가 돼서 결국에는 신까지도 '정의론'과 관련하여 문제의 대상이 되고 말았습니다.[64]

그런데 방금 전에 언급하셨던, 서정주 시인이 학도병에 나가라고 권하는 시를 직접 썼다는 게 차마 믿어지지 않습니다.

이 : 시가 남아 있으니까 부정할 수 없지요. 말년에 어느 기자가 "왜 친일했느냐?"고 묻자 "나는 우주 천체의 운행에 따랐을 뿐이다"라고 대답했습니다. 잘했다 못했다가 아니라 천체의 운행에 따랐다는 묘한 답을 했습니다. 이는 한편으로는 그 당시 상황에서 봤을 때는 그럴 수가 있다는 이야기처럼 들립니다. 또 다른 한편으로는 세계사를 길게 전체적으로 볼 때, 식민지정책을 펴는 쪽이나 당하는 쪽이나 엇비슷한 것들이 많이 있습니다. 그런 가운데 그게 늘 조금 이쪽으로 갔다가 저쪽으로 갔다가 하는 문제로 여기는 것일 수도 있습니다. 그러나 당한 쪽에서는 이른바 민족적인 감정으로 상대방을 용서할 수 없다, 이런 문제가 나오지만 좀 더 길고 넓게 우주적인 입장에서 보면 그것은 약간의 입장의 차이라고 할까 논의의 차이에 불과합니다. 이것은 이해하기 어려운 대단히 민감한 문제입니다. 서정주의 시를 쭉 읽어나가다 보면 이 시인이 쓴 만큼 한국인의 깊은 얼이나 높은 정신을 망치로 때리는 것처럼 그렇게 울리는 시

를 찾기 어렵습니다. '누이의 어깨 너머 / 누이의 수틀 속의 꽃밭을 보듯 / 세상은 보자'(「학」), 서정주 외에 이런 구절을 쓸 수 있는 시인이 또 있나요? 그는 한국인이라는 오랜 역사 속에 녹아 흐르는 그 어떤 것을 영적이고 우주적인 모티브로 승화시켰는데, 그건 엄청난 업적입니다.

심 : 서정주나 후지타 쓰구하루는 자신들의 예술 때문에 삶이 고단했던 경우인데, 그렇다면 예술가의 삶과 그들의 예술은 양립하는지요? 다시 키퍼와 뷔렌의 대담 주제로 돌아왔네요.

이 : 예술가들과 예술의 관계도 간단하지 않습니다. 가령 요제프 보이스 같은 사람은 파시즘 비판을 혹독하게 했는데, 1980년대 들어서 그가 하는 짓이 꼭 파시즘 같다는 지적을 지식인들한테 많이 받았습니다. 그 사람 하는 짓이 으스스하고 뭔가 행패를 부리는 것 같고 상당한 억지가 곁들여지면서 그게 많은 사람들을 압도하는 느낌을 주거든요. 그러니까 보이스가 이야기하는 것과 다르게 반대 현상이 일어난다고 비판받은 적이 있습니다.

리처드 세라는 젊을 때부터 반체제 작가, 저항적인 작가로 손꼽히고 많은 서명운동도 하고, 그래서 나도 거기에 호응하기도 했습니다. 그 사람은 좌우간 월남전이든 자본주의든 이런 체제적인 것은 문제라고 지적을 많이 하고, 지난 부시 정권 때도 「STOP BUSH」(2004)라는 그림을 그렸습니다. 세라의 쇳덩어리로 만드는 작품은 어떤 의미에서는 대단히 아름다우면서 폭력적입니다. 스스로도 "나의 작품에는 사랑과 폭력이 동시에 있다"는 뜻의 글을 쓰기도 했습니다. 그런데 사실은 아름다움과 사랑을 느낄 때보다는 으스스하고 크게 한 대 얻어맞는 느낌을 받는다거나 위협을 느낄 때가 더 많을지도 몰라요. 근래의 작품일수록 규모나 중량감이 커지고 철판의 색채나 커브가 절묘합니다. 그래서 대단히 미적이기도 하고 폭력적이기도 해요. 지난번에 그랑팔레에도 높고 두꺼운 철 조각을 설치했었습니다.[65] 내가 관람하고 있는데, 영어를 하는 어떤 할아버지 할머니가 "야, 이것은 사람의 정신을 때려서 정신 못 차리게 한다"는 말을 하는 것을 들었습니다. 너무 위험하고 폭력적이라는 이야기예요. 사랑을 느낀다기보다는 공포를 느끼게 하는 공기를 띤 작품으로 비치는 거예요.

또 톈안먼 사건(1989) 때 중국을 뛰쳐나와 프랑스에서 오랫동안 활약하다가 지금은 미국에서 많은 활동을 하고 있는 황용핑이라는 내 친구는 2008년 퐁피두센터에 「에이 에이 시나 시나」[66]를 설치했었습니다. 퐁피두센터 지하에서부터 1층 천장까지 거의 닿을 듯한 나무로 된 힘찬 기둥이 세워졌고, 이 기둥 위에는 약 600킬로그램의 거대한 원통형 금속 상자가 얹혔고(전체 높이 17미터), 이 상자에 연결된 7~8미터 길이의 체인 끝에는 제법 묵직하고 커다란 돌덩이 같은 것이 달려 있었습니다. 원통형 금속 상자에는 자가 모터가 있어서 회전하는데 상자가 돌면서 철로 된 체인도 돌고, 그 끝에 달린 돌덩이 같은 다면체도 묵직하게 돌아갑니다. 위협적인 느낌을 주는 작품이었어요. 당시는 중국과 티베트 문제가 많이 거론될 때였습니다. 여러 관람객들이 "이 작품은 티베트 사람들보고 우리 중국 사람들 말 안 들으면 가만 안 둘 거다, 잔소리하지 말라는 의미구나"라고 이야기하는 것을 내가 듣고는 정말 놀랐습니다. 하물며 내 주변 프랑스 작가 친구들도 그런 이야기를 했습니다. 황용핑이 들었으면 얼마나 놀랐을까 싶어요. 그 사람은 언제나 반체제 사람인데, 작품은 완전히 거꾸로 비친 거예요. 이런 예들이 흔합니다. 이렇게 많은 작품들이 양면성, 삼면성, 다면성이 있어서 일방적(단면적)인 답을 가진 작품을 볼 때에는 오히려 재미가 없을 수도 있습니다. 설령 오해의 여지가 있더라도 좀 더 멀리, 좀 더 깊이, 좀 더 많은 생각을 불러일으킬 수 있는 공기를 가진 작품이 중요하지 않을까요.

심 : 공교롭게도 제가 지금까지 만나본 프랑스 인텔리 작가들은 일반적으로 좌파였어요. 저는 사르코지 대통령(재임 2007~2012) 이전까지만 해도 기존 체제에 반대하기 위해서 그리고 현 정권의 잘못을 지적하기 위해서 지식인들은 좌파 혹은 야당이어야 한다고 생각했습니다. 사실 그래 왔었고요. 그런데 사르코지 때부터 갑자기 많은 주요 지식인들이 우파로 전향하고, 그러면서 지식인의 역할을 한다고 주장하는 것입니다.

이 : 소련이 무너지기 전까지만 해도 사회주의라는 환상이 있었습니다. 이미 사회주의 내부에 많은 모순이 존재했어도 그것은 묵인하고, 환상에 맞춰서 자기 주변의 현실 비판만 하면 되는 식이었습니다. 헝가리 동란 때 앙리 르페브르를 위시한 많은 지식인들은 헝가리를 침공한 소련에 동조하거나 침묵했는데, 사르트르가 나서서 극렬히 소련을 비판하자 많은 욕을 얻어먹었습니다. 그러나 시간이 지

나면서 사르트르의 판단과 용기는 빛나게 되었잖아요. 일부 한국의 정신 나간 지식인들은 훗날을 명심해야 될 거예요. 어쨌거나 그러고 얼마 안 되어 소련이 무너지고 중국이 애매하게 되면서 사회주의 환상이 깨졌어요. 그러면서 좌파라는 위치조차 애매하게 된 겁니다.

또 하나는 프랑스의 경우인데 우파와 좌파가 교대로 정권을 잡다 보니 묘하게 되었습니다. 어떻게 보면 좌파는 정권을 잡으면 안 되는 거예요. 2차 대전 후 이탈리아에서는 공산당이 막강했는데, PCI(이탈리아공산당)의 팔미로 톨리아티 당수가 우파 정당과의 공방전에서 협력 쪽으로 기울 때, 공산당은 정권 쟁취를 고집하지 않고 톨리아티에게 갈 길을 맡기겠다고 했어요. 공산당이 정권 잡을 시기가 아니라는 겁니다. 물론 이것은 간단한 문제가 아닙니다. 늘 반체제주의로 마이너리티로 남아서 비판하는 역할에만 충실한다는 것은 오늘날 있을 수 없습니다.

정권을 잡으면 뭘 이뤄내야 되잖아요. 문제는 비판이라는 것은 이뤄내는 것과는 상반되는 본질을 가지고 있다는 것입니다. 그러니 미테랑(재임 1981~1995) 정권 때, 좌파들이 권력을 잡고 있으니 비판이라는 것이 성립이 안 되지요. 그러다가 시라크(재임 1995~2007) 때에 좌파 측의 비판이 형성되는 듯하다가 이번에 또 사회당의 프랑수아 올랑드 대통령(재임 2012~)이 정권을 잡았으니까…… 오늘날 지식인의 입장이 어디에 서 있는가, 이들은 아주 복잡한 위치에 서 있게 되었습니다. 아주 어려운 문제에 있어요. 그래서 영원한 반체제라는 것은 힘든 겁니다.

심 : 그나마 프랑스는 좌우가 비교적 자유로워도 힘든데, 휴전 상태인 한국에서 지식인의 역할의 어려움은 상상이 잘 안 됩니다.

이 : 한국에서는 비판적인 지식인이 되기 상당히 힘듭니다. 태반의 문제가 이북과 관련되는데, 이북의 문제에 대해서는 눈을 감고 정통성이나 따집니다. 그런데 이북에선 한국에 우익보다 새로운 좌익이 생기는 걸 경계합니다. 사실 선진국의 신좌익들은 정통성을 따지지 않습니다. 정통성을 따지는 사람들이 가진 체제는 소위 말하는 정통적인 사회주의 이념과는 거리가 먼 전근대적이고 반좌익적인 체제입니다. 정통성은 역사주의에서 온 건데, 1970년에 정통성이라는 의미는 깨졌습니다. 푸코나 일본의 가라타니 고진 같은 이는 좌익이지만 그런 것 벌써 날려버렸어요. 레비스트로스와 같은 지성인들이, 밀림 속에 있는 것이 파리나 뉴욕에도 있고, 파리나 뉴욕의 고층 아파트에 사는 사람들의 발상이 그 밀림 속에 사는 사람들에게도 있음을 보여주었습니다. 이처럼 공간적뿐만 아니라 시간적으로도 그렇습니다. 도시에서는 몇천 년 전에 이미 사라졌다고 생각한 것이 그곳에는 여전히 존재하고 있습니다.

그렇게 문화인류학이라는 것이 꽃피게 되었고 나 같은 사람은 압도적으로 그 영향을 받았는데, 바로 여기서 단조로운 역사주의가 깨집니다. 절대정신이 전개된다는 헤겔주의적 국가역사주의나, 원시사회에서 민주주의를 포함한 여러 단계를 거치며 공산주의에까지 이른다는 마르크스적 계급역사주의는 실질적으로 다 깨졌고 이제 상, 하, 좌, 우, 어디로 가는지도 모르는 수많은 입장의 애매한 것이 되었습니다. 정보와 교통이 발달하다 보니까, 너무나 다른 시간이 서로 연결되어 있거나 공간적으로 얽혀 있다는 것이 밝혀졌습니다.

그러니 이제 정통성 같은 소리는 통하지 않는데도, 대개 피해 의식이 큰 지역이라든지 특이한 후진성을 띤 지역에서는 여전히 정통주의자들이 정의를 앞세우고 득세합니다. 그런데 사실 따지고 보면 어디에도 정통성은 없습니다. 공연히 어떤 이념에 맞춰서 합리화를 시키니까 정통적인 것처럼 보이는데, 이미 다 깨지고 거짓말입니다. 미술의 정통성을 말하며 "현대미술이라는 것은 미친놈들의 놀이" 운운하는 이른바 근대주의적 미술사학자들이 지금도 많습니다. 예술에서 정통성이란, 보는 데도 행동하는 데도 엄청난 저해 요소가 되고 있습니다.

심 : 정통성이 생기게 된 근원을 좀 더 멀리서 찾는다면 어디에 있다고 보십니까?

이 : 정통성이라는 것은 독립 신화, 소위 왕권이 바뀔 때 자기가 정당한 왕이라고 주장하기 위해서 찾는 경우가 많았습니다. 그것 역시 역사주의에 맞춰서 자기네들을 짜 맞추려고 할 때 나타나는 것으로, 그런 세계적 역사주의적 정통성이라는 것은 대단한 후진성에서 오는 봉건적인 발상입니다.

심 : 말씀을 듣고 보니 정통성이라는 것이 역사상 가장 역설적인 말인 것 같습니다. 이미 정통성을 지니고 있는 기존의 나라 혹은 왕을 폐위하고, 새로운 왕국이 설립될 때 주로 정통성을 찾으니까요.

이 : 그러니까 중요한 것은 우리가 세계와 교류를 가졌다는 것입

니다. 현재에나 옛날에나 특히 추사 김정희 같은 경우는 중국하고만 교류를 해야 한다고 말하며 중국 중심의 정통성을 주장했는데, 그 때문에 우리가 거의 반세기나 뒤처졌습니다. 우리는 중국보다 훨씬 더 커다란 알타이족 문명을 가졌었고, 그래서 일본까지 갔던 그런 문명입니다. 고구려는 페르시아니 고대 로마(기원전 753~기원후 476)하고도 연관이 된 문화였습니다. 고구려의 육각탑은 이슬람 형식으로, 우리가 이슬람하고도 관계가 있다는 증명입니다. 또한 한국 문화는 북방 샤먼, 남방 샤먼 계통과도 깊은 관련이 있습니다. 그런데 당나라(618~907)가 들어서면서 우리는 꼼짝도 못했었습니다. 당나라 속국이 되기 이전에는 우리가 오랫동안 더 먼 곳의 많은 지역들과 활달한 관계를 맺어왔었음을 상기해야 합니다. 이처럼 우리나라는 외부와 잘 교류하던 나라였습니다.

심 : 하이데거도 한때는 정통주의를 표방하지 않았나 싶습니다.

이 : 하이데거가 프라이부르크 대학의 총장이 되자마자(1933) 나치를 찬양한 것 말이지요? 그의 이러한 행동이 수수께끼라는 사람도 있고, 아예 그가 무언가 기대하고 했다는 사람도 있습니다. 왜 그랬을까? 지금도 하이데거에 대한 비판이 있고 아주 복잡하지만, 여러 가지 자료에 의하면 하이데거가 나치에 대해 착각한 부분이 있었다고 볼 수 있습니다. 또한 그 자신의 생각과 겹쳐서 보았는데, 그 욕망과 너무 다른 결과가 나왔다고 볼 수도 있습니다. 설령 그랬다 치더라도 하이데거 같은 명철한 철학자가 나치의 본질을 꿰뚫지 못했다는 것은 피할 수 없는 비판거리가 되긴 합니다.

심 : 키퍼 역시 좀 전의 대담에서 다음과 같이 말했습니다. "셀린, 함순, 파운드 등 많은 예술가들에게 커다란 문제가 있다.[67] 이 문제의 예술가들 가운데, 하이데거는 끔찍한 프티부르주아(소자본가), 반유대주의자, 끔찍한 성격……"

이 : 아니, 그렇게나 심하게…… 하지만 내가 보기에는 키퍼가 그렇게 이야기했어도 그는 하이데거의 사상에 많은 영향을 받았고 그를 좋아하고 있다고 확신합니다.

심 : 예, 맞습니다. 키퍼는 바로 이어서 "하지만 하이데거는 엄청난 작품을 창출했다. 이것은 반드시 구분해야 한다. (……) 그들은 어떻게 보면 거의 범죄자들이지만, 그들의 작품들이 있다. 작품은 작품이고, 삶은 또 다른 것이다. 이것들을 함께 묶어 취급할 수는 없다"라고 했습니다.

이 : 흥미로운 것은 하이데거가 젊었을 때 가르쳤던 제자이자 여자 친구였던 해나 아렌트의 태도입니다. 사후에도 여전히 무척 중요한 정치사회학자로서 큰 비중을 차지하고 있는 아렌트는 나치를 피해 미국으로 망명하고 나치에 대한 비판을 많이 썼습니다. 그런데 나치에게 핍박을 받은 유대계인 이 사람은 하이데거가 가진 생각과 철학을 단순히 무시하거나 비판만 해서는 안 된다고 했습니다. 2차 대전 이후에 나치를 비판하며 난리를 떠는 사람들을 보고 그녀는 오히려 "거기에는 정의도 진실도 없다. 그것은 그 상황을 진짜로 산 사람들의 행동이 아니다"라고 했습니다. 억압당했던 사람들일지라도 그들이 독재자와 반대편에 서서 무조건 반대로만 말하면 간단히

합리화될 수 있다는 그런 생각을 그녀는 용납하지 않았습니다. 그래서 그녀는 "하이데거가 생각한 정말 중요한 부분까지 말살하려는 것은 또 하나의 범죄행위"라고 말한 겁니다. 이러한 지적이 다수 지식인에게 커다란 울림을 주었습니다.

심 : 아렌트의 주장에 공감합니다. 현대 철학을 하려면, 좌파든 우파든 직접적이든 간접적이든 하이데거의 영향을 받지 않을 수가 없습니다.

이 : 나 자신도 하이데거에게 압도적인 영향을 받았습니다. 어떤 사람들은 하이데거 생각의 본질에 나치적인 부분이 있다고 하지만, 나는 꼭 그렇게 생각하지는 않습니다. 하이데거 역시 많은 양면성과 암시를 띠고 있습니다. 예술과 관련하여 그 사람이 말한 아주 유명한 구절이 있어요. "자연은 예술 작품을 무너뜨려서 자연으로 되돌리려고 애를 쓰고, 예술가는 애를 써서 일으켜 세우려고 한다. 사그라뜨리려는 것과 세우려고 겨루는 데 작품이 있다."(「예술 작품의 근원」) 그는 어느 편에도 서지 않아요. 그러한 입장이 그의 책 모든 곳에 깔려 있습니다. 많은 양의성, 모순성을 들춰내는 힘은 어느 철학자보다 방대하고 깊습니다. 그러니까 어떤 잘못된 혹은 왜곡되어 보이는 그런 부분만 꺼내서 전체를 차단해버리는 식의 태도가 과연 바람직할까요. 그리고 나는 하이데거를 철학자라는 측면에서뿐만 아니라, 그 자신 시를 쓰는 예술적인 측면을 많이 보려고 하기 때문에 더욱더 그렇게 느낄 수도 있습니다. 그의 글은 대단히 시적이고 늘 많은 암시와 시사를 던지고 있습니다. 그리고 고대 그리스까

지 거슬러 올라가 사고하면서 인류가 어떤 생각으로 살아왔는지, 인류 전체의 생각을 조명하면서 인간의 밑바닥에 흐르는 존재에 대한 환상을 파헤치고 소위 말하는 서양적인 사고라는 것의 성격을 들춰 내었습니다. 그에게서 배우고 영향을 받았지만, 그의 동일성에 대해 극렬한 비판을 전개한 레비나스조차 하이데거의 업적은 1,000년에 한 번 나올 위대한 철학이라 했습니다. 그 영향을 안 받은 사람이 없을 정도로 막강한 힘을 가질 수 있었던 것은, 이렇게 말하는 게 좀 과장될 수도 있겠지만 그가 지닌 우주적인 다양성, 다면성 때문이라고 봅니다. 그래서 감춰진 모순이 어떤 부분에서는 '잘못'으로 나타날 수 있고, 또 어떤 부분에서는 '정의'로 나타날 수도 있습니다. 이처럼 그는 시간과 공간에 따라서 다양성을 나타내지 않았나 생각합니다.

베토벤도 우주적인 다면성을 가지고 있습니다. 「합창 교향곡」의 「환희의 송가」 같은 경우에는 유럽연합의 공식 국가國歌이자 인종차별국인 로디지아(현재는 짐바브웨)의 멜로디로도 사용되었어요. 나치의 주요 행사가 있을 때면 자주 연주되던 곡이기도 했으며, 동시에 나치에 대한 저항의 상징이었어요(1944년 아우슈비츠 수용소에서 「환희의 송가」가 불렸다). 현재 「합창 교향곡」은 전 세계 다양한 입장의 국가들이 송년 음악회에서 가장 많이 연주하는 곡 중의 하나입니다. 하나의 곡이 이렇게 서로 다른 입장을 표명하는 거예요. 베토벤이 살아 있으면 나치나 어떤 나라에서 자기 음악을 사용하는 것은 기분 나쁘다고 할 수도 있겠지만, 정말 놀라운 거예요.

심 : 음악 CD가 74분(지금은 80분, 100분짜리도 있지만)인 이유는 베토벤의 「합창 교향곡」을 끊어지지 않고 한 번에 들을 수 있게 하기 위해서라는 아름다운 전설도 있습니다. 조금 전에 '오해가 있더라도 다면성을 지닌 작품이 더 흥미롭다'고 하신 이유가 이제 잘 이해가 됩니다.

그런데 예술가의 삶과 예술의 양립에 있어 환경이 좋거나 혹은 예술가가 혜안이 있고 의지가 강해서 가능한 경우도 있습니다. 하지만 조화되지 않는 삶과 예술 사이에서 근심하며 오고 가는 것이 대부분의 경우가 아닌가 싶습니다. 더욱이 이상과 실현의 차이도 늘 따라다니니까요.

이 : 그런 부분이 있기 때문에 표현이라는 것이 오히려 재미있다고 생각합니다. '진리'라는 것이 그런 데 있지 않을까 생각해요. 그 전형적인 예로 나는 괴테의 『파우스트』를 꼽고 싶습니다. 당시 기독교의 힘이 사회적으로 막강했을 텐데도 괴테는 꼭 정의론에 서 있는 것은 아니었습니다. 성경의 발상과는 다르게 괴테는 악마적인 것과 이상적인 것을 양립을 시켜놓고 악마 말도 들어보고 신의 말도 들어보지만, 어느 쪽이 이기거나 지는 것이 아닙니다. 그렇게 헷갈리는 가운데에 단테의 베아트리체 같은 마르가레테('그레트헨'은 독일식 애칭)를 사랑해서 숭고한 사랑을 경험하고 결과적으로는 구원을 받습니다. 악마와 결탁도 해보면서, 어느 쪽이 옳고 그른 것이 아니라 악마도 신도 그럴 수 있겠다는 양면성을 성립시킨 것이 『파우스트』입니다. 그래서 위대한 거지요. 작품 내부에서 그런 양면성을 볼 수

있도록 한 것은 위대하다고 하지 않을 수 없습니다.

과거에는 양쪽 극을 대립시켜놓고 한쪽 극에서 진리를 찾았던 것이 현재의 진리들은 이 양극의 중간에 죽 널려 있습니다. 그래서 예술 작품의 존재 이유, 위대성을 이야기하자면 역시 답이 아니라 답과 의문 가운데서 왔다 갔다 할 수 있는 그런 느낌, 그런 바이브레이션이라고 봅니다.

그런데 아까 그 대담에서 뷔렌은 키퍼와 반대되는 입장이라고 들었는데, 심은록 씨 느낌은 어땠어요?

심 : 저는 선생님으로부터 양의성에 대한 영향을 너무 받았는지, 두 사람의 입장이 겉으로 보이는 것과는 달리 깊이 들어가면 결국 크게 다른 것이 아니라고 느꼈습니다. 뷔렌과 키퍼의 입장의 차이가 크게 구별되지 않자, 한 용감한 청중이 이렇게 항의했어요. "당신(폴 아르덴)이 뷔렌 씨와 키퍼 씨를 관련지으면서 일반적인 결론에 이르게 하려는 것은 말이 안 됩니다. 키퍼 씨, 당신의 모뉴멘타(「별들의 추락Chute d'étoiles」〔2007〕)는 훌륭했습니다. 솔직히 말해서 당신이 미니멀아트가 만들어낸 공백을 채우려고 하는 것은 흥미롭습니다. 그러나 왜 당신들 간에 좀 더 충돌적인 논의가 이루어지지 않는지 알 수가 없습니다."

이 청중에 대한 폴 아르덴의 대답은 프랑스 지식인층의 레토릭으로는 보기 드물게 직접적이었지만 흥미로운 반응이었습니다. "아마도 당신의 생각이 상반된 것에 의해 해결을 보는 단순한 방식이기 때문은 아닌지요…… 죄송합니다, 그러나 콜레주 드 프랑스는 기욤 뷔데를 위해 프랑수아 1세가 자유로운 생각, 자유로운 표현을 위해 건립한 것입니다. 그리고 우리는 이러한 이념을 완전하게 누리려고 합니다."

조금 지난 뒤에 이 청중의 '왜 좀 더 충돌적인 논의가 이루어지지 않는지'에 대한 단순한 질문과, 반대로 예리한 지적이었던 '미니멀 아트가 만들어낸 공백을 채우려고 하는 것'에 대해 키퍼는 뛰어난 유머 감각으로 한꺼번에 대답을 했습니다. "나는 다니엘 뷔렌을 공격할 수 없습니다. 왜냐하면 그는 나를 많이 도와주었는데, 그가 공백을 창출하면 나는 그것을 채우기 때문입니다. 그 없이는 나는 어떤 것도 채울(만들어낼) 수 없었을 것입니다"라고 키퍼가 대답하자, 청중들이 박수를 쳤어요. 금방 선생님께서 강조하신 대로 이제는 진리를 향한 태도나 논쟁의 방식도 극단성을 극복한 양의성 가운데서 오가는 것 같습니다.

이번 우리 대담의 주제 '예술가, 사회와 우주 사이에서'는 정말 중요하지만, 그만큼 많은 오해가 초래될까 우려됩니다. 우리나라에도 콜레주 드 프랑스처럼 서로를 존중하고 지적인 방식으로 자유롭게 말할 수 있는 지성의 전당이 있었으면 좋겠습니다. 남북이 분단되어서 아직 요원한 걸까요?

이 : 심은록 씨의 우려대로 나는 지금까지 오해를 불러일으킬 수 있다는 점을 감수하고 이야기한 겁니다. 오해를 받아도 할 수 없고…… 그래서 예술가 혹은 예술 작품의 입장이라는 것이 간단하지 않고, 어떤 의미에서는 애매하고 어떤 의미에서는 위대한 입장을 나타내지 않는가 해요.

제2장

작품, 시대성과 영원성 사이에서

심 : 플라톤의 '예술추방론'이라고 할 정도로 그는 예술가들, 특히 호메로스 같은 서사시인들을 싫어했고,[68] 반면에 아리스토텔레스는 『시학』에서 시뿐만 아니라 모든 예술을 다 포함하는 이론을 정립했습니다. 헤겔은 '예술의 종말'을 말했고 반면에 쇼펜하우어는 철학의 본질은 예술, 특히 음악이라고 했습니다. 흥미로운 점은 이처럼 예술을 어디에 위치시키느냐에 따라 사상가들의 감각적 사고의 중요도나 그들이 바라보는 시대성을 다른 각도로 볼 수 있게 한다는 것입니다.

오늘날엔 다양성 자체가 현대미술의 주요한 특성 가운데 하나라고 보고 있지만, 그럼에도 불구하고 예술을 어디에 위치시킬 수 있을까요?

이 : 예술이라는 것은 열 명의 예술가가 있으면 제각기 다 다르게 생각할 수 있는 문제예요. 내 경우에 예술이라는 것은, 알기 쉽게 이야기한다면 종교와 과학 사이에 있다고 봅니다. 종교는 절대를 무조건 믿어야 하고 과학이라는 것은 객관적으로 철저히 증명이 되어야 하는데, 예술은 이 양쪽에 다 회의를 가지고서 '이걸까? 저걸까?' 늘 의문을 제기하고 반성을 촉구합니다. 그래서 푹 빠지는 것이 아니라 늘 어떤 일정한 거리를 가지고 '이게 어떻게 되는 것일까?', '오늘날 미술 세계에서 무슨 문제를 제기할 수 있는가?' 하는 의문을 던지면서 거기서 자기의 반성의 장을 마련하는 것이 예술의 몫이라고 봅니다. 고전의 그림이나 조각이 알쏭달쏭한 것은 그 때문이지요.

심 : 종교, 과학과 예술, 또한 미술과 경제, 특히 시장경제와의 밀월도 현대미술의 커다란 특징이라고 봅니다.

이 : 현대미술 자체가 전반적으로 어떤 것이고, 어떤 것이 앞서고 뒤처져 있는지 가늠하기가 힘든 시점에 와 있습니다. 미술이라는 것이 시각적인 것이기에 감각 중에 가장 강렬하니까 가장 잘 드러나고, 시대도 많이 타고, 시장경제와도 긴밀하게 연결됩니다. 오늘날은 전자 제품을 놓고 서로 싸우듯이 첨단에서는 치열한 전쟁이 일어나고 있습니다. 전쟁에 끼기 싫어하는 사람도 있고, 그나마 예술이기 때문에 이러한 자세가 허용되지 않을까 생각하는데 내가 겪은 세계에서는 허용이 안 되었습니다. '사느냐 죽느냐', 그런 것과 마찬가집니다. 대단히 치열한 거예요. 달콤한 것은 아무것도 없어요. 눈에 보이는 총칼은 없으나 보이지 않는 칼로 찌르고 부정하고 모함하고

별의별 질투 시기 속에서 살아남아야 합니다.

심 : 너무나 다양한 기준이 범람하는 지금의 시대에 작가들이 미술 세계에서 인정받고 있다는 것을 어떻게 알 수 있나요?

이 : 오늘날 현대미술은 크게 보면 세 가지에 끼어야 빛을 볼 수 있는 완전한 경쟁 사회입니다. 이것은 어디까지나 일반적인 이야기지만 참고로 말씀드립니다.

첫째, 국제전 위상의 비엔날레, 트리엔날레나 세계적인 미술관에서의 전람회가 있고 둘째, 아트페어가 있는데, 이 안의 개개의 갤러리보다 아트페어에 모인 공동체 자체가 중요한 겁니다. 그리고 마지막으로 경매가 있습니다.

물론 이런 것 다 싫고, 끼지 않아도 훌륭한 작가가 있습니다만 그 길은 경쟁에서 이기는 길보다 더 어렵고 험하다는 걸 알아야 돼요. 경쟁에 끼려면 어떤 작품, 어떤 경향으로 해야 하는가, 그런 것이 서로 논의가 되어야 합니다. 또한 현실감도 있어야 하는데 프랑스는 프라이드만 강해서 현실감과 거리가 멀고, 첨단 기술에도 뒤떨어져 있습니다. 프랑스는 첨단 기술을 후진국들이 머리를 약게 써서 하는 품위 없는 행동 정도로 여겨 깔보고 비웃고 하는 자세로 있다가, 결국은 세계 경쟁에서 점점 뒤처지니까 최근에야 겨우 초등학교에 컴퓨터를 놓았습니다. 한국처럼 그렇게 난리를 치며 하는 것도 문제지만, 경쟁에서는 일단 그렇게 난리를 치는 나라가 이기게 되어 있습니다. 예술도 꼭 마찬가지입니다. "진짜 예술은 그런 것이 아니다"라며 문화유산만 붙든 자세로 팔짱을 끼고 있습니다. 진짜 예술이 어디 있어요? 진짜 예술 찾는 사람은 이미 옛날이야기이고, '진짜'라는 말 자체도 사라진 지 오래인데…… '진짜' 예술 찾는 사람은 마치 죽은 신을 믿고 있는 것과 마찬가지입니다. 프랑스의 국력이나 가능성을 봐서는 현대미술이 좀 더 강하고 활동적이어야 하는데, 유감입니다.

심 : 예술의 현실적 모드에 있어서 '유머'가 포함됩니다. 미국의 대표적인 미술 전문 잡지인 『아트뉴스』가 창간 105주년을 맞아 해외 평론가, 미술관 관장 등 30여 명을 대상으로 '105년 뒤에도 살아남을 작가'가 누구냐고 물었습니다(2007년 10월 30일 발표). 그런데 흥미로운 것은 그 선정 기준이었는데요. '독창성', '작품의 정신세계', '다른 작가들에게 미친 영향', '접근 가능성' 외에 '유머'가 들어갔습니다. 예술에서 유머가 왜 그렇게 중요한 기준에 포함되는지, 그 이유를 잘 모르겠습니다.

이 : 나는 '유머'가 시대성을 반영하기에 잡지에서 주요 요소로 삼은 것이 아닌가 생각합니다. 얼핏 보면 유머는 시간성이나 이념성을 웃기며 부정하는 일시적이고 무책임한 행위로 비칩니다. 그런데 이 웃기는 틈새가 바로 시대 비판이고 시대감각을 잘 드러내는 거예요. 웃긴다거나 만화 같다는 것이 하나의 시대성이고, 다루는 방법을 작가 나름대로 비틀어 위트를 자아낸다거나, 디자인 혹은 사진 감각을 도입시켜 엉뚱한 틈새를 준다거나 등등, 다시 말해 유머는 일종의 비판이고 여유이며 사치이고 프라이드이기도 하고, 유희적인 틈새이기도 합니다. 예술적인 좋은 유머로는 피카소의 에로틱한 스케

치들을 보세요. 오픈되고 건전하고 어두움 없이 사람들을 웃깁니다. 그전에는 '죄'나 '악'으로 여겼던 '성性'을 근사하게 보이게 했는데, 그런 게 바로 유머라고 봐요.

심 : 선생님의 작품은 엄격하다는 평판을 주로 얻고 있는데, 그럼에도 불구하고 유머가 가미된 작품들이 있는지요?

이 : 나의 작품 중에 한 치 틀림없는 엄격한 붓 터치 밑에 한두 방울 물감이 떨어져 있는 그림이 있는데, 사람들이 웃습니다. 최근 작품 중엔 조그만 흰 캔버스 한 부분에 아주 작은 붓 터치가 흠처럼 찍혀 있는 것을 보고 하하하 웃습니다. 또 바닥에 깔린 철판 한 귀퉁이가 살짝 들려 저만치 앉아 있는 육중한 돌덩이와 윙크를 하고 있는 것처럼 보이는 것도 있습니다. 이런 것들도 내 식의 유머로 볼 수 있을 듯합니다.

심 : 현대미술의 특징을 말하다 보니 시대성을 많이 이야기하게 됩니다. 이전에는 예술이 '영원성'을 지향했다면, 현대 작가들을 보면 '시대성'을 보이는 작품에 많이 전념하는 것 같습니다.

이 : 현대 태반의 작가들이 시대성과 아주 밀접합니다. 서구에서 볼탕스키[69]는 증언을 하는 작가로, 그의 작품의 증언성은 시대성과 밀접합니다. 하지만 대개 아시아 괜찮은 작가들은 잘못 보면 시대성이 부족한 것 같고, 좋게 보면 시대성을 넘어 있는 것 같습니다. 가령 온 가와라[70]는 매일 작품을 하는데 시대성과 밀접한 관계를 가지면서 시대성과 아무런 관계가 없는 듯한 느낌을 줍니다. 또 스기모토 히로시[71]라는 친구가 바다와 하늘 사진을 찍거나 할 때 그것

도 시대적이라고 할 수 있지만, 시대라는 언급이 없어도 가능합니다. 시대성을 표현하면서 시대를 넘어서는 작가들이 있고, 시대가 가버리면 시대와 함께 사라져버리는 작가들도 있습니다. 언제 있었던가 하고 풍비박산이 되어버리는 작가들이 태반입니다.

심 : 사실 영원성과 시대성이 서로 상반되는 요소 같아서 동시에 지니는 것은 어려운 일임에 틀림없습니다. 선생님의 예술을 처음 접하면 영원성을 지향했다는 점이 강하게 느껴집니다. 하지만 근대주의에 반대하며 외부를 끌어들이는 조각이나, 대량생산에 반대하는 미니멀적인 표현 방식과 제스처 등은 결코 시대성과 무관한 것은 아닙니다.

현대미술 하면, 중국을 말하지 않을 수 없을 것 같습니다. 중국 현대미술에 대한 연구를 시작했지만 쉽지가 않네요.

이 : 미국에서도 미술비평가들이며 큐레이터들이 엄청나게 중국 관련 책을 쓰거나 전람회를 꾸미고 싶어 합니다. 그런데 그 사람들이 나하고 이야기하면 기분이 바로 상하고 그래요. 왜냐하면 내가 그들한테 "당신네들이 중국 미술에 관심을 가지는 이유는 굉장히 중요한 일이라고 생각하고, 어떤 의미에서는 고맙기도 한데 아무래도 내가 납득이 안 가는 것이 있다. 당신네들이 중국 작가들을 칭찬하는데, 어떤 위치에 서서 중국 미술을 좋다고 하는가?" 하고 묻습니다. 그러면 이게 무슨 소린가 하고 나를 쳐다봐요. 그럼 내가 좀 더 상세하게 "당신네들은 중국 미술을 미국 미술이라는 입장, 아니면 좀 더 큰 서양미술 테두리에서 보는가 혹은 중국 입장에서 보는

247

가?"라고 되묻습니다. 대답이 없어요. 그러면 "보는 위치도 없는데 무슨 비평인가?" 그래도 아무 말 못 합니다. 내게 직접 화는 못 내고 얼굴이 붉으락푸르락해서 떠나가버리곤, 그다음 날 다시 와서 좀 더 연구를 하겠다고 그럽니다. 그런 일들이 몇 번이나 있었습니다. 내가 그 사람들을 일부러 쳐부수려고 그러는 것이 아니라, 그 사람들이 왜 중국 미술에 관심이 있는가 알고 싶어서 묻는 건데 대답을 못 합니다. 내가 다른 사람들도 아니고 중국에 대해 책을 쓴 사람들한테 묻는 거거든요.

그런데 한 사람은 솔직하게 나한테 털어놓기를 "사실 나는 중국 미술 잘 모르겠다. 모르겠지만 중국 경제와 위치가 막강하게 되었고, 그 막강한 중국이라는 나라에서 나온 작가들이 엄청난 에너지를 가지고 있는 느낌이다. 그리고 그런 이들이 가지고 있는 것이 어떻게 보면 팝아트 같기도 하고, 뭔지는 확실히 모르겠는데 상당히 자극적이고 파워풀한 것 같다. 그러니 그것에 관심을 안 가질 수가 없다. 그런데 솔직하게 그것이 무엇인지는 잘 모르겠다"라고 했습니다. 이렇게라도 말한 사람은 딱 한 명이었습니다.

심: 선생님 말씀을 듣다 보니 가능하다면 '중국적 관점에서의 중국 미술'과 '서구적 관점에서의 중국 미술', 이 양쪽의 차이를 좀 더 집중적으로 연구해봐야겠다는 생각이 듭니다. 오랜 시간이 필요한 작업이 될 것이라고는 예상합니다.

이: 쉽지 않은 작업이 될 것입니다. 더욱이 한 발자국 더 들어가서 생각하면, 크게 볼 때 서양 혹은 미국에서는 일종의 모더니즘이

기반이 되어 있습니다. 미술사에서 현대미술이 모더니즘을 경유해서 온 것을 부정할 수가 없습니다. 한국과 일본은 짧지만 그러나 어느 정도 모더니즘을 경험했다고 볼 수 있습니다. 물론 각 지역의 역사, 문화와의 연관 관계에서 서양의 모더니즘이 절충되었기 때문에 간단하지는 않습니다. 그러나 커다란 움직임이나 테두리는 역시 '모더니즘이라는 것을 어떻게 보는가' 혹은 '그것을 어떻게 경험하는가'라는 밀접한 관계에서 현대미술이 논의되고 있으며, 그렇게 작가들이 현대미술을 하고 있다는 것입니다.

그런데 그 모더니즘이라는 것이 1920~1930년대 상하이에 잠깐 있었다고 하더라도 사실 중국에서 이에 대해 말하기란 대단히 힘듭니다. 모더니즘이라는 것을 경험하지 않은 중국에서는 어떻게 보면 현대미술이 갑자기 튀어나왔다는 느낌을 감출 수가 없습니다. 그래서 중국 미술에 지대한 관심을 가진 사람들에게 이를 어디다 갖다 붙여야 하는 건지 나 자신이 정말 알고 싶어서 묻지만, 아무도 대답을 못 합니다. 왜 그 사람들이 관심을 가지는지 알고 싶은 것이지, 그 사람들에게 면박을 주려고 그러는 것이 아니에요. 그게 내게 무슨 소용이 있겠어요?

심 : 한국이나 일본도 중국 미술에 대해 미국과 같은 양상을 보이고 있나요?

이 : 한국에서는 또 다른 양상인데, 갤러리에서는 중국 작가 초대전을 비롯해 많은 전시를 합니다. 그러나 많은 비평가들은 이에 관심이 있어도 건드리지 못하고 있습니다. 일본에서는 건드리기 더 어

려워합니다. 그 이유가 두 나라는 짧고 왜곡되었더라도 어떻든 모더니즘을 경험했고, 또한 아시아 나름대로 상황 정리가 되어야 하기 때문입니다. 또 다른 면에서는 겁이 나거나 자신들의 취약점도 있기 때문에 논의하기가 힘들다는 것을 알아서입니다. 아이러니하게도 가장 가까운 나라들이 오히려 중국에 대해 말하지 않는 그러한 상태에 있습니다.

심 : 연구를 시작하기 전에 이곳 파리 대형 서점들을 일부러 돌아보았는데, 고조되는 중국 현대미술에 대한 관심에 비해 전문적인 미술 서적이 거의 없었습니다. 전시회 도록 혹은 한 권에 수십 명, 수백 명의 중국 화가들을 간략하게 소개하는 정도가 대부분이었습니다.

이 : 그게 중국 내부가 어떤가는 거의 상상에 속하는 것이기 때문입니다. 거기에 살지도 않고 그 사람들과 같이 움직이는 것도 아니니 중국 입장에서 본다면 그것들은 거짓말에 가까울 수밖에 없습니다. 그리고 일정한 거리를 두고 바깥에서 바라보는 중국 미술은 시시각각 변하는 것 같고, 그때그때 조금씩 달라집니다. 그러니까 역동적이고 원기 왕성한, 어떻게 보면 모순덩어리 같은 저게 어떻게 변할지, 그리고 현대미술에 어떻게 영향을 줄지 대단히 궁금하기도 하고 관심거리가 아닐 수가 없습니다.

심 : 오랜 관계를 맺어온 우리에게도 중국은 미스터리하니 서양인들은 더욱 혼란스러울 것 같습니다. '어떤 중국 백과사전'보다 '유스테네스의 타액' 안이 오히려 훨씬 아늑했던 이유를 알 것 같습니다.

이 : 그래요, 중국을 이해하기란 쉽지 않습니다. 중국이라는 나라는 엄청난 인구에다가 오랜 역사와 깊은 철학이 녹아 있으며, 또한 자연을 보는 눈이 달라졌기 때문에 간단하지는 않습니다. 나는 중국 당나라 송나라의 시가 일본에 번역이 많이 되어서 읽었습니다. 현재 당나라 송나라 문화가 남아 있는 것은 아니지만, 오랜 시간 속에 숨 쉬고 녹아 있는 부분은 지금도 느낄 수 있거든요. 가령 이태백의 시 「정야사靜夜思」에 '고개를 들어 달을 쳐다보고, 고개를 숙이니 고향 생각이 난다', 이건 대단히 콘셉추얼하잖아요.

심 : 콘셉추얼하다고요?

이 : 그게 얼른 보면 옛날 시 같지만 다르게 보면 대단히 콘셉추얼합니다. 고개를 까딱하는(고개를 위아래로 한 번 움직이며) 그 두 행위 가지고 자기 내면과 우주를 논하고 있습니다. 인간이 거기에서 멀어질 수 없는 근원적인 것이 있습니다. 그런 나라이니까 지금 현상만 가지고 왈가왈부하기가 어렵습니다. 그리고 무엇보다도 그 사람들의 작품은 대단히 강렬합니다. 그게 표면적으로 모더니즘과 관계가 거의 없다 해도 부정할 수는 없으며, 더욱이 이게 엄청난 힘을 가지고 세계적인 미술 시장과 경매에서 상당한 비중을 차지한다거나 하는 것은 오늘날 자본주의 세상의 시각에서 보면 외면할 수가 없는 일입니다.

앞으로 어떻게 전개될지 모르는 그런 애매한 부분이 폭풍우처럼 커다란 바람을 이루고 있으니 내일이 어떻게 될지 모릅니다. 그게 세계사나 종래의 미술사적인 개념과도 맞지 않는 겁니다. 지금까지의 역사관과 맞지 않는다고 이것의 현존을 부정할 수는 없습니다. 그러면 틀렸는가? 아니면 세계미술사를 다시 봐야 하는가? 라는 복잡하고 중요한 문제를 자신들의 문제와 더불어 제기하고 있습니다. 그래서 이런 전체적인 문제를 가지고 잠깐 그들 내부로 들어가보면, 또 다른 국면을 보이는 현대의 복잡함의 가장 상징적인 존재가 중국입니다. 중국 현대미술의 문제는 21세기 세계의 문제라는 것입니다. 오해를 무릅쓰고 말하자면 근대가 깨진 다음에는 여러 가지 출발점이 있을 수 있고, 아예 혼동에서의 출발점으로는 중국이 오히려 강할 수 있다는 이야기입니다. 일본이나 한국은 그러한 복잡한 문제를 제기하지 않았습니다. 그냥 서양의 문맥과 약간 어긋나거나 비슷하거나 해서 문제가 없었어요. 그러나 이제는 종래의 서양중심적 역사관이 깨져버렸습니다. 지구상에 커다란 다른 힘을 가진 것이 생긴 겁니다.

심 : 애니시 커푸어가 "서구 미술은 너무 노쇠해서 동양의 새로운 힘이 필요하다"[72]라고 한 것과 연관이 되는 것 같습니다.

이전의 제 생각과 달리[73] 중국을 희망적으로 보게 된 가장 큰 이유 중 하나는, 그곳 미술대학 교수들을 만나 미술교육과 현대미술에 대해 이야기를 나누면서 미래가 있다는 느낌을 받았기 때문입니다.

선생님께서도 오랫동안 일본에서 다마 미술대학의 교수를 지냈는데(1973~2005), 어떤 주제를 가르치셨습니까?

이 : 「현대미술」을 가르쳤어요. 200명이 넘는 학생들 앞에서 강연했는데, 예를 들어 '현대미술의 과제에 대한 문제', '카셀 도쿠멘타

소개 및 분석', '일본의 주요 작가들의 작품 소개', 또 전후 미술사를 통해 관중이란 무엇인가를 다룬 '관중론', 혹은 전 미술사를 통해 본 '작가의 시민 의식' 등, 그런 재미있는 문제들을 많이 다루었어요. 그런데 어떤 책에도 이런 것이 없으니까 나 나름대로 정리를 해서 가르쳤어요.

심 : 이곳 파리 에콜 데 보자르에서는요?

이 : 내 수업에는 학생들이 그렇게 많지는 않았어요. 전체 학생들을 모아놓고 강연을 할 때가 많았는데 '동양 예술가가 본 석고 데생', '현대미술에 대한 나 자신의 시각' 등 현대미술에 대한 강연이었어요.

심 : 동양 학생들과 서양 학생들의 작업에 임하는 태도나 실기에 있어서 많은 차이를 보셨을 텐데, 가장 인상적인 차이는 어떤 것이었습니까?

이 : 여기서는 가르친다는 게 개개인 상담하는 것이에요. 재미있는 것은, 일본에서는 상상도 못 한 일인데 학생이 나더러 카페에 가자고 해요. "그래 가자" 하면, 다른 학생도 따라오려고 해요. 그러면 이 학생이 "너는 나중에 와" 하고 못 오게 하거나 "한참 있다 와" 그래요. 그리고 카페에 가면 노트를 펴놓고 질문을 시작해요. 이것은 어떻게 생각하느냐, 저것은 어떻게 생각하느냐 묻습니다. 그러면 나는 "내가 왜 이런 질문에 대답을 해야 하는지 모르겠다. 네가 작품을 하면 그것을 보고 말하겠다"고 해요. 그러면 "작품을 하기 전에 콘셉트에 대해서 생각하는 것"이라며 다시 묻는 거예요. 일본에서

는 이런 질문을 받아본 적이 없어요. 이거 난감한 거예요. 그렇게 10분이나 15분 지나면 또 다른 학생이 와요. 그러고는 먼저 학생이랑 똑같이 노트를 펴놓고 자기는 이렇게 생각하는데 나는 어떻게 생각하느냐고 물어요. 며칠 후에 또 와서는 선생님 이야기를 듣고 이렇게 이렇게 해보니까 이 점이 이상한데 어떻게 생각하느냐고 또 물어봐요. 이건 내가 가르치는 건지 배우는 건지 알 수가 없어요. 학생들이 내 화실에도 오고 싶어 했는데 거기 선생님이 말하기를, 화실을 알려주면 학생들이 쫓아와서 못살게 굴 테니까 안 된다고 해서 안 알려줬어요. 그래도 만날 쫓아와서 카페에서 커피 마시자고 권해서 얼마나 골탕 먹었는지 몰라요. 참 재미있는 경험이 되었어요. 가르쳤다기보다는 많이 배웠다고 봐요.

이런 유럽 학생들과 달리 일본과 한국에서 온 학생들은 아침 일찍부터 와서 열심히 그리기 시작합니다. 무엇을 그리느냐고 물으면 그림 그린다고 말해요. "보니까 그림 그리는 것 아는데, 무슨 그림 그리느냐?"라고 다시 물으면 "글쎄, 그림 그려요. 왜 프랑스 선생님 같은 질문을 하세요?" 그럽니다. "아니, 뭘 하는지 테마나 이슈가 있을 거 아니냐?" 하고 물으면 거의가 화를 내요. 그러고 나서 일주일인가 열흘쯤 있으면 어슴푸레하게 뭘 그리는지 나오지만, 처음에는 본인도 뭘 하는지 잘 몰라요.

그런데 여기 학생은 콘셉트가 분명해져야 비로소 출발해요. 그런데 그게 예상한 콘셉트대로 되는 것이 아니라 도중에 막 흐트러져요. 그러면 내가 "야, 너 흐트러지고 있다"고 하면 자기도 왜 그런지 모르겠다고 그래요. 그런데 도중에 흐트러졌다가도 나중에 보면 살이 붙어서 처음에 생각했던 것과 얼추 비슷하게 나와요. 그런데 일본, 한국 학생들은 처음에는 뭐 하는지도 모르고 그리다가, 거의 끝나가면서 자신들이 뭐 하는지 알게 되는 아주 신기한 상황을 봤어요. 어느 쪽이 좋고 나쁜지는 모르겠지만, 서로가 너무 달라요.

심 : 한쪽은 개념으로 그리고 또 다른 한쪽은 몸(감각)으로 그리는 것 같습니다. 유럽 학생들 이야기를 들으니 볼탕스키가 떠오릅니다. 볼탕스키도 에콜 데 보자르 교수였는데요. 2011년 봄 그의 아틀리에에서 인터뷰를 하는데 조수들이 안 보이는 겁니다. 이에 대해 그는 다음과 같이 설명했습니다. "나는 조수를 둘 만큼 일을 많이 하지 않아요. 일은 조금 하고 대부분의 시간을 소파에 누워 지냅니다. 그런데 조수가 있으면 그가 할 일을 만들어주려고 내가 일을 해야 하잖아요." 잘못하면 볼탕스키를 게으른 작가로 인식하기 십상인데, 사실 프랑스에서 가장 바쁜 작가 중의 한 명이지 않습니까. 결국 소파에서 모든 작업을 짜내는 거지요. 그 선생님에 그 제자들이네요.

그런데 저는 볼탕스키 작품에 대해 쓰면서 자주 악몽을 꾸는 바람에 정말 고생했습니다. 제가 미술평을 쓰거나 책을 쓸 때는 완전히 밤낮으로 빠져서 글이 끝날 때까지 관련 작가만 생각해요. 그래서 볼탕스키는 오래 글 쓰기가 어렵습니다. 꿈이 안 좋아서요.

이 : 꿈이 안 좋다는 말 그거 정확한 표현이에요. 볼탕스키가 아주 '운'도 좋은 사람이에요.[74] 그 사람이 뭐다 그러면 그게 그 사람 말

대로 돼요. 그리고 그 사람이 가르친 학생들도 잘되고요.

심 : 그래도 저는 볼탕스키처럼은 못 살 것 같습니다. 그분은 삶과 예술이 전혀 분리돼 있지 않아요. 뷔렌처럼 즐겁고 밝고 명쾌한 예술이라면 삶과 분리가 안 되어도 상관없지만 말입니다.

이 : 그게 볼탕스키예요. 그 사람이 꾸민다면 볼탕스키가 아니에요. 그 사람들 세계를 간단히 정의할 수는 없지만, 뷔렌이나 볼탕스키나 양쪽 다 '정의파'입니다.[75] 그런데 난 그거 싫어요. 볼탕스키는 계속 2차 대전이나 유대인 문제를 어둡게 다루고, 뷔렌이 스트라이프stripe[76]를 사용한 작품들도 대단히 명쾌하고 밝아요.

심 : 젊은 작가들을 대신하여 직설적인 질문 하나를 드리고 싶습니다. 선생님처럼 그렇게 유명한 좋은 화가가 되려면 어떻게 해야 할까요?

이 : 유명 작가와 좋은 작가는 일치하지 않을 거예요. 나는 좋은 작가가 되고는 싶지만 유명 작가를 꿈꾼 적은 없습니다. 그러니 유명 작가가 되는 길을 내가 알 리 없지요. 그러나 내 주위에 그런 작가가 많기에 대강 짐작은 갑니다. 유명 작가가 되고 싶다면, 우선 첨단 미술 정보의 세일즈맨이 되어야 해요. 그리고 젊고 유명한 미술평론가, 젊은 작가 중심의 미술관, 젊은 유명 화랑을 쫓아다니면서 자기선전에 총력을 다하면 바라는 결과가 나오리라 생각합니다.

『개자원화보』(중국 청나라의 미술 교과서) 서문에 '만 권을 독파하고 만감을 품고 만 리 길을 간 다음에 붓을 들어라'라는 유명한 구절이 있습니다. 나는 오늘날에도 이것이 대기만성의 좋은 작가가 되는 길이라 믿습니다. 말하자면, 공부하고 생각하고 경험을 쌓으면서 운을 기다리고 자기 식의 이슈를 세우는 길밖에 달리 방법이 있을 것 같지 않습니다. 한 가지 덧붙이자면, 가능한 대로 자기를 부추길 수 있는 자극적이고 첨예한 투쟁의 장이 벌어지는 환경에 있는 것이 바람직합니다.

유명 작가를 꿈꾸든 혹은 좋은 작가의 길을 원하든, 비판 정신을 배워야 합니다. 어느 정도는 문명론을 앞세워 일단 기성 미술은 다 틀렸다는 식으로 패기를 갖고 안티를 제시하는 겁니다. 이것은 예술이라는 환상이나 손재주는 다 집어던진다는 얘기입니다. 유명 작가건 좋은 작가건 냄새 나는 예술 환상에 빠져 있는 한 불가능합니다. 어쨌거나 죽을 판 살 판으로 사회나 예술성이나 미술을 쳐부술 생각으로 문제를 발견하고 많은 시도와 도전과 공부가 있으면 앞길이 열릴 것입니다.

그리고 무엇보다 체력의 단련이 필요해요. 누구나 잘 아는 백남준 씨는 불철주야 책 읽고 공부하고 기차 타고 비행기 타고 이 길 저 길 걷고는, 하루에 저녁을 두 번 세 번 먹고, 전람회 또 전람회, 미팅 또 미팅, 싸우고, 울고, 병마에 시달리고, 그러다 쓰러졌어요. 이것이 오늘날의 예술인이에요.

심 : 아까 이태백의 시 '고개를 들어 달을 쳐다보고, 고개를 숙이니 고향 생각이 난다'는 칸트의 유명한 어구인 '내 머리 위의 별이 반짝이는 하늘과 내 마음속의 도덕률'을 떠오르게 합니다만, 관계론적 콘텍스트와 존재론적 콘텍스트의 차이가 완전히 상반된 해석을

가능하게 하네요. 다시 한 번 콘텍스트의 중요성을 생각하게 됩니다. 제가 지금까지 선생님과 대화하면서 느낀 점인데, 비록 선생님께서 칸트의 모더니즘에 대해서는 신랄하게 비판하지만 새로운 주제가 제기될 때마다 콘텍스트와 그리고 인식 가능성의 한계를 먼저 생각하는 등, '칸트의 비판 정신'에 서 계시는 것 같습니다.

이 : 칸트의 '크리티크Kritik'가 '비판'이라는 말로 쉽게 번역이 되는데 그건 일반적인 의미와 다릅니다.

심 : 예, 하지만 현재로서는 달리 표현할 말이 없습니다. 여기서도 크리티크라고밖에 표현 못 하고 있습니다. 아니면 형용사를 사용해서 '칸트적인 크리티크'라고 하는 수밖에 없을 것 같습니다.

이 : 칸트적인 크리티크를 보자면 모든 인간은 한계가 있는 거예요. 철저히 파고들어도 모르는 부분이 남는 거지요. 그런 것을 물자체라고 합니다. 그러니 모든 것을 아는 것도 아니고 모든 것을 해결할 수 있는 존재도 아니면서, 만들어낸 것이 완벽할 수 없습니다. 그리고 그것이 답이 될 수도 없습니다. 서양에서 말하는 존재론의 문제를 쉽게 인정하고 싶지 않은 이유가 여기 있습니다. 이 사람들의 존재는 마치 진리의 수호자인 것처럼 거의 확립되고 완결된 것이 됩니다. '나는 생각한다, 고로 존재한다'가 답같이 됩니다.

한계가 있고 불완전한 인간이 생각하는 그 자체가 애매한 것인데, 어떻게 거의 완벽한 존재를 만들어낼 수 있나요. 이것이 근대 발상의 한계점입니다. 데카르트, 라이프니츠, 칸트로부터 쭉 열심히 생각한 것이 자기 합리화인데, 이게 엄청난 시대를 만들고 산업혁명을 만들고 오늘날의 문명을 만든 것은 사실입니다. 그런 의미에서는 굉장히 위대합니다. 그러나 만들어놓고 보니까 오늘날 문명이 '아, 이건 너무 답답하든지 도저히 인간이 감당할 수 없고, 너무 비자연적이고 다른 쪽으로 오지 않았는가' 하는 그런 복잡한 문제가 발생합니다. 뭔가를 빠뜨렸다든가(예를 들어 물자체), 부분적인 것을 지나치게 확대를 했다든가(예를 들어 자기의식) 해서 이가 잘 안 맞게 된 겁니다. 하지만 칸트는 『실천이성 비판』이나 『판단력 비판』에서 인간은 인식을 못 해도 경험이나 직관을 통해서 숭고를 느끼고 초월을 알 수 있다고 했습니다. 근대가 이 부분을 빠뜨린 거예요. 칸트를 비판하면서도 역시 칸트를 말하게 되는 것은 인간의 인식의 한계성과 그것을 넘어서는 초월성의 지적 때문입니다.

심 : 예, 미셸 푸코도 정확하게 바로 그 점이 칸트의 가장 큰 업적 중의 하나라고 했습니다. 이런 규정할 수 없는 부분을 과학에서도 말하고 있습니다. 양자물리학에서도 슈뢰딩거의 살아 있고 동시에 죽어 있는 고양이처럼 양의성에 대해서 밝혔고요.

이 : 맞아요. 양자물리학에서 관찰자의 현존에 의해, 때나 위치에 따라서, 관찰자의 입장에 따라서 결과가 다 다르다고 했어요. 그런데 이는 양자물리학뿐만 아니라 상대성이론에서도 이미 말하고 있습니다. 이것이 상대성이론의 기본이고 양자물리학의 기본이며 확률론도 마찬가지입니다. 그런데 이러한 한계와 애매함(양의성)에도 불구하고 그들은 원자폭탄 같은 화학적인 물건을 만들어냅니다. 그러니 그것을 감당할 수가 없습니다. 하이데거의 『기술에 대한 물

음』에서 보면, 그리고 하이데거가 자신의 일본 제자의 질문에 대답한 데서도 나오는데 "기술의 문제는 아무런 답도 없다. 기술은 기술 자체이다. 다만 그 기술이 어디에 닿는가 뭐를 건드리는가에 따라서 문제가 복잡해진다"라고 했습니다. 오늘날 원자력이나 방사능 문제와 관련해서 하이데거의 흥미로운 지적이 있습니다. 그는 "이것은 인간이 포용할 수 없는 문제이다. 왜냐하면 자연의 부분을 건드렸기 때문이다"라고 말했습니다. 하이데거는 하이젠베르크의 『근대과학과 자연』에서 '인간이 자연을 연구한다고 했지만, 사실은 자연을 연구한 것이 아니라 인간이 원하는 가설을 세워서 그 가설에 맞는 자연의 부분을 끌어냈을 뿐이다'라는 구절을 인용했습니다. 여기서 하이데거가 지적하는 것은 인간이 자신의 한계 내에서 만들어내면 그것을 관리하고 포용할 수가 있는데, 자연을 건드리면 인간의 규정 내에서 될 수 있는 것이 아니기 때문에 위험하다는 이야기입니다. 그런 부분을 건드리면 문제가 커집니다. 그래서 오늘날의 과학은 결과도 될 수도 없고, 아주 애매한 부분이 과학이 되었습니다. 과학이라고 모든 것이 분명하고 보편적인 한 개의 답이 있다고 생각하는 것은 소위 근대과학 때예요. 지금의 과학은 입장에 따라서 다를 수 있잖아요. 존재성의 한계를 알아야 해요. 그게 비판의 시작입니다.

양의의 작가
─그리고 시적 전환을 위하여

내가 누구인지 묻지도,
내가 같은 상태에 머물러 있기를 요구하지도 마십시오. (……)
그것은 서류상에서만 지배하는 호적상의 도덕일 뿐입니다.
─미셸 푸코, 『지식의 고고학』

이 책에서는 이우환 예술의 양의적 성격을 밝히고자 했다. 그의 예술은 작가 자신 혹은 그의 삶과 양립하고 있을까? 저명한 작가들과의 대담집 혹은 인터뷰 기사가 출판된 후에 필자가 이들을 가까이 만날 수 있었다는 이유로 가장 많이 듣게 되는 질문은 '그 작가는 어떠냐'는 것이다. 이러한 호기심은 인터넷이 발달된 이후로 어렵지 않게 찾을 수 있는 작가의 외양이 아니라 그의 성격이나 태도에 더욱 집중된다. 작품에 끌리는 만큼 작가에 대해 알고 싶은 것은 정당한 관심이라고 보인다. 그렇다면 이우환은 어떤가?

그에 대한 첫인상은 일본 이우환미술관의 야외 뜰에 있는 조각 작품 중에서 얇고 긴 시멘트 기둥 같았다. 바다의 지평선, 산등성이, 땅에 거의 묻혀 있는 듯한 미술관의 윤곽 등 수평만 존재하는 것 같은 나오시마 섬에서, 미술관 앞의 아주 긴 수직적인 시멘트 기둥을 보았을 때는 놀라움을 넘어 당혹감까지 느꼈다. 이 기둥은 바로 그 옆에 놓여 있는 철판 하나와 커다란 자연석 하나 그리고 주변 환경과 함께 어우러진 조각의 한 구성 요소였다. 만약에 주변 나무의 잎이 떨어져 나무의 수직성이 드러나고 추위로 인한 수직성의 긴장이 더욱 느껴지는 겨울이었다면 훨씬 덜 충격적이었을 것이다. 물론 이우환에게 이러한 구성의 조각은 처음이 아니며(「관계항—세 요소 Relatum—3 Elements」[2003]), 회화에서는 더 쉽게 발견된다. 예를 들어 「선으로부터」(1978)에서는 선 하나가 캔버스 한가운데를 질주하며 주위를 동요시킨다. 이 회화의 선은 방금 시위를 떠난 화살처럼 긴장과 속도감을 일으키고, 시멘트 기둥은 방금 화살을 날려 보낸 탱탱한 시위처럼 공간에 강한 바이브레이션을 발생시킨다.

이러한 '선들'처럼 이우환은 기개, 위엄, 단호함 등을 느끼게 하며, 동시에 좌우로 조용히 흐르는 주변의 공기를 상하로 뒤흔들어버리는 긴장과 혼란을 준다. 즉 '주위에 긴장과 혼란을 야기하는 자'에게서 받는 느낌이다. 냉철하고 금욕적인 노매드 예술가, 여백과 관계항의 대가인 이우환을 처음 보았을 때의 인상이 이러했다.

다음으로 그에게서 보이는 주목할 만한 태도는 상대방에 대한 은근한 배려와 마음 씀씀이이다. 예를 들어 한국에서는 대담을 하는 동안 자신보다 연장자인 상대의 얼굴을 직시해서는 안 되는데, 그렇다고 인터뷰를 하면서 작가의 시선을 피해 고개를 숙인다거나 딴 곳을 본다면 그것 또한 직업상으로는 좋은 태도가 아니다. 더욱이 대

『Relatum—Point Line Plane』(2010)

「Relatum—3 Elements」(2003)

부분의 대담이 한국과는 다른 의식을 가지고 있는 프랑스에서 진행되었기에 필자로서는 난감한 처지에 놓이게 되었다. 이러한 상황을 충분히 의식하고 이해한 이우환은 시선을 다른 곳에 두고 이야기한다. 비록 그의 얼굴은 필자를 향하지 않고 약간 비껴 있지만 동시에 그의 시야의 경계선에 필자가 들어 있다. 그는 보지 않으면서도 본다. 그래서 필자로서는 편하게 그를 쳐다보거나, 그의 말을 받아 적거나, 혹은 앞에 놓인 차를 홀짝거리는 등, 그의 시선으로부터 어느 정도 자유롭다는 것을 느낀다. 바로 「관계항—인사」(2005/2010)처럼 정면이 아니라 약간 어긋나게 철판과 돌을 배치시킨 것과 똑같은 제스처, 비슷한 분위기이다. 이우환이 이러한 시선의 배려를 알지 못했다면, 과연 이러한 배치가 가능했을까? 이처럼 보지 않는 듯하면서도 바라보며, 감추는 듯 드러내며, 드러내는 듯 감추는 이 시선은 푸코의 「시녀들」(『말과 사물』)에서의 시선과는 또 다른 은밀한 배려의 소산이다.

그가 워낙 바쁠 때는 저녁 식사 시간을 이용해 대담이 이뤄진다. 주로 붉은 포도주가 곁들여지는 저녁 식사는 종종 플라톤의 『향연』을 연상시키는 분위기로, 디오니소스(포도주) 덕분에 좀 더 자유로운 대담이 오가게 돼서 예상치 못한 그의 새로운 면을 발견하기도 한다. 특히 몇만 년의 시간을 응축한 포도주가 그의 날카로운 미각을 만족시키면, 그는 눈을 지그시 감고 대담과 관련된 시를 몇 편이고 읊조린다. 시를 읊는다기보다는 무슨 오래된 주문처럼 어떤 알 수 없는 다른 세계와 비밀을 주고받는 것 같으며, 때로는 한참 눈을 감은 채 아예 그 세계에 머무는 것 같다. 충만한 듯하면서도 자신을 완전히 비운 듯한 이 모습은 「관계항—침묵」(1979/2010)에서처럼 절대로 방해해서는 안 될 것 같은 분위기이다.

이 책의 마무리를 위해 필자는 2주간 한국을 방문하여 이우환과 수차례 대담을 가졌다. 수많은 전시 일정과 준비로 분주했던 그는 나오시마 이우환미술관의 막대 기둥처럼 냉철한 비판적 자세로 일관했다. 2주 동안 미소 짓는 것을 거의 못 본 것 같았다. 그런데 한국에서의 마지막 대담 때, 부인이 옆에 있었던 덕분일까, 그는 처음부터 마지막까지 줄곧 다정한 미소를 잃지 않았다.

이우환미술관을 떠나던 순간이 오버랩 되었다. 마지막으로 다시 한 번 뒤를 돌아볼 때, 주변을 탱탱하게 긴장시키는 가늘고 긴 시멘트 기둥이 가장 먼저 눈에 들어왔다. 기둥을 따라 위에서 아래로 눈길을 주자 기둥과 동고동락하는 철퍼덕 누워 있는 철판과 둘 사이를 중재하는 듯 이들을 향해 약간 기울어진 돌의 모습이 들어온다. 다시, 이 기둥 지척에 있는 미술관의 벽과 주변 나무들로 시선이 옮겨지고, 이 시선은 좀 더 멀리 있는 다른 야외 조각들 그리고 저 멀리 바다의 지평선으로 흘러가게 된다. 잠시 후 시선은 저 멀리 지평선으로부터 다시금 회귀하기 시작한다. 지금까지 갔던 길을 거슬러 오는 것뿐이지만 이미 친숙한 감정으로 조각들과 그 주변을 바라보게 된다. 시멘트 기둥과 함께하는 돌과 철판을 바라보다가 다시 기둥으로 시선이 돌아온다. 이번에는 기둥의 밑동에서부터 위로 시선이 옮아간다. 기둥의 꼭대기를 이미 지나쳤음에도 시선은 계속 위로 이동한다. 그리고 지금까지 미처 인식하지 못했던 몽실몽실한 뭉게구름을 새삼스레 발견한다. 이 구름은 그의 미소를 닮기도, 바람이라도 세게 불면 모양을 금방이라도 변화시킬 것 같은 그의 데생 「관계항—대위법(스케치)Relatum—Counterpoint(Esquisse)」(2010)을 닮기도, 몽실몽실한 털을 가진 양처럼 솜을 감싼 돌「관계항—구조 BRelatum—Structure B」(1969)를 닮기도 했다.

이우환의 기분은 다루는 주제에 따라서 달라진다. 철학, 문학, 음악을 이야기할 때의 그는 마치 「점으로부터」(1976), 「점으로부터」(1978)에서처럼 알레그로 모데라토의 리듬이 주로 지배하며 즐거움과 경쾌함, 유머도 사이사이 담긴다. 그러다가 사회환경문제 등이 거론될 때는 「바람과 함께」(1989)에서 느껴지는 격정과 강한 동요가 드러난다. 때로는 그를 거의 이해할 것 같다가도 갑자기 모르겠다는 느낌, 어느 정도 가까이 다가갔다 싶으면 오히려 훨씬 더 멀어져 있는 느낌, 혹은 또 그 반대이기도 하다. 결국 그는 여러 번 칠해서 다양한 현상을 보이는 최근 회화(「대화」(2008), 「대화」(2009))같다.

다른 세계를 향해 끊임없이 움직이는 노매드 작가에게 '누구인지를 묻고 그리고 일정한 한 상태로 머무르라고 요구하는 것'이 과연 정당할까? 한 사람의 관찰 혹은 의견에 의해 한 작가의 성격을 결정짓는 것은, 마치 슈뢰딩거의 고양이의 중첩된 다층에서 한 층만을 세계의 전체로 아는 것과 같을 것이다. 그래서 이우환의 예술은 끊임없이 판단중지(에포케)와 함께 가능한 한 사물을 있는 그대로 보

「Relatum—Counterpoint(Esquisse)」 (2010)

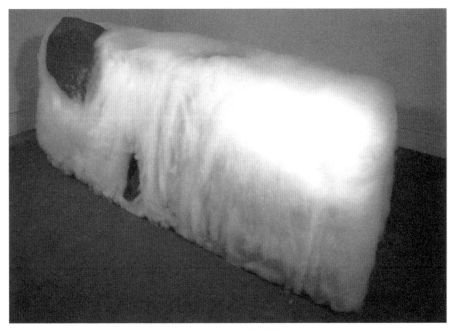

「Relatum—Structure B」(1969)

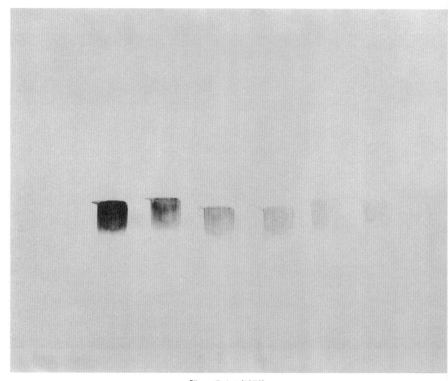

「From Point」(1978)

「With Winds」(1989)

기를 제시한다. 결국 그의 삶도, 작품도 현대적인 진리의 역할처럼 양의성을 오가며 그렇게 감춰지면서 드러나고, 드러나면서 감춰지고 있다. 그런데 이러한 양의성의 본질은 무엇일까?

심 : 현대미술 경향, 다른 작가들의 작품 세계, 그리고 선생님의 작품 환경, 마티에르, 방법, 관련된 철학적, 음악적, 문학적 바탕 등에 대해서는 말씀해주셨지만, 막상 선생님의 작품 세계에 대한 선생님 본인의 느낌이라든가 관람객들이 어떻게 느꼈으면 좋겠다는 '감성'의 부분은 이야기하지 않으셨습니다.

이 : 감성은 각자가 느끼는 것이지 작가가 말할 부분이 아니에요. 괴테는 "작가가 스스로의 작품에 대해 언급을 많이 할수록 작품 자체의 에센스는 줄어든다"고 했어요. 괴테는 전 인류를 통틀어서 호메로스와 같이 몇 안 되는 문학가예요. 니체처럼 그렇게 까다로운 사람도 "괴테는 예술가 개인이 아니고 문화"라고 할 정도입니다.

이와 반대로 아직도 사회적인 커뮤니케이션의 문제로서 예술이 담당하고 있는 부분이 많기는 해요. 가령 어떤 계몽을 위해서, 신앙을 위해서 그림을 그린다든가 하는 것처럼 도구로 쓰이는 그런 부분들이 그림의 존재 이유가 되는 일면도 있습니다. 물론 이런 부분도 무시할 수는 없습니다.

반면에 조금 전에 말한 것처럼 감춰진 오랜 수수께끼, 폭로하지 않으려는 독특한 감춰진 부분도 있습니다. 헤라클레이토스식으로 말하면 "진리는 감춰지기를 좋아한다"는 그런 부분을 그림이 가지고 있지 않는가 여깁니다. 어떤 의미에서 화가는 보이기 위해서가 아니라 감추기 위해서, 그것도 그냥 감추는 것이 아니라 암시를 주면서 감추는 것이 아닌가 합니다. 그러면 왜 감추려고 하는가? 감추려고 감추는 것이 아니고, 그리는 자신도 모르게 진리가 감춰지기를 바라는 것에 따라서 감춰집니다. 진리의 성격이 감춰지기를 바란다는 그런 느낌입니다.

심 : 선생님 말씀을 들으니 하이데거가 말한 '알레테이아'의 정의가 연상됩니다. "'레테'(망각, 은폐)는 알레테이아(진리, 탈은폐)에 속하는데, 이는 단순히 부가적이거나 빛에 대한 그림자 정도가 아니라 알레테이아의 심장과 같다." 물론 이에 대한 비판도 꾸준히 쏟아져 나옵니다. 그러나 선생님께서 지금까지 하신 말씀을 생각하며 의식사意識史적으로 세 가지 주요한 진리의 기능을 정리한다면, 고대는 플라톤의 '이데아'(자기의식 발현)로서의 진리와, 중세는 토마스 아퀴나스의 '일치'(내부와 외부, 그리스 로마 문화와 유대기독교 문화의 일치 등)에 이어, 현대에는 하이데거가 진리의 역할을 가장 잘 재해석했다고 봅니다. 여기서 푸코의 진리 게임[77]도 발전된 것이겠지요. 이처럼 은폐와 탈은폐를 오가는 진리 기능들 중의 하나로 에포케가 있는 것 같습니다.

이 : 지금 좋은 이야기가 나왔는데, 에포케예요.

2013년 4월 일본을 방문했을 때, 벌써 졌어야 할 벚꽃들이 아직 화사하게 피어 있어서 가슴을 설레게 했다. 그러나 며칠 후에 바람이 점점 강하게 불기 시작하면서 벚꽃이 우수수 떨어졌다. 그새 벚꽃의 화사함이 가슴속까지 물들였기에 돌풍에 휩쓸려 공중에서 떠돌다가 땅에 떨어져버리는 모습이 못내 아쉬웠다. "벚꽃이 질 때는 폭풍이 분다"던 이우환의 말이 문득 떠올랐다. 그때는 무슨 말인지 전혀 이해할 수 없었다. 왜냐하면 상식적으로는 바람이 불어서 꽃들이 떨어지기 때문이다. 하지만 이우환에게는 반대로 꽃이 지기 때문에 바람이 분다. 꽃이 질 때가 되어 마침 바람이 불자 꽃잎들이 떨어진다는 '현실적 관점'이 아니라, 꽃이 지기에 폭풍이 분다는 '시적 관점'으로의 전환이다. 마찬가지로 4월이 잔인하기에 라일락 향기가 진한 것이 아니라, 라일락 향기의 진함 때문에 4월은 잔인한 것이다. 이우환이 즐겨 읊는 서정주의 시처럼 '수틀 속의 꽃밭을 보듯 세상은 보는 것'이지, 세상을 보는 식으로 수틀을 보는 것이 아니다. 산문적이고 일상적인 관점에서 시적 관점으로의 전환이다. 이러한 시적 관점의 전환은 '시각적 관점'의 전환과 동시에 '만드는 것에 대한 관점의 전환'을 동반한다.[78]

　이우환의 이러한 시적, 시각적 관점의 전환은 현실을 새로운 차원에서 보게 하기에 동시에 비판적 관점을 가능하게 한다. 이는 또한 존재에서 비존재로의 이행, 유한에서 무한, 생산pro-duction에서 시poésie로의 이행을 가능하게 하는 초월적 관점도 동반한다. 이러한 시적 관점은 이미 이우환이 지적한 '트릭'의 기능에서 본 것처럼 단지 미적 상상력에서 그치는 것이 아니라, 현대과학적이며 우주적 관점이 되기도 한다. 왜냐하면 '나비의 단순한 한 번의 날갯짓이 반대

편의 세계에 돌풍을 일으킬 수 있기' 때문이다.

파리의 전형적인 건물의 진한 초록색 대문이 무겁게 열리며 이우환이 아무 표정도 없이 나온다. 중독된 우리 사회에 전해줄 또 다른 파르마콘(약) 봉지와 '우산과 재봉틀'이 담긴 여행용 가방을 들고 나온다. 육중한 대문이 그 무게만큼이나 무겁고도 천천히 움직여서 완전히 닫혔을 때는 이미 작가는 저 멀리 등을 보이고 부지런히 경계를 향해 가고 있다.

주註

1) 개념주의는 중세의 보편논쟁의 한 주류이자, 또한 현대미술의 개념
   미술을 이해할 수 있는 배경과 역사가 된다. '개별적인 사물이 보편
   에 우선하여 실재하는지 혹은 나중에 실재하는지'를 물으며, '보편
   이 실재로 존재한다'는 실재주의는 '보편이 개념으로만 존재한다'는
   개념주의에 반대한다.
   이 논쟁은 중세라는 콘텍스트에서 고대 플라톤의 '보편자'(이데아)
   와 아리스토텔레스의 '개별자' 논쟁의 또 다른 전개이다. 현대에도
   또 다른 콘텍스트(정치, 문화, 종교, 언어철학 등)에서 이러한 보편
   논쟁은 여전히 지속되고 있다. 예를 들어 '의식'과 '신체'의 문제, '공
   동체 의식'(국가, 종교 등)과 '개인'의 문제 등이 그러하다.
   현대미술도 예외가 아니다. 개념미술의 도래를 알린 조지프 코수스
   (1945~)의 작품 「하나이자 셋인 의자One and Three Chairs」(1965)
   는 '개념적 의자'(사전에서 정의된 의자), '실제 나무 의자', '의자
   의 이미지'(의자를 찍은 사진)라는 세 개의 의자를 표현하면서, 플
   라톤의 『국가』(플라톤은 '침대'를 예로 들었음)에서의 보편자 혹은
   중세의 '실재론'에 대한 문제를 현대적인 방식으로 다시 제기했다.
   또한 댄 플래빈(1933~1996)은 「유명론 셋, 오컴의 윌리엄에게The
   Nominal Three, to William of Ockham」(1963)라는 작품에서 유명론
   자 혹은 개념론자인 오컴의 윌리엄을 회화적으로 패러디 했다. 보편
   논쟁(개념주의와 실재주의)의 양의성은 이우환의 '평범한 돌'에서도
   계속된다. '특정한 하나의 돌'(개념주의)이 아닌 그의 일반적인 평범
   한 '돌'(실재주의)은 보편 요소와 닮았지만, 구체적인 마티에르를 지
   닌 실제적인 돌이라는 점에서 보편개념이 될 수 없다.

이 외에도 일반적으로 이우환의 그림을 미니멀리즘이나 개념미술로 분류하는데, 이우환이 말하는 그의 '개념미술'은 다음과 같다. "많은 사람들이 내 조각도 그렇고 회화도 그렇고 개념성이 강하다고 하는데, 그러나 이것은 어디까지나 매개체 자체가 개념적으로 보인다는 것이지, 개념 자체를 보이는 것은 아닙니다. 개념미술이라고 하면 비평가들은 흔히 답으로 나온 개념을 제시하는 것으로 생각하는데, 이것과는 많이 달라요. 작가에 따라서 형성된 개념을 나타내는 것인지, 혹은 개념이 매개가 되는 것인지 이건 또 다른 문제입니다. 내 경우에는 개념을 보이는 것이 아니라 '개념적인 하나의 구조성'으로, 보는 사람마다 공간이나 시간에 따라서 늘 조금씩 변화를 가져온다거나 다른 것을 보일 수 있는 겁니다. 가령 조지프 코수스의「하나이자 셋인 의자」에서 의자의 세 구성 요소가 각기 다릅니다. 이 사이에서 여러 가지가 어긋난다든지 흐트러지든지 하면서 보는 사람에 따라서 많은 것이 달라질 수 있어요. 코수스의 작품이 개념성을 띤 식으로 제시를 하지만, 그것이 답을 보이는 것은 아닙니다. 코수스는 플라톤과 달리 이데아를 제시하는 것이 아니고, 제시된 세 종류의 의자들 간에 어긋남을 보이고, 어긋남 가운데 상상력을 펼치게 하는 것입니다."

2) 이우환은 말한다. "우리나라에도 사막 발상의 영향을 받은 시인이 있습니다. 유치환의「생명의 서書」라는 시에서 그런 경향이 보여요. 유치환은 의지가 상당히 강한 사람이면서도 허무주의자예요. 이 사람은 동양의 발상이 아니고, 사막의 이슬람적 발상이고 또한 남성적 발상입니다. 망해도 굽힘이 없이 그대로 가리라는 그런 겁니다."

3) 가스통 바슐라르(1884~1962)는『물과 꿈』에서 '우리 몸에 있는 물', '우리 몸인 물'을 재발견한다. 그는 '같은 강을 두 번 건널 수 없는'(헤라클레이토스) 이유가 강물이 끊임없이 흐르기에 건널 수 없다기보다는, 인간이 물과 같은(체내에 물을 가장 많이 지니고 있는) 존재라는 데로 초점을 이동한다.

결국은 중첩된 의미로, 물처럼 외부가 끊임없이 순환하고 변모한다는 헤라클레이토스적인 의미와, 역시 물처럼 인간도 쉬지 않고 변화한다는 바슐라르적 의미에서 '같은 강은 두 번 건널 수 없게' 된다. 이우환이 말하듯이, 바슐라르적 의미의 내부의 강물인 '한국인'은 결코 헤라클레이토스적 의미의 외부의 강물인 '한국'(상징적으로는 '근원')을 두 번 건널 수 없다.

4) 바뤼흐 스피노자의 『에티카』 혹은 『기하학적 질서에 따라 증명된 윤리학』에서는 두 종류의 자연('자연적 자연'과 '자연화된 자연')에 대해 말한다. 이우환의 용어로 재해석한다면 인간은 자연을 '자연 그대로'로 볼 수 없는데, 왜냐하면 '인간에 의해 보인 자연은 이미 관계가 형성된 자연'이기 때문이다.

5) 3번 주석에서 보았듯이 내부의 물과 외부의 물이 있다. '밑창이 빠진' 용기에서는 '내부의 물'(바슐라르)과 '외부의 물'(헤라클레이토스)이 섞일 수밖에 없다. 물론 '물'뿐만 아니라 탈레스, 아낙시만드로스, 아낙시메네스, 엠페도클레스 같은 자연철학자들이 말했던 '공기', '불', '흙', '무한' 등도 동일한 맥락이다. 특히 아낙시만드로스의 경우에는 아페이론apeiron(무한)을 이러한 아르케arche(근본적인 요소)로 보았다는 것이 흥미롭다. 이후의 대담(제2부 제1장 「몽마르트르의 에로스」)에서 이우환은 '존재와 무', '유한과 무한', '내부와 외부'를 구분하는 일이 부조리함을 설명한다. 또한 그의 예술적 바람은 관람객들에게 '무한의 감각을 경험케 하는 것'이다.
자연철학자들 이후의 서구 사상가들은 자아의식을 형성해나가면서, 금이 가고 새었던 용기의 '밑바닥'을 말끔히 메우고 잘 보수해서 마치 '창문 없는 모나드'처럼 되었다.

6) 에마뉘엘 레비나스(1906~1995)는 리투아니아 출신의 프랑스 철학자로, 후설의 현상학과 유대교의 전통을 바탕으로 서양철학의 전통적인 존재론을 비판하며 타자에 대한 윤리적 책임을 강조하는 윤

리설을 발전시켰다.

7) 카지미르 세베리노비치 말레비치(1879~1935)는 쉬프레마티슴(추상화의 절대주의 유파)을 탐구한 소련 전위미술의 기수이다.

8) 로버트 라우션버그(1925~2008)는 커다란 캔버스에 사진과 신문지, 음식물 봉지와 박제 동물 등을 붙인 '콤바인 기법'으로 앤디 워홀과 팝아트의 쌍벽을 이룬, 미국의 전위예술가이다.

9) 로버트 라이먼(1930~)은 미국의 대표적인 추상화가로, 추상표현주의와 미니멀리즘을 연결하는 데 공헌하였으며, 다양한 재료를 이용한 평면 작업으로 회화의 경계를 넓혔다.

10) 미셸 푸코는 『말과 사물』에서 '만들어진 것'(사물)과 '말해진 것'(말)의 형성을 살펴본다. 이를 위해 그는 근대를 두 개의 커다란 불연속적 에피스테메의 장으로 구분하는데, 첫 번째 장은 17세기 말의 고전 시대로, 이 시기는 재현, 언어, 자연, 부廚에 관한 이론들의 상관성(결속)으로 특징지어진다. 두 번째 장은 19세기 초로, 인간이 지식의 대상이 되는 근대성의 경계가 표시된다. 푸코의 『말과 사물』에서 분석된 시대는 근대성의 전형적인 시기로 이우환이 끊임없이 비판하는 시대이다. 이 책은 이우환에게 영향을 끼친 주요 저서 중의 하나로, 이우환의 초기 작품 중에는 「사물과 말」이라는 조각도 있다. 이처럼 책의 제목과 작품의 제목이 비슷함에도 불구하고 주요한 차이점이 드러난다. '언어'로 사유하고 '개념'을 도구(때로는 목적)로 삼는 사상가인 푸코는 제목에서 '말'을 앞에 둔다. 반면에 '마티에르'가 따라야 하는 예술가인 이우환의 조각 작품의 제목에는 '사물'이 앞에 온다. 또한 '모노하'의 '모노'는 '사물'을 의미한다.

11) 카오스는 '알 수 없는 것에 대한 총칭'이다. 예전에는 카오스계에

속했던 요소가 지식의 발전에 의해 '로고스'(언어, 이성)의 세계로 전이된다. 카오스의 세계는 이처럼 밝혀지기도, 다시 가려지기도 한다. 존재론적으로 본다면 카오스는 무질서, 혼돈, 위협 그 자체가 될 수 있고, 관계론적으로 본다면 미지未知, 경외, 두려움, 원천(자원) 등이 될 수 있다.

12) '포스트모더니즘postmodernism' 단어 자체의 구성은 현대 예술에서의 모더니즘의 중요성을 잘 반영하고 있다. 즉 포스트-모더니즘은 모더니즘에서 나왔다는 의미이다. 그것이 시간적 차원에서 모더니즘modernism '이후post'에 나왔거나, 사상적 차원에서 모더니즘에 '반대'하여 나왔거나, '찬성하며 발전'시켰거나, 혹은 일종의 '참조'로 삼았든 간에 모더니즘에서 나왔다는 의미이다. 마찬가지로 이우환은 "현대미술이 모더니즘을 경유해서 온 것을 부정할 수는 없다"라고 말한다.

13) 니시다 기타로(1870~1945)는 근대 일본의 대표적인 철학자로서, 특히 서양철학을 동양 정신의 전통에 동화시키려고 애쓴 인물이다. 일본적 무無 철학을 주장하였고, 관념론 철학의 권위자로서 니시다 철학을 창시하였다.

14) 세키네 노부오(1942~)가 1968년 10월 고베 야외조각전시회에 출품한 「위상—대지」는 땅에 판 원통형 구멍과 파낸 흙으로 만든 원통이며, 높이와 깊이 각각 260센티미터, 지름은 각각 220센티미터의 작품이다.

15) 아카세가와 겐페이(1937~)는 일본의 예술가로, 1950년대에는 네오다다이즘, 이후에는 전위예술 그룹인 '하이레드센터Hi-Red Center'(다카마쓰 지로, 나카니시 나쓰유키, 아카세가와 겐페이)의 멤버로 활약했다. '오쓰지 가쓰히코'란 필명으로 활동하는 소설가이기도 하며, 1981년에는 아쿠타가와상을 수상했다.

16) 고대 그리스 회의론자가 사용하던 용어를 후설이 다시 차용해 발전시켰다. 후설은『순수현상학과 현상학적 철학을 위한 이념들』에서 "나는 시공간적 존재에게 가해지는 모든 판단을 절대적으로 금지하는 '현상학적 에포케'를 내게 실시한다"고 했다.

17) 이 인터뷰는 2012년 노벨 물리학상이 발표되기 전에 행해졌다. '사람이 보기 전의 자연 상태'를 알고 싶어 하는 이우환의 소원은 과연 이루어질 것인가? 노벨 물리학상 수상자 데이비드 와인랜드와 세르주 아로슈는 빛의 입자인 광자와 이온의 상호작용을 관찰하고 측정할 수 있는 획기적인 실험 방법을 개발했다. 즉, 관찰자의 간섭 없이 슈뢰딩거의 고양이의 상태를 알 수 있게 되었다고 한다. 그뿐만 아니라 우리 사회에 또 다른 엄청난 도약을 가능하게 할 qbis를 사용한 컴퓨터도 시도된다. 오늘날 정보 시대를 살면서 이우환은 몸의 사라짐을 걱정하는데(제2부), qbis의 시대에는 과연 이러한 사라짐이 가속화될 것인가? 아니면 또 다른 형태(예를 들어 숨결을 포함한 신체성이 드러나는 이우환의 작품처럼)로 신체성의 중요성이 대두될 것인가?

18) 관계론(「이우환의 용어」에서 '관계론' 항목 참고)은 존재론에 대비된다. 존재론은 플라톤에서 시작해 아리스토텔레스에 의해 정의되고 체계화된다. 아리스토텔레스는 '보편적인 것으로서의 존재'를 연구하는 '존재로서의 존재학'을 '제1철학'으로 여기고, 모든 분야에 우선하는 것으로 삼았다. 이처럼 23세기 동안 굳어져왔던 '존재'에 대한 우리 인식의 새로운 패러다임 전환을 위해, 모노하에서 사용한 '트릭'이나 양자역학의 '슈뢰딩거의 고양이' 등은 새로운 시각을 가질 수 있는 계기를 마련해준다.

19) 자연철학자들은 인간이 자연의 질료(물, 불, 흙, 공기 등)로 만들어지고, 자연의 한 부분임을 이론화하고 정립했다. 그다지 탐탁지는 않았겠지만 플라톤과 아리스토텔레스도 이를 받아들였다. 하지

만 아이러니하게도 인간은 오랜 기간 각고의 노력으로 인간 스스로를 자연으로부터 타자화했다. 이처럼 인간이 스스로 '타자화된 상태', '아이러니한 동일화의 상태'를 말한 사상가 중의 한 명이 바슐라르이다.

20) 플라톤 이래로 감각은 이성과 비교해서 가장 아래에 위치하게 되었으며, 그렇게 이성에 의한 역사가 구축되기 시작한다.

21) 모리스 메를로퐁티(1908~1961)는 프랑스의 철학자로, 후설에게 많은 영향을 받았지만, 신체 행위와 지각에 대한 자신의 이론을 바탕으로 독자적인 현상학적 철학을 전개하였다.

22) 잭슨 폴록(1912~1956)은 추상표현주의 미술의 선구자인 미국의 화가로, 커다란 캔버스 위로 물감을 흘리고, 끼얹고, 튀기고, 쏟아부으면서 몸 전체로 그림을 그리는 '액션 페인팅'을 선보였다.

23) 모리스 루이스(1912~1962)는 미국의 화가로, 추상표현주의로부터 출발하여 색채 표현의 가능성을 개척하였는데, 캔버스에 직접 아크릴 물감을 부어서 원색의 띠 형태나 줄무늬의 연작을 제작했다.

24) 그림을 바닥에 두고 그릴 때 의식이 아닌 신체성이 더 관여한다는 이우환의 언급은 신체의 원초적인 구조에 대해 다시 생각하게 한다. 자연이었던 인간의 조상이 스스로 자연으로부터 타자화된 첫 번째 계기는 바로 '직립'에 의해서라고 볼 수 있다. 직립이 가능해짐으로써 의식이 발달하기 시작했고, 동시에 자연으로부터 스스로를 타자화할 수 있었다.
신체의 구조에 대한 중요성을 가장 잘 지적하고 이를 이용한 철학자는, 우리의 기대에 어긋나지 않게 역시 플라톤이었다. 그의 '영혼의 삼중 구조'는 다음과 같다. 이성적이며 가장 중요한 영혼인

'누스'는 신체 가운데 땅으로부터 가장 멀리 떨어져 있으며 동시에 하늘에서 가장 가까운 머리에 위치시켰고, 가장 감성적인 영혼인 '에피투미아'는 몸통의 가장 아랫부분인 배에 위치시켰다. 그리고 이 두 영혼 사이에 매개자 역할을 하는 '튀모스'라는 영혼이 있다. 그림을 바닥에 두고 그리는 것은 일종의 동물적이고 감성적이며 원초적인 자세로 외부를 느낄 수 있는 최선의 방법 중 하나이다. 흥미로운 점은 바닥에 눕혀진 그림을 그리기 위해 허리를 굽힌 자세는 이 세 영혼의 위치를 모두 일렬로, 즉 머리, 가슴, 배가 같은 높이에 있게 한다는 것이다. 플라톤의 영혼론이 무의미해지는 순간이다.

2013년 초에 이우환은 허리에 상당한 통증을 느껴 한동안 작업하는 것이 불가능할 정도였다. 그의 작업하는 자세가 주요 원인의 하나라고 생각한 필자가 다른 서양화가들처럼 꼿꼿하게 서서 그리는 것을 시도해보면 어떻겠느냐고 제의하자 그는 일언지하에 거절했다. 그 이유에 대해 이우환은 자신의 작업하는 자세는 이처럼 "플라톤의 영혼론(즉, 의식을 최고로 여기는)을 무산시키는 자세이자, 동물들처럼 가장 원초적이고 본능적인 자세이며, 이로 인하여 외부를 개입시킬 수 있기 때문"이라고 설명했다.

25) 리처드 세라의 거대한 철판과 이우환의 철판은 재질이 같거나 때로는 거의 비슷한 형태를 띠더라도, 엄청난 크기의 차이로 인해 두 작가를 바로 연관시키기는 힘들다. 세라의 작품에서 전형적인 칸트식의 숭고함이 느껴진다면, 이우환의 작품에서는 관계론적인 숭고가 느껴진다. 전자의 경우에 숭고함이 거대한 철 덩어리 '자체'에서 느껴진다면, 후자의 경우에는 철판 자체에서 오는 숭고함이 아니라 철판과 그 앞에 놓은 돌과의 '관계'에서 오는 숭고함이다.

26) 이우환의 양의의 예술과 관련하여, 양의성이 생기는 이유는 바로 타자를 존중하고 뉴트럴화(혹은 동일화)하지 않기 때문이다. 이우환이 말하는 '대화'나 '소통'은 그래서 말이 없어도 가능하다.

27) 형용사 '부-적절한in-adaequatio'은 토마스 아퀴나스의 '진리' 정의에서 차용했다. 현재까지 가장 일반적으로 사용되는 진리에 대한 정의는 토마스 아퀴나스의 '사물과 지성의 일치adaequatio rei et intellectus'(『신학대전』)이다. 이 정의는 라틴어의 진리veritas와 히브리어의 진리emunah(신뢰, 믿음)를 바탕으로 13세기라는 콘텍스트와 함께 형성된 것이다. 아쉽게도 우리는 단지 진리에 대한 정의와 그 명료성에만 관심을 가질 뿐, 실제 토마스 아퀴나스가 중세 유럽 상황에서 그리스 로마 문화와 유대기독교 문화를 아우르는 진리를 찾기 위해 그 사이를 수없이 오고 갔던 양의적인 성격에 대해서는 거의 연구하지 않았다.
이 '부-적절한' 질문은 이우환식의 양의성에 들어가기 위한, 그리고 숨겨져 있는 다른 면을 발견하기 위한 일종의 '트릭'이기도 하다.

28) 관광에서 빠질 수 없는 장소가 파리 오페라 극장과 몽마르트르 사이에 위치한 피갈 지역이다. 이곳에는 툴루즈 로트레크로 인하여 세계적으로 더욱 유명해진 물랭 루주를 비롯해 디방 뒤 몽드 극장, 엘리제 몽마르트르 극장, 시갈 극장, 불 누아르 극장 등이 있어, '뜨거운 지역'이라고도 불린다.

29) 장 바티스트 피갈(1714~1785)은 프랑스 조각가로, 그의 작품은 바로크에서 신고전주의 양식으로 흐르는 성향을 보인다. 유명한 작품으로는 너무나 사실주의적으로 묘사되어 문제를 일으키기도 한 「볼테르 누드상Voltaire nu」(1776)이 있다. 이전까지 유명 인사의 조각이 마치 아폴론의 화신처럼 조각된 것과는 달리, 볼테르의 깡마른 육체가 그대로 묘사되어 장엄함과 우아함을 느끼기보다는 인간의 빈약함과 나약함을 느끼게 한다. 아이러니하게도 이 조각은 바로 그러한 불완전함(빈약함, 나약함 등)으로 인해 휴머니스트 볼테르의 인간성, 온화함, 겸손함, 지성 등을 더욱 돋보이게 한다.

30) 이우환의 산책로는 그가 머무는 나라에 따라 완전히 다르다. "일본

가마쿠라 시는 산과 바다가 양쪽에 있어서 어느 쪽으로 산책을 해도 좋고, 한국 서울은 사직공원이나 인왕산 산책로가 있어서 거기를 왔다 갔다 해요. 뉴욕에서는 센트럴 파크를 산책하는데, 거기도 아주 근사해요."

이우환의 몽마르트르 산책 경로는 다음과 같다.

피갈 광장 → 클리시 산책로 → 블랑슈 전철역(물랭 루주) → 콜랭쿠르 길(콜랭쿠르 다리/몽마르트르 묘지) → 투를라크 길 → 마르셀에메 광장 → 르피크 길(반 고흐 집/갈레트의 풍차) → 노르뱅 길 → 장바티스트클레망 광장 → 테르트르 광장 → 생피에르 성당 → 카르굴베르 길 → 사크레쾨르 성당 → 사크레쾨르 광장(계단) → 빌레트 광장 → 생피에르 시장 → 클리시 거리/앙베르 전철역 → 피갈 광장

31) 베토벤의 「피아노 소나타 23번」의 부제는 '열정Apassionata'인데, 여기에는 '열망, 열애'(passion), 그리고 '고통, 수난'(passion)이 담겨 있다. 예술(가)의 양의적인 성격을 가장 잘 드러내는 낱말 중의 하나이다. 또한 다니엘 바렌보임이 연주하는 「열정」에서는 '성性적 에로스'와 '성聖적 에로스'의 양의성이 뛰어나게 잘 해석되었다. 베토벤은 이우환이 특별한 경외심을 가지고 좋아하는 작가이다.

32) 고대 그리스어로 '독'과 '약'을 동시에 의미하는 '파르마콘'의 양의성을 띠는 개념은 자크 데리다에 의해 발전된다.

33) 당시는 서구뿐만 아니라 일본에서도 설치미술, 팝아트, 미니멀 아트, 개념미술 등의 막대한 영향으로 '손으로 그린다'는 것은 시대에 뒤떨어진 보수적인 발상으로 생각되는 시기였다. 여류 YBAs(Young British Artists) 작가 트레이시 에민은 그림만 그리는 자신의 애인 빌리 차일디시에게 회화에 "붙박여 있다stuck"고 경멸적으로 말하기까지 했는데, 이것이 이후 스터키즘 Stuckism(1999)이라는 국제 미술 운동을 낳았을 정도이다.

34) 이우환은 시서화에 대해 이렇게 회고한다. "내가 아주 시골 사람이라 어렸을 때 선생님이 집에 와서 '시서화詩書畫'를 가르치셨습니다. 훗날 화가가 되라고 가르친 것은 아니고 '시'는 '학문'을, '서'는 '윤리'를, '화'는 '그림을 통해 세상을 재해석하는 법'을 가르치신 것입니다. (……) 문학 책을 참 많이 읽었는데, 오늘날까지 나를 버티게 해준 70퍼센트는 내 조그마한 인문학적 소양이고, 지금 예술을 하는 데 엄청난 뒷받침이 되었습니다. (……) 학생들이 예술을 하기를 원하거나 혹은 좋은 예술가가 되고 싶다며 조언을 구하면, 나는 『개자원화보』의 서문을 주로 인용합니다. '만 권을 독파하고 가슴에 만감을 품고, 만 리의 길을 간 다음에 붓을 들어라.' 즉 많이 읽고, 많이 느끼고, 바깥에도 많이 나가봐야 합니다."

35) 아리스토텔레스가 말한 4원인의 하나. 목적이 있음으로써 그것을 실현하기 위한 운동이 일어나므로 목적을 운동의 원인으로 보았다.

36) 프로이트는 『쾌락 원리의 저편』에서 다음과 같이 말했다. "'죽음의 욕망Todestrieb'의 반대인 에로스는 '삶의 욕망Lebenstrieb'을 구현한다."
에로스와 타나토스는 상반적이기보다는 상보적이다. 이 둘은 사상사에서 가장 오래된 쌍 중의 하나이다. 우선 세계 형성을 위해서도 엠페도클레스적인 의미로 에로스(우정, 조화)와 타나토스(여기서는 미움, 부조화로 표현되었음) 모두 필요하다. 세상에 합치는 힘만 있다면 각지에 퍼지거나 번성할 수도 없다. 이우환은 또 다른 방식으로 에로스와 타나토스의 불가불성에 대해서 말한다.

37) 여기서, 그들(망자들)과 우리 사이에 있는 이상한 끈적끈적한 것들의 존재는 일종의 타자, 즉 우리가 만나고 싶지도, 생각하고 싶지도, 인정하고 싶지도 않은 타자를 의미한다. 죽음도 그중의 하나일 수 있다.

38) 흥미롭게도 파스칼은 죽음에 있어서도 자신의 확률론을 근사하게 적용했다. 신이 있을 확률을 50퍼센트로 상정하고, 어떤 신자가 사망했을 경우 신이 있으면 구원받고, 신이 없으면(의식의 세계가 없다면) 그것으로 그만이니 어쨌든 믿는 편이 확률적으로는 유리하다는 것이 그 유명한 '파스칼의 도박'이다. 물론 여기에는 명제 정리에 대한 문제도 있지만, 세네카식으로 이를 발전시킨다면, 죽으면 마침내 진리에 대해 알게 되거나 아니면 알고 싶다는 것조차 모를 테니 죽음은 과히 나쁠 것 없다는 의미도 된다. 파스칼은 철학자이면서 위대한 수학자이며 특히 확률론의 아버지이다. 바로 이 확률론이 여러 현대 과학의 기반이 되었으며 또한 이우환의 논리와 흡사한 퍼지논리학의 기반도 되었다.

39) 『황무지』의 제사는 이러하다. "쿠마이의 무녀가 독 안에 매달려 있는 것을 내 눈으로 직접 보았다. 그때 아이들이 '무녀야, 너는 무엇을 원하니?'라고 묻자 그녀가 대답했다. '난 죽고 싶어.'"

40) 원래의 문장은 다음과 같다. "깊이 생각하면 할수록 새로운 감탄과 함께 마음을 가득 차게 하는 두 가지 기쁨이 있다. 별이 반짝이는 하늘과 내 마음속의 도덕률." 우주적으로 기쁨을 주는 별이 있는 하늘은 칸트의 '미美' 개념을 잘 대변하며, 인간이 완수해야 할 내 마음속의 도덕률은 내적인 목적성을 의미한다. 이처럼 칸트는 목적성 있는 역사와 무한한 발전, 그리고 마치 하늘의 별처럼 완전함을 지향하는 인간성을 믿었다.

41) '살아 있고 동시에 죽어 있는 고양이'는 유명한 '슈뢰딩거의 고양이'를 지칭하며, 이우환의 예술을 잘 대변하고 있다. 물론 양자역학에서의 관찰의 양의성에 대한 것도 중요하지만, 이러한 비유는 우리의 고정관념과 굳어버린 관점을 문제화하는 계기가 된다는 점에서 중요하다. 관계론적으로(마치 양자의 다양한 상태의 중층성처럼) 존재와 비존재의 공존, 유한과 무한 등의 '모순율'을 말한다.

또한 중요한 사실은, 슈뢰딩거의 고양이처럼 양의성을 이야기하기 위해서는 양자역학에서처럼 명료함과 논리가 있어야 한다는 것이다. 양극에서 애매하다든지 어정쩡한 태도나 사상의 모호함을 말하는 것이 아니라, 오히려 왜 부조리한 혹은 반대되는 태도가 가능할 수 있는지를 명료하게 설명할 수 있어야 한다.

42) 여기에서 이우환은 세계에는 비모순율('A이다'와 'A는 아니다'라는 것은 동시에 성립할 수 없다 또는 참이면서 동시에 거짓인 명제는 존재하지 않는다)과 모순율이 공존함을 분명히 말하고 있다. 예를 들어서 모순율이 작용하는 양자 세계와 비모순율이 작용하는 형식논리학적 세계는 공존한다. 이는 동일률, 배중률, 원인율에서도 마찬가지이다. 이처럼 아리스토텔레스의 4대 원칙이 작용하는 범위는 일부분일 뿐이라는 사실로부터 논리적 전환 혹은 패러다임의 전환이 발생했다. 즉 형식논리학은 세계를 설명하는 극히 일부분으로, 감성적인 것과 이성적인 것을 함께 고려하는 퍼지논리학 혹은 양의적(애매한) 논리에 이우환은 근거하고 있다.

43) 헤라클레이토스(기원전 540?~기원전 480?)는 소아시아 에페소스 출신으로, "모든 것은 지나가고 아무것도 머물지 않는다"고 하면서 '변화의 철학'을 이야기했다. 그는 낮과 밤, 차가움과 뜨거움, 삶과 죽음같이 "어떤 것도 그 반대되는 것 없이는 생각될 수 없다"며 자연에서 양의성을 찾아 적용하여 자신의 논리를 전개한 최초의 변증론자이다. 이우환은 그의 사상에 많은 공감을 표한다.

44) 이우환은 '노매드'만큼 '정착성'도 인정한다. "옛날에는 내가 멋모르고 외국에 많이 다녀서 더 아는 줄 알고 그랬는데, 이제 고향에 있는 친구들과 이야기해보면 외국에 한 번도 나가지 않았던 친구라도 서로 통하고 깊이가 있고 편안하고 그래요."
하지만 젊은 작가들에게는 이런 예외가 없다. "물론 젊은 작가들은 그래도 나가서 외국을 봐야 해요"라고 이우환은 덧붙인다.

45) 은은한 에메랄드빛이 감돌아 '초록색 요정'이라 불렸던 압생트는 당시 몽마르트르 예술가들에게는 빼놓을 수 없는 예술적 동지로, 삶과 예술의 고통을 위로하고 동시에 영감을 불어넣었다. 반 고흐를 비롯해서 피카소, 에리크 사티, 마네, 모파상, 랭보, 오스카 와일드, 헤밍웨이 등 무수한 예술가들이 즐겨 마셨다. 쓴 쑥(압생트)과 몇 가지 약초를 알코올에 담가 만든 증류주로, 저렴하지만 알코올 도수가 70도에 달해 세 배에서 다섯 배의 물로 희석해서 마셨다. '초록색 요정'은 고흐의 「압생트와 카페 테이블」(1887), 피카소의 「압생트를 마시는 여인」(1901) 등 많은 작가들의 작품에 등장한다. 환각 작용을 일으켜서 프랑스에서는 금지되기도 했다.

예술가들에게 '압생트'(알코올)는 자아의 부재(잠시 잊기)를 위한 것이 아니었을까? 이우환은 바커스酒神의 역할에 대해서 다음과 같이 말한다. "인간을 넘어설 수 있는 작용을 곁들이는 것, 이것이 바커스의 특징으로 그냥 감정에 젖는 것이 아니라 술에 의해 또 다른 감성이 전개되고, 지성화된 것을 때려 부수고, 어떤 다이너미즘을 가질 수 있고, 또한 시적인 것을 제공해주는 것이 술인 거예요."

46) 「관계항―숲 속의 길」→ 마르틴 하이데거의 『숲 속의 길』
「사물과 말」→ 미셸 푸코의 『말과 사물』
「관계항―현상과 지각」→ 모리스 메를로퐁티의 '지각과 현상'
「만남」→ 에마뉘엘 레비나스의 '타자와의 만남' 혹은 마르틴 부버의 『나와 너』

47) 루이 알튀세르(1918~1990)는 마르크스 사상에 구조주의적 해석을 제시한 프랑스 철학자이다. 인간이 역사의 주체나 역사 발전의 주동자가 아니라고 생각하여, 기존의 인간주의적 마르크스주의에 대항해 인간의 행위가 얼마나 구조적으로 제한되어 있는지 설명하고자 했다.

48) 이브 클랭(1928~1962)은 프랑스의 화가로, 1960년대 초 신사실

주의 운동의 선두에서 혁명적 예술 활동을 지향했다. '인터내셔널 클라인 블루'(IKB)라는 색을 자신의 고유색으로 특허를 받았고, 나신의 여성에게 페인트를 칠해 캔버스 위를 구르게 했으며, 2층 높이에서 뛰어내려 「허공으로의 도약」을 연출하기도 했다. 그의 예술은 현대 행위예술과 팝아트, 미니멀리즘에 영향을 주었다.

49) '누벨퀴진Nouvelle cuisine'은 앙리 고와 크리스티앙 미요의 비평에 의해 1973년 발생한 '식食 운동'이다. 이전부터 이러한 문제가 논의되다가 이때의 식문화 비평으로 두드러지게 되었다는 것이 좀 더 올바르다. 이 명칭은 제2차 세계대전 이후 생겨난 '누벨(새로운) 모드', 즉 누벨크리티크리테레르(신문화비평), 누보로망, 누벨바그 등에 영향을 받았다. 이 운동은 이우환이 강조했듯이 무엇보다 가볍고 건강한 미식법으로, 1970년대 프랑스의 부르주아 가정 요리와 세계의 고급 식도락에 지대한 영향을 끼쳤다.

50) 이 부분은 원래 '음식의 역사'에 대한 여러 번에 걸친 대담의 일부이다. 이우환의 '음식의 역사'를 인류의 주요 혁명과 관련하여 요약 및 발췌하면 다음과 같다.
"인류 역사상 크게 세 개의 혁명이 중요하다고 봐요. 첫 번째는 농경 혁명인데, 그 이전에는 채집 시대와 수렵시대였어요. 채집 시대에는 다 바깥에 존재했고 큰 의미에서는 주어진 것으로, 자연에 널려 있는 것을 먹으며 자연과 함께 있는 거예요. (……) 그런데 농경 생활로 접어들면서 키워서 재배해 먹게 되니, 무엇을 먹고 어떻게 먹는다는 아우트라인이 생기고 조금씩 콘셉트가 생긴 겁니다. 식물, 동물을 가두어 키우면서 울타리, 아우트라인이 생기며 인간의 생각도 점점 가둬지는 거예요. 그러니까 인간과 자연 사이에 거리가 생기기 시작한 셈입니다. (……)
두 번째로 산업혁명 이후에는 모든 것이 급속도로 빨라지고, 모든 것이 콘셉트에 의해 이루어져요. 의식이 전체를 이루는 그런 시대가 왔어요. 눈앞에 있는 이 유리컵은 인간이 생각해낸 콘셉트에 소재를 맞추어 오토메이션으로 와르르 쏟아낸 것 아닙니까. 그러니까 철학자도 내가 의식하니까 내가 존재한다고 하는 거예요. (……) 소재가 아닌 콘셉트를 먹게 돼요. 그래도 이때까지만 해도 소재, 감각적, 신체적인 것이 조금은 따라다녔다고 봅니다. 관념이 득세하며 정점에 오르고, 관념에 의해서 모든 것이 생산, 재생산됩니다. 그러다가 서서히 환경이니 여러 문제가 발생하면서 소재가 회생하는 듯합니다. (……)

그런데 어느 순간 갑자기 소재가 보이지 않고, 옛날에는 전혀 존재하지 않았던 '정보'라는 것이 등장합니다. 사회학적으로 여러 논의가 있었지만 정보라는 것은 누가 만들었는지도 몰라요. (……) 정보라는 것은 종합적인 성격을 지녔는데, 꼭 유령 같습니다. 보이지 않는 정보에 의해서 주가나 상품의 가치가 오르락내리락하는데, 문제는 이 가치가 실물의 가치에 비례하는 것이 아니라는 사실입니다. 오늘날 예술이나 물건의 값어치가 전혀 보이지 않는 정보 조작에 의해 왔다 갔다 하며 놀아납니다. 이것은 일찍이 없었던 현상이에요. 구체적인 물건보다 정보가 훨씬 중요한 겁니다. 꼭 귀신놀이 같습니다. 『아라비안나이트』의 램프의 요정처럼 컴퓨터를 톡톡 치면 금방 쫓아 나오니까 정말 편리한 거예요. 그래서 거기다 재료, 돈, 하물며 자신의 생각까지 모두 다 맡겨둡니다. 그러다 보니까 감각이나 몸은 점점 더 소외돼서 갈 곳도 없어지고……"

51) 장 보드리야르는 "미국인들은 건강과 수명의 강박관념에 사로잡혀 있다"고 말한다. 그래서 그들은 거대한 동물에 쫓기는 원시인들처럼 매일 아침 쫓아오는 죽음의 공포에서 벗어나기 위해 '세계종말적 퍼포먼스'인 조깅을 하는데, 이를 전 세계인들이 따라 하고 있다고 비판했다. 그런데 문제는 니콜라 사르코지 프랑스 전 대통령이 취임하자마자 아침마다 엘리제 궁에서 '세계종말적 퍼포먼스'를 행했다는 데 있다. 일부 프랑스 지식인들은 대통령이 뛰는 대신에 천천히 산책하면서 '명상'을 하지 않는다고 상당히 실망했다. 프랑스산 포도주는 프랑스가 원래는 이렇게 조용하고 명상하는 나라였

음을 암시하는 게 아닐까?

52) 마르셀 뒤샹이 작곡한 「음악적 오류Erratum Musical」(1913)는 음
표에 해당하는 숫자가 그려진 종이쪽지를 모자에 넣은 후, 이를 섞
어서 우연히 집힌 순서대로 곡을 만든 것이다.

53) 여기서 '모사'가 홍미로운 것은 플라톤 이래 말해왔던 '이데아'의
모사simulacre(복제의 복제물)가 아니라, 오히려 이데아가 배제된
'신체성, 감성'의 모사라는 점이다. 모사의 문제는 고대 그리스뿐
만 아니라 거대 종교의 주요한 문제이기도 했다. 예를 들어 성경에
서도 인간 창조(『창세기』 1장 27절, 5장 3절)부터 '이미지tselem'
(고대 히브리어로 물질적 이미지)와 '닮음demuth'(추상적, 심리
적, 지적 닮음)이라는 것에 대해 결코 해결되지 않은 커다란 과제
를 가지고 있다. 특히 여기에서 홍미로운 것은 '이미지'가 신체와
감성 그리고 동시에 신성이라는 울림을 지닌 '여백'(혹은 공空)의
의미로도 사용된다는 사실이다. 이는 이우환이 말하는 '신체성과
감성'이 근거된 시뮬라크르에 대단히 근접하고 있다. 이러한 종류
의 시뮬라크르는 현대의 정보 시대에는 하나의 이미지가 '복사, 포
토샵, 재배포' 과정을 거치면서 신체성과 감성이 점점 무의미해지
는 시뮬라크르 세계의 또 다른 돌파구가 될 수 있지 않을까?

54) 또 다른 예로 피아니스트 시프 언드라시는 바흐가 직접 손으로 쓴
악보의 글씨체(글 내용이 아니라)를 언급하면서 다음과 같이 덧붙
였다. "인쇄된 악보를 보며 바흐를 연주하면 차갑고 냉철하게 연주
를 하게 된다. 그러나 바흐가 직접 쓴 악보를 보면 바흐의 선들은
경이롭게 휘어지며 영감을 준다. 감성과 물결 같은 울림이 묻어나
는 바흐의 음악에는, 내가 볼 때는 직선은 존재하지 않고 물결 같은
울림만 존재한다."

55) 프랭크 스텔라(1936~)는 전후 미국의 추상회화를 대표하는 화가

이다. 1960년대에는 미니멀아트의 대표 주자였으나 1980년대 이후로 크게 작풍을 바꾸어 화려한 색채가 바탕이 되는 화면 구성을 주로 하는 작품을 남겼다. 그는 마티스처럼 한 가지 소재나 주제를 계속해서 변형하는 끊임없는 실험을 계속했으며, 회화의 특성에 대해 고민한 화가로서 조형에 가까운 작품조차도 회화로 규정하였다.

56) 앙리 미쇼(1899~1984)는 벨기에 태생의 프랑스 시인이자 화가이다. 신비주의와 광기의 교차점에 서는 독자적 시경을 개척했으며, 제2차 세계대전 후 프랑스를 중심으로 일어난 서정적 추상회화의 한 경향인 앵포르멜의 선구자로서 활약했다. 1955년 이후 메스칼린을 복용, 실험하여 언어와 이미지가 발생하는 현장을 문자와 데생으로 기록한 것으로 유명하다.

57) 아리스토텔레스는 『영혼론』에서 '공통된 감각'에 대해 다음과 같이 말한다. "운동, 정지, 형체, 크기, 수, 단일체와 같은 이 모든 것은 운동을 통해서 지각한다. 그처럼 크기도 운동에 의해서 지각하며, 일종의 크기인 형체도 운동을 통해서 지각하며, 반면에 휴지한 상태는 움직임이 결여된 것이다. 그리고 숫자는 지속성의 부정과 고유 감각들 덕분에 지각한다. 왜냐하면 각각의 감각은 단일한 것만 감지하기 때문이다."
이처럼 아리스토텔레스의 공통 감각은 참과 거짓을 구별하거나 이성적으로 판단 혹은 행위할 수 있는 능력을 의미하는 라틴적 용법의 공통 감각sensus communis과는 다르다. 그리고 이우환의 공통된 감각은, 현대적인 용법의 '상식'에 가까운 라틴어적인 공통 감각보다는 아리스토텔레스가 의미하는 공통 감각koinē aisthēsis에 가깝다.

58) '고양'이나 '숭고'라는 말은 이미 '초월적 성격'을 암시하고 있다. 나머지 '시적'인 것과 '정화', 그리고 '고도화'와 '비판'은 고전 철학에서 이 유사성에 대한 암시를 느낄 수 있다. 예를 들어 아리스

토텔레스는『시학』에서 바로 '정화'(카타르시스)를 주요 쟁점으로 논의했으며, 이전 소피스트들은 극도로 발달된 수사학을 사용하여 당시 정치사회 현상을 비판하였다. 당시 이러한 수사학을 사용하지 않으면 소크라테스와 같은 말 잘하는 달인도 결국 처형되었기에, 수사학은 스스로를 방어하는 보호술이자 정계로 진출할 수 있는 주요 요소였다.

소피스트들은 '궤변'이나 일종의 '트릭'을 사용하여 그들 시대의 '진리', '정의', '덕'이라고 여겨지는 것에 일침을 가했다. 이러한 태도가 모노하나 이우환의 조각에서도 드러난다. '고도화하다', '정교화하다' 혹은 '궤변으로 속이다'라는 프랑스어 '소피스티케 sophistiquer'나 영어 '소피스케이트sophisticate'의 어원도 바로 이 소피스트들에게서 온 것이다.

59) 여기서 이우환은 자신의 작품의 형태는 미니멀리스트의 형식을 취하지만, 미니멀리스트와는 분명히 구분되는 입장을 취한다. 이 우환의 작품은 도널드 저드가 말하는 '사물 그 자체thing in itself'를 의미하지 않으며, 바로 이어서 이야기하듯이 그것들에서는 저드가 배제하고자 한 '암시'가 중요시되기 때문이다.

60) 여기에서 이우환은 '시각의 상대성'을 말하고 있다. "칸트나 데카르트처럼 일방적으로 보는 것, 이쪽이 저쪽을 보는 것, 이쪽에서 재구성해서 저쪽을 보는 것 등, 보는 시각의 일방성이 오랫동안 전해져 내려왔어요. 그런데 메를로퐁티에게는 이쪽과 저쪽이 연관이 되어 있는 마치 보이지 않는 큰 신체의 일부인 거예요. 그러니 이쪽이 저쪽을 보는 것만 통용되지 않고, 이제는 저쪽이 이쪽도 보는, 그래서 양쪽에서 보는 '시각의 상대성'인 거예요."

또한 이우환이 지적하는 것처럼 푸코의 「시녀들」에서는 시각의 상대성마저 무효화되는데 그 이유는 '외부의 매개가 되는 신체', 시공간과 언어의 공통 기반마저 사라지기 때문이다. 21세기 정보 시대를 사는 우리의 현실은 어떤 공통 기반이 있는 세계 혹은 없는 세계인가?

61) '착한 여신들'(에우메니데스)은 '복수의 여신들'(에리니스)과 동일 인물이다. 그리스인들이 에리니스를 지나치게 두려워한 탓에 이름을 바로 부르지 못하고 에우메니데스라고 불렀다. 아이스킬로스의 『오레스테이아』 3부작의 마지막 작품 「착한 여신들」에서 에리니스는 자신의 어머니를 살해한 오레스테이아를 뒤쫓다가 아테네 여신의 간곡한 설득을 받아들여 그를 용서하고 세상에 복을 주기로 맹세한다.

62) '아랍의 봄'이라는 명칭은 '국민의 봄'이라는, 1948년 유럽 지역을 혁명의 소용돌이로 몰고 간 '1948년 혁명'을 참고한 것이다. '아랍의 봄'은 중동과 북아프리카에서 일어난 전례가 없는 반정부 시위 및 혁명의 물결로, 2010년 12월에 시작되었으며 그다음 해 '봄'부터 본격화되었다('봄'은 계절적 의미보다는 상징적 암시가 강하다). 반정부 시위 결과, 튀니지와 이집트에서는 정권 교체가 이뤄지기도 했다. 이 시위의 주요 공로자는 페이스북이나 트위터 같은 소셜 미디어를 통해 재빠른 정보교환, 이로 인한 인식 및 공감대 확장, 조직 형성 등이 가능했으며 세계적인 지지를 얻어냈다.

63) 안젤름 키퍼(1945~)는 전후 독일이 낳은 가장 유명하고 가장 성공적이며 가장 논쟁이 된 화가이자 조각가이다. 작품 전체를 통해서 그는 현대사에서 터부시되는 논쟁들을 다뤄왔는데 독일의 과거와 나치즘의 유산, 문학과 음악 등을 주제로 삼았으며 특유의 은유적이고 연금술적인 묘사가 두드러진다.

64) 신정론神正論은 신의 전지전능함과 선함에도 불구하고 어떻게 이 세상에 악이 존재할 수 있는지 '신의 정의'를 묻는다. 이는 이미 구약성경의 『욥기』에서부터 제기된 질문으로, 아우구스티누스를 비롯한 교부들, 신학자들, 그리고 라이프니츠(『신정론』)와 칸트(『세

계시민적 견지에서 본 일반사의 이념」) 같은 많은 철학자들까지
이에 대해 변호했다. 이 질문은 미시세계적 관점과 우주적 관점,
시대(현실)성과 영원성 등 어떤 관점에서 봐야 할지의 문제와 직
결된다.

65) 리처드 세라의 「산책Promenade」은 「모뉴멘타 2008」의 일환으로
   그랑팔레에 설치된, 다섯 개의 커다란 철판으로 된 작품이다. 강렬
   한 미학적 충격을 야기한 이 작품에 대한 다양한 반응 가운데 가장
   흥미로웠던 경우는, 거대한 녹슨 철판을 일종의 '토템'처럼 여기는
   듯 그 주변에서 춤을 추는 사람을 보았을 때이다. 이 감각적인 관
   람객은 본능적으로 세라의 작품에서 칸트가 말하는 숭고함을 느꼈
   음에 틀림없다.

66) 황용핑의 「에이 에이 시나 시나Ehi ehi Sina Sina」(2006)의 첫 전시
   는 국제 예술 바시비에르 섬 풍경센터의 전시 일환으로 리무쟁에
   서 개최되었으며, 당시 높이는 11.9미터였고 퐁피두센터에서는 기
   둥을 좀 더 높여 약 17미터, 작품 직경은 2.16미터였다. 이 작품은
   퐁피두센터의 「성聖의 흔적」(2008년 5월 7일~8월 11일)의 전시
   일환으로 설치되었다. 이 작품의 모형은 티베트 기도바퀴를 재현
   한 것으로, 종교적인 물품이다. 이 작품과 관련하여 황용핑은 다음
   과 같이 설명한다. "피할 수 없는 세계화가 매번 진행될 때마다 신
   神도 하나씩 사라진다. (⋯⋯) 이 작품은 종교의 윤회의 문제를 다
   룬 것으로, 여기서 '이동'이라는 개념은 예술 작품의 영원한 변화
   를 의미한다." 이처럼 황용핑은 작품의 윤회성을 통해 우주성(신)
   과 시대성(세계화)을 이야기함으로써 현재 이우환이 말하고 있는
   주제인 '영원성과 시대성'에 맥락을 같이한다.

67) 반체제, 반유대의 입장을 고수하며 친독일적인 경향을 보였던 프
   랑스 소설가 루이페르디낭 셀린(1894~1961)은 제2차 세계대전
   후에 전범 작가라는 낙인이 찍혀 덴마크로 망명했다. 1920년에 노

벨 문학상을 수상한 노르웨이의 소설가 크누트 함순(1859~1952)은 전쟁을 일으킨 독일을 지지하며 히틀러에게 열렬히 동조했고, 전후에는 그 때문에 전범으로서 감금되기도 했다. 또한 미국 시인 에즈라 파운드(1885~1972)는 무솔리니를 지지하며 파시즘에 대한 지원을 표명했고, 미국을 비난하는 방송을 하여 반역죄로 기소되어 구금되었다.

68) 플라톤은 『국가』에서 이상적인 국가를 위해서는 예술가들을 추방시켜야 한다고 말한다. 왜냐하면 "호메로스로부터 시작하여 모든 직업 시인들은 미덕의 시뮬라크르의 모방자들"이기 때문이다. 그는 화가들의 작업도 사회에 도움이 안 된다고 봤으며, 예술가들은 사람들을 덕과 진리로부터 멀어지게 한다고 여겼다. 이것은 플라톤의 착각이다. 호메로스와 같은 서사시인들은 '미덕의 시뮬라크르'의 모방자들이 아니라 '신체성'의 모방자들이었다.

69) 크리스티앙 볼탕스키(1944~)는 프랑스의 조각가, 사진가, 화가, 영화감독이다. 유대계 러시아인 가정에서 태어난 그는 유대인으로서 가진 전쟁의 기억과 정치적 사건을 소재로 하여 희미한 개인의 기억을 환기시켜 기억과 망각, 현존과 부재의 간극을 다룬다.

70) 온 가와라(1933~)는 일본 출신의 개념주의 미술가로, 1965년 이래 뉴욕에서 생활하고 있으며 시간과 의식에 대한 철학으로 점철된 작품들을 해왔다. 1966년 1월 4일부터 매일 작업하고 있는 '날짜 그림', 「오늘」 연작으로 유명하다.

71) 스기모토 히로시(1948~)는 일본의 사진작가로, 대상의 한 순간을 포착하는 것이 아닌 장시간 개방된 셔터에 의해 압축된 시간을 담아내는 작품에서 동양적 사유와 서양의 기하학적 추상이 결합된 관념적이고 철학적인 시각을 보여준다.

72) 인도 태생의 영국 조각가 애니시 커푸어(1954~)는 최근 세계 미술계에서 인도, 중국, 한국 작가들이 새롭게 조명되고 있는 점을 주목하라고 말했다. "유럽과 미국의 미술사가와 화상들이 이끌던 20세기까지의 주류 미술사는 이제 천천히 방향을 아시아로 틀고 있습니다. 노쇠한 서양미술사를 대체할 새로운 힘이 아시아에서 일어나고 있는 거죠."

73) 2011년에 중국을 방문하기 전까지만 해도 필자는 중국 현대미술에 대해서 상당히 회의적인 생각을 가졌다. 그런데 중국을 방문해서 쩡판즈, 장샤오강, 잔왕, 쉬빙, 수이젠궈, 펑정제, 황루이 등 25명이 넘는 유명한 혹은 유망한 중국 작가들을 직접 만나보고는 생각을 완전히 바꾸게 되었다. 그들과 그들의 작품에서 솟아 나오는 젊은 에너지, 그리고 그들 자신의 깊은 철학적 사상을 잘 조화시키고 있음에 놀랐다. 아니 비록 아직은 잘 조화를 시키지 못할지라도 그들은 이우환이 예로 든 이태백의 시처럼, 적어도 하늘(우주, 이상)을 보고 땅(현실, 상황)을 보는 양의성을 오가고 있음을 보았다. 서구에서 필자가 본 중국 작가들의 작품은 주로 '땅'을 표현하는 것(서구 사람들이 보기를 원하는 중국에 대한 시각으로, 예를 들어 '냉소적 사실주의'와 '정치적 팝' 부류의 작품)들뿐이었다. 그런데 중국에서 이들 작가들이 보여주고 싶어 하는 작품들을 보았을 때, 필자는 완전히 다른 느낌을 받을 수 있었다. 그리고 마치 하늘과 땅을 오가는 듯한 그들의 양의성 덕분에 다이너미즘이나 에너지가 보였으며, 우리에게는 늘 신비하거나 알 수 없는 부분으로 남지 않았나 사유하게 되었다.

이들 가운데 몇몇 작가는 대담 중에, 묻지도 않았는데 "가장 존경하고 가장 부러운 작가 중의 한 명이 이우환"이라고 말했다. 그 이유가 "가장 서구적인 방식으로 서양인들에게 인정받았기 때문"이라고 했다.

74) 이우환이 화두처럼 던지는 짧은 비평이 작가들의 핵심을 찌르는

경우를 흔히 마주치게 된다. 크리스티앙 볼탕스키를 '운'(기회)이라는 낱말과 연결시킨 것도 그중의 하나이다. 실제로, 프랑스를 대표한 볼탕스키의 2011년 제54회 「베네치아 비엔날레」 전시 작품의 제목이 '운Chance'이었다. 태어남과 죽음을 일종의 '운'으로 보여주는, 그의 오랜 예술적 사색과 철학을 담은 작품이었다. 당시 베네치아에는 또 다른 그의 퍼포먼스 「'안개' 음악 여행'Nebbia' parcours musical」이 있었는데, 시공간적 상황을 충분히 활용하고 음악이 곁들여지고 오감을 총활용하여 충격적인 아름다움과 불안한 꿈으로 빠져들게 했다.

볼탕스키는 자신의 '운'을 믿는 사람이다. 그는 현재 메피스토펠레스와 자신의 목숨을 가지고 퍼포먼스(도박)를 하고 있다. 2011년 아틀리에 인터뷰에서 그는 이렇게 말했다. "한 번도 져본 적이 없다는 오스트레일리아 최고의 도박사인 데이비드 월시가 내가 8년 안에 죽는다며 내기를 제안해왔어요. 내가 8년 안에 죽으면 그가 이기는 것이고, 살아남으면 내가 이기는 거지요. 나는 그의 내기를 받아들였고, 그는 내 아틀리에를 8년 내내 중단 없이 촬영하기로 했습니다. 현재 우리의 모습은 오스트레일리아의 태즈메이니아 섬의 한 동굴에 실시간으로 상영되고 저장되지요. 지금의 당신 모습이 보고 싶으면 그 섬에 가서 볼 수 있어요." 이러한 세기의 내기를 알고 있는 사람들은 볼탕스키를 '파우스트 박사'에 비교하고, 데이비드 월시는 '메피스토펠레스'로 지칭했다. 이런 그와 인터뷰를 하고 나서 어찌 악몽에 시달리지 않을 수 있을까……

75) 다니엘 뷔렌과 크리스티앙 볼탕스키는 프랑스를 대표하는 작가들이다. 두 사람 모두 설치미술을 하며, 프랑스와 유럽 역사의 어려운 시기를 겪으면서 세계적으로 우뚝 섰다. 흥미로운 것은 뷔렌의 밝음, 명쾌함, 개념성과 볼탕스키의 무거움, 표현성 등, 이 두 작가를 통해 프랑스의 양의성이 잘 보이고 있다는 사실이다.

76) 뷔렌의 '시각적 도구outil visuel'로서 8.7센티미터 너비의 하얀색

과 유채색이 교대로 배치되는 줄무늬를 말한다.

77) 푸코의 '진리 게임'은 진실한 어떤 것을 발견하는 게 목적이 아니라, 진리인지 거짓인지의 질문들을 가능하게 하는 규칙들을 발견하는 것이다.

78) 하이데거에 따르면, '시'와 '만드는 것'은 그리스어로 같은 어원을 가지고 있다.

이우환의 용어

공간 감각

공간 감각은 공간성을, 좀 더 정확하게는 '공간이 열림'(공간의 바이브 레이션)을 느끼는 감각이다. 이우환의 초기 회화 「점으로부터」와 「선 으로부터」에서는 '시간 감각'이, 최근 회화 「대화」나 「조응」에서는 '공 간 감각'이 더 두드러진다. 최근 작품에서 점들은 일주일에서 열흘 정 도 시간 간격을 두고 3회에서 5회에 걸쳐 다시 덧칠되는 과정에서 이 미 그려진 붓 자국과 새로 그려지는 붓 자국이 중첩되면서 지워지는 부분, 겹쳐지는 부분, 그리고 새롭게 드러나는 부분이 생기고 이로써 '생각의 중층성'이라든가 '신체성의 두께'가 발생한다. 이는 점 자체에 서 느껴지는 공간 감각이다.

반면 전주 시공간과의 관계에 있어서 공간 감각을 살펴보면, 점은 화폭 이나 벽(벽화의 경우)에서 서서히 떨어져 나오면서 주변 공기의 바이 브레이션을 감각화(시각화)함으로써 관람객에게 새로운 공간을 경험 케 한다.

관계론relatiologie

'관계-론relatio-logie'은 라틴어의 '관계relatio'와 '로고스logos'가 합쳐 져 만들어진 신조어로, '존재-론onto-logie'과 대비되어 사용된다.

이우환에게 있어서 존재는 존재론적으로 따로 존재하는 것이 아니라, 어떤 관계relatum에 있을 때 생성된다. 즉 모순적인 것이 서로 부딪치 면서 타자가 생성되기에, 존재는 모순의 개념이며 생성의 개념이다. 이러한 관계의 방식으로는 '소통correspondence', '대화dialogue' 등이 있으며, 이는 동시에 존재를 가능케 하는 요소이다. 즉 '나'(동일자)와

'너'(타자)가 존재해서 '소통'이 발생하는 것이 아니라, '소통'이라는 것 때문에 '나'와 '너'가 존재한다.

사물과 공간의 관계가 우선시되는 그의 예술 또한 마찬가지로, 설령 작가가 작품을 마쳤다고 할지라도 이 작품이 놓인 전시장의 공간과 관람객과의 관계에서 작품이 비로소 완성된다.

근대주의 Modernism

이우환이 말하는 근대주의는 근대미술에만 국한되는 것이 아니라, 철학(특히 데카르트와 칸트 등), 문화, 그리고 이를 바탕으로 발생된 인간 중심의 자아의식과 사회, 정치, 경제적 개념과 관련되기에 광범위하게 사용된다.

역사적으로 근대 전기는 비잔틴 제국의 멸망(1453) 혹은 아메리카 대륙 발견(1492)으로부터 시작해서 르네상스(14~17세기), 계몽주의 시대(17~18세기)를 거쳐 프랑스 혁명(1789)까지를 일컬으며, 근대 후기는 프랑스 혁명에서 산업혁명(1760~1820? 혹은 1840)까지를 일컫는다. 하지만 문화 예술 운동으로서의 근대주의(모더니즘)의 시기는 분야에 따라 각각 다른데 일반적으로 19세기 중반에서 20세기 초반(혹은 중반)까지를 가리키며, 전통과 권위에 반대하고 근대과학과 사상에 기반 한 개인주의, 기계문명주의 등의 특징을 지니고 있다.

이우환은 근대주의적 개념, 즉 자기의식을 바탕으로 하여 발전된 인간 중심주의, 산업혁명에 의한 대량생산주의, 외부와의 단절 등에 의거한 작품이나 사상을 단호히 비판한다. 이러한 근대적 특징을 함유한 예술이나 사상은 시대를 막론하고 '근대적'이라고 지칭되기도 한다. 그는 근대성을 강력히 비판하나, 다른 한편으로 근대주의 사상이 인간의 한계를 인정한 부분, 콘텍스트를 분석하는 공헌 등은 높이 사며, 마치 포스트모더니즘과 모더니즘의 관계처럼 현대미술도 근대주의를 경유하여 나왔음을 밝힌다.

돌

초기 다양한 마티에르로 표현됐던 이우환의 조각은 시간이 흐를수록 자연을 나타내는 '돌'과 산업사회를 상징하는 '철'(철판과 철봉)의 두 종류로 귀결된다. 이처럼 다른 세계를 각각 대표하는 두 마티에르의 만남을 통해 그는 자연과 산업사회, 외부와 내부, 너(타자)와 나(동일자)의 만남을 모색한다.

개성이 있는 돌은 상상의 여유를 감소시키기에 작가는 중성적이며 평범한 돌을 찾는다. 돌의 '평범한 형태'는 영원에 가까운 축적된 시간의 형태로, 바람과 물이 돌과 만나고 부딪치며 생성된 것이다. 작가의 무수한 달램과 노력으로, 전시장에 놓인 돌은 원래 자연 속에서 지녔던 '여백'의 모습을 되찾게 되며, 이로써 다의적 해석이 가능한 양의성(관람객의 해석 및 감성)이 유희할 수 있는 장이 된다.

전시가 끝나고 돌이 더 이상 소용없게 되면, '자연에서 차용한 돌'이기에 원래 있었던 곳(자연 혹은 돌을 구매한 상점)으로 되돌려놓는다.

만남

이우환에게 있어서 만남은 자연, 인간, 사건을 포함한 타자와의 대면 혹은 소통을 통해 이루어진다. 만남은 너무 경이롭거나, 의아하거나, 놀라워서 말로 표현하는 것이 불가능한데, 이는 '웃음이기도 하고 침묵이기도 하고, 언어와 대상을 넘어선 차원의 터뜨림'이기도 하다. 만남의 시詩적 순간에는 장소가 열리는 여백 현상이 일어난다. '예술가는 이런 만남을 통하여 세계를 재해석, 재제시하는 자'로, 이를 위해 작품을 하고, 이러한 만남이 이뤄지는 시적, 비판적, 초월적 장을 열어 보이고자 노력한다.

모노하 Monoha, School of things

1968년 형성된 모노하(모노Mono〔'物(사물)'의 일본어〕와 하ha〔'派(그룹)'의 일본어〕의 합성어)는 근대성(산업대량생산주의, 인간중심주의 등)에 대한 비판에서 시작한 작가들의 그룹이다. 이들은 만들지 않은 부분과 만드는 것, 외부와 내부가 어떻게 관계를 형성하고 또 분열되는지 고민하며, 의도적으로 외부 내지 만들지 않은 것을 작품에 끌어들인다. 자연 소재나 산업 소재를 사용, 작가의 개입을 최소화하여 제시한다. 예상치 못한 혹은 알 수 없는 외부의 개입으로 인한 다양한 표현의 방식이 발산되었으며, 그 가운데 '트릭'도 중요한 방식의 하나였다.

범감각

이우환은 감각의 차원을 크게 세 단계로 구분하는데, 그중의 마지막 단계는 초월적이며 동시에 원초적인 공통된 느낌을 가질 수 있는 범우주적, 범감각적 차원의 감각이다. 원초적이며 동시에 고차원적인 서로 상반되는 차원을 포함하는 양의적인 감각이기도 하다. '인간을 넘어설 수 있는 어떤 질서나 텔레파시와 연결될 수 있는' 감각에 가장 가까운 것을 음악이라고 이우환은 본다.

산책

이우환의 산책은 크게 세 종류로 나뉜다. 첫 번째는 작업을 위해 몸을 풀고 생각을 비우는 아침 산책(하이데거가 말하듯이 몸으로부터 시작하는 산책)이다. 이 책에서 말하는 아침 산책은 '19세기 수도' 파리의 옴팔로스(배꼽)였던 몽마르트르로, 이우환이 근본적으로 비평하는 모더니즘이 발생한 곳이며, 또한 이러한 모더니즘에 반反하여 포스트모더니즘이 발아된 곳이기도 하다. 현대미술의 용광로(혹은 멜팅 포트)인 '뉴욕판' 이우환의 아침 산책은 당연히 파리판과는 다르고, 일본과 한국에서의 산책 또한 다른 양상을 띨 것이다.

두 번째 산책은 일반적인 산책에 가까우며, 설령 출발 전에 목적지가 있었더라도 이를 우회하거나 목적지를 바꾼다거나, 때에 따라서는 그 중간에 흥미로운 것을 발견하면 그 자리에 멈춰서 관찰하거나 아니면 약간의 망설임 후에 구입을 하고 이를 아틀리에에 놓기 위해 다시 귀가할 수도 있다. 주변(사람, 사물, 풍경 등)과의 대화와 일상적인 것에서 새로운 모습을 발견(늘 다니던 길가의 나뭇가지에서 갑자기 새순을 발견하는 등의)하기도 하는 이 산책은 정해진 규칙 없이, 하고 싶을 때(주로 일이 끝난 저녁) 하고, 그때마다 가고 싶은 장소를 정한다.

세 번째 산책은 사색적, 철학적, 비판적인 산책이다. 실제의 산책도 가능하지만, 아틀리에 안에서 서성거리면서 혹은 책상에서 글을 쓰면서도 가능한 산책이다.

이 외에도 사뮈엘 베케트의 『고도를 기다리며』에서의 블라디미르와 에스트라공이 하는 것과 같은 산책도 있다. 이들은 좀 더 적극적으로 기다릴 수 있는 이유를 위해 '그럴듯한' 목적을 만든다. 그러나 목적지로 가까이 가지도 않으며(목적 자체가 중요하지 않으므로), 그 주변에서 뱅글뱅글 도는 산책으로서 이는 불투명하고 부조리한 삶을 상징한다. 이 책의 제2부에서 이러한 모든 산책은 다시금 공간적 혹은 언어적 '수술대'의 유무를 찾는 '유스테네스의 타액'으로서의 산책, '어떤 중국 백과사전'으로의 산책과 겹쳐진다. 이 모든 산책은 마치 '양자의 중첩된 상태'처럼, 여러 겹의 지층을 가진 그의 최근 회화의 특징인 '생각의 중층성'이나 '신체의 중층성'을 상징한 것이다.

수술대

여기서 말하는 '수술대'란 초현실주의자들이 즐겨 인용하는 로트레아몽의 시구인 '수술대 위의 우산과 재봉틀'에서 나왔으며, 사물이나 생물이 아무런 상관이 없음에도 수술대와 같은 '공통의 장소'가 존재하기에 병렬이 가능하다는 미셸 푸코의 해석에 따랐다. 예를 들어 내 생각 '속의' 피카소, 피아노, 피망 등에서, 서로 다른 이 요소들은 '속의'('내 생각'이 아니라)라는 언어적 수술대에 의존하여 공존할 수 있게 된다.

'슈뢰딩거의 고양이'와 '에포케'

1935년 오스트리아의 물리학자 에르빈 슈뢰딩거는 미시세계와 거시세계의 모호한 관련과 관측의 양의성을 설명하기 위해, 상자 안에 있는 고양이를 설정한다. 한 고양이가 밀폐된 상자 안에 갇혀 있는데, 이 상자는 방사능을 검출하는 센서가 달린 장치와 연결되어 있다. 예를 들어 10분당 50퍼센트의 확률로 라듐 등의 핵이 붕괴하며, 이때 알파입자가 감지되면 이 장치는 독가스가 방출되는 유리병을 깨뜨리고 이로 인해 고양이는 죽게 된다.

10분 후에 이 고양이는 50퍼센트의 확률을 가지고 살아 있거나 죽어 있는 둘 중의 하나이다. 하지만 미시세계의 양자역학에 따르면 고양이는 살아 있으며 죽어 있는 상태인데, 그 이유는 관측하지 않은 핵은 '붕괴한 핵'과 '붕괴하지 않은 핵'의 중첩 상태로 있기 때문이다(미시세계의 분자들은 다른 여러 상태가 동시에 겹쳐질 수 있다). 코펜하겐 해석에 따르면 관측 행위가 분자의 중첩된 상태를 하나로 결정하기에, 관측자가 상자를 여는 동시에 고양이의 상태가 고정된다. 단순히 '본다'(관측한다)는 행위가 이처럼 양자역학의 '그리고and'의 세계를 고전물리학의 '혹은or'의 세계로 이전시킨다.

이우환이 강조하는 에포케 혹은 '보기(관찰) 이전의 세계'란 바로 이러한 중첩 상태에 있는 세계를 말한다. 이우환의 조각에서 그가 손을 대지 않은 자연석이 're-made'인 이유는, 인간이 자연을 본다는 것 자체가 자연과 이미 관계를 맺은 것이기 때문이다. 이우환의 최근 회화에서 여러 겹의 중첩된 붓 자국(점)은 어느 층의 붓 자국도 온전히 드러나거나 감춰지지 않는 모습이자 어느 한 층을 고립(구별)시킬 수 없는 관측 이전의 상태를 표상한다. 이러한 표상은 현대적인 진리 게임의 주요한 성격 가운데 하나이다.

시간 감각

시간 감각은 1970년대 「점으로부터」와 「선으로부터」 같은 작품에서 일필일획의 기법을 사용하여 '시간 흐름'이나 '작가의 행위'를 느낄 수 있게 하는 감각이다. 예를 들어 「점으로부터」에서 작가는 붓에 안료를 한 번 묻힌 후, 캔버스 위에 점 형태의 붓 자국을 반복하여 규칙적으로 찍어 내려가며 안료가 더 이상 없을 때까지 이를 일정한 크기와 형태로 가지런하게 반복한다. 따라서 처음의 점은 가장 진하고 명료하며 갈수록 흐려지다가 나중의 점은 보이지 않는다. 이때 다시 안료를 묻혀 같은 행위를 반복한다. 모든 '점'은 비슷하지만, 작가의 행위가 드러나기에 같은 '점'은 없다.

시적, 비판적, 초월적

이우환이 말하는 예술의 세 가지 주요 구성 요소 혹은 특색으로, 미술에서뿐만 아니라 음악을 포함한 예술 모두를 이로써 특징지을 수 있다. 특히 현대와 같이 '기술'과 '예술'을 구분하기 힘든 시대에 이를 구분할 수 있는 기준이 될 수 있고, 더 나아가 훌륭한 예술이 무엇인지 사고할 수 있는 모범적인 기준이 되기도 한다. 이 세 요소는 예술 작품이 나올 수 있는 가장 근원적인 토양, 예를 들어 '사랑'(시적), '현실 및 사고 비판'(비판적), '영감'(초월적) 등이 될 수 있으며, 또한 예술 작품이 완성된 다음에는 '정화'(시적), '고도화'(비판적), '고양 혹은 숭고'(초월적)처럼 예술의 가치를 결정짓는 요소가 될 수도 있다.

이처럼 양의적 성격을 가진 이 세 요소는 마찬가지로 이우환의 예술을 잘 특징짓기에, 이 책의 구조 또한 여기에 맞추었다.

신체성

메를로퐁티의 '신체성'에 착안하여, 이우환은 자신의 고유한 예술적 방식으로 신체성의 의미를 발전시킨다. 내부와 외부에 동시에 속하는 것으로 외부를 매개하는 신체는 "단지 편의상이나 현실적으로 타자성으로 인정하고 들어가야 하겠지만, 실제로는 바깥에 보이는 모든 것, 꽃, 나무, 대지 등과 연결되어 있으며, 이처럼 연결된 부분을 타자라고 하기에는 어렵다"고 이우환은 말한다. 외부와 연결된 신체성은 내부의 사유보다 더 작거나 하위일 수 없으며, 그래서 '밖'과 '안'의 양의성을 지닌 신체를 가진 인간은 '내적인 존재l'être-à-l'intérieur'라기보다는 외부와의 긴밀한 관련 속에 있는 '외적인 존재l'être-à-l'extérieur'이다.

양의성

"예전에는 이쪽이 저쪽을 보거나(예를 들어 '이쪽'은 자아, 의식, '저쪽'은 타자, 몸), 이쪽에서 재구성해서 저쪽을 보는 '시각의 일방성'(예를 들어 자기 동일화 혹은 18세기 서구의 문명화)이 오랫동안 지배"해왔다. 이우환은 메를로퐁티가 말한 "이쪽과 저쪽이 마치 보이지 않는 큰 신체의 일부", 즉 이쪽이 저쪽을 보고 저쪽이 이쪽을 보는 '시각의 상대성'을 통해 양의성ambiguïté(애매성)의 개념을 발전시킨다. 이러한 양의성은 존재론에 반대한다. 그 이유는, 존재론은 고전논리학에 기반 하여 한 대상의 이쪽'과' 저쪽의 애매한 연관('과')을 끊고, 분리된 양쪽을 각각 양쪽 끝에 두며, 절대적인 '이쪽'(예를 들어 자아의 동일화), 절대적인 '저쪽'(예를 들어 타자성) 등과 같이 구분 짓기 때문이다. 이 양의성은 관계론, 현상학, 퍼지논리학적 입장을 채택하는데, 그 이유는 이 논리학이 이성뿐만 아니라 감성까지도 논리 영역에 포함시키며, 아리스토텔레스의 4대 주요 원칙(동일률, 모순율, 배중률, 원인율)은 사실상 일부에서만 작용한다는 것을 보여주기 때문이다.

양의성의 장이란 예를 들어 '여기'와 '저기'(혹은 '영혼', '정신', '몸' 등)처럼 두 개(혹은 두 개 이상)의 극이나 모순 사이를 오고 가는 바이브레이션이나 노매드적 태도를 의미한다. 그런데 메를로퐁티의 말대로 관계는 '절대적 혹은 객관적 신체'가 아니라 '현상학적 신체'에서 발생하듯이, 우리와 관계성 속에 있는 오브제도 절대적 객관적 오브제가 아니라 현상학적 오브제이다. 이처럼 관계론적인 상황에서는 절대적인 양극은 존재할 수 없으므로 사실은 양극(다극)이 없는 양의성이 된다. 양의성은 여백이 유희할 수 있는 '장場'이며, 여백은 양의성의 시공간적 장에서 예술적 표현으로 승화된 것이다.

어떤 중국 백과사전

미셸 푸코가 『말과 사물』에서 인용한 보르헤스의 텍스트 가운데 '어떤 중국 백과사전'의 동물 분류표는 다음과 같다. "a)황제에 속하는 동물, b)향료로 처리하여 방부 보존된 동물, c)사육동물, d)젖을 빠는 돼지, e)인어, f)전설상의 동물, g)주인 없는 개, h)앞의 분류에 포함되는 동물, i)광포한 동물, j)셀 수 없는 동물, k)낙타털과 같이 미세한 모필로 그려질 수 있는 동물, l)기타, m)물 주전자를 깨뜨리는 동물, n)멀리서 볼 때 파리같이 보이는 동물."

이상 나열된 동물들에게는 이들을 묶을 만한 공통 기반인 '수술대'마저 제거되어서 "모든 가능한 상상력을 위반하고 알파벳 순서(a, b, c, d……)로만 열거된다." 공간이라는 공통 지반(질서)도 사라지고('아토피아atopia', 장소가 없어짐), 언어라는 공통 기반(질서)도 무너지는('아파지아aphasia', 언어가 사라짐, 즉 언어 공간과 현실 공간의 불일치) 기막힌 상황이 연출된다.

'여백' 혹은 '여백의 현상'

이우환의 '여백'은 사물과 공간과의 긴장된 관계에서 발생하는 바이브
레이션으로 '여백의 현상'을 일컫는다. 이는 '공백'과도 구분되며, 또
한 일반적으로 사용되는 의미의 '여백marge'도 아니다.

이우환의 그림에서 여백은 캔버스의 그려진 부분(붓 자국 혹은 점)에
의해서 캔버스의 그려지지 않은 부분과 캔버스를 넘어서 그림이 걸려
있는 공간에까지 울림(바이브레이션)이 퍼지는 현상이다. 조각에서도
돌과 철판(혹은 철봉)의 밀도 있는 긴장된 배치는 일상의 공간에 여백
의 현상을 일으키고 새로운 관계 공간을 체험하게 한다. 이때 공간이
열리며 이는 시적, 비판적, 그리고 초월적인 '장'이 된다. 그렇기에 여
백은 '존재의 개념'이 아니고 '생성의 개념'이다.

유스테네스의 타액

"유스테네스는 '더 이상 배고프지 않다'라고 말한다. '오늘 하루 동안
다음에 열거되는 것들은 먹이 신세를 면한다. 살모사, 쌍두사, 날개미,
뱀, 해룡, 암몬조개, 곡식벌레, 용, 전갈, 독사, 뱀눈나비, 거미, 잠자
리, 차상충, 도마뱀, 치질 등……'"

미셸 푸코는 『말과 사물』 서문에서 프랑수아 라블레의 『팡타그뤼엘』
을 인용하면서, 이 끈적끈적한 것들의 열거는 아무런 상관이 없어 보
이나, 그럼에도 불구하고 하나의 공통된 '수술대'(인식 지반)인 '유스
테네스의 입으로 들어가서 타액과 섞인다'는 '공통의 장소'가 있기에
공존이 가능해진다고 한다.

점

"동아시아에서 우주 만물은 점에서 시작하여 점으로 돌아간다."(『주
역』) 이우환은 이같이 우주 만물을 품은 점으로부터 출발해서, 이로
인해 어떤 시공간적 구조가 연관되는지를 탐색해왔다. 그리고 '선'은
점의 연장이다. 그래서 이우환의 초기 회화 작품은 「점으로부터」, 「선

으로부터」의 연작이다. 반면에 그의 최근의 「대화」나 「조응」 연작에서는 엄밀히 말하는 '점'이 아니라 중첩된 '붓 자국'이지만, 이 붓 자국은 '점'의 주요한 상징과 속성을 지니고 있기에 이 책에서는 '점'이라고 통일하여 지칭했다.

위의 금언처럼 '점'은 회화에서뿐만 아니라 모든 것에서 '시작'을 의미하기도 하지만, '마침표'처럼 끝이 되기도 한다. 이 마침표는 또 다른 시작을 의미한다. 예를 들어 말(문장, 판단)이 끝나는 곳에, 침묵(판단 중지)이 시작된다. 마치 피아니스트가 존 케이지의 「4분 33초」를 연주하기 위해 건반의 뚜껑을 닫는 것과 같다. '말해진 것'(만들어진 것, 행위, 유한성 등)이 끝나는(에포케 되는) 곳에서 마침내 '말해지지 않은 것'(만들어지지 않은 것, 행위 되지 않은 것, 무한성 등)이 시작(도입)되기 때문이다. 관계론적으로 보면, 이들 두 그룹(말해진 것과 말해지지 않은 것)은 양극적인 것이 아니라 양의적인 것이다. 바로 점은 이러한 관계를 암시하고 지시한다. 어쩌면 점의 바로 이러한 속성으로 인해 이우환의 최근 작품(「대화」, 「조응」)에서 단순해 보이는 미니멀리즘적인 외양 속에 점 자체는 그처럼 다양한 그러데이션, 리듬, 깊이, 숨결, 특히 '중첩성'을 담고 있는지도 모른다. 좀 더 엄밀하게는 이우환에게 있어서 '점'은, '시작'과 '끝'의 관계라기보다는 '탈은폐'(알레테이아)와 '은폐'(레테)의 관계로 볼 때 더욱 정확하다. '시작'은 어떤 한 부분이 '탈은폐'되기 시작하는 것이며, '끝'은 다시 '은폐'되는 것이기 때문이다. 무한의 한 일부가 탈은폐되기 시작할 때, 유한의 모습을 띠는 것과 같다. 인간의 삶도 그러하다.

진리

마르틴 하이데거는 '알레테이아alētheia'(진리, 탈은폐)의 속성에 대해 다음과 같이 강조한다. "'레테lēthe'(망각, 은폐)는 알레테이아에 속하는데, 이는 단순히 부가적이거나 빛에 대한 그림자 정도가 아니라 알레테이아의 심장과 같다."

이는 현대적 진리 규칙 혹은 일종의 진리 게임으로, 탈은폐되는 것과 은폐되는 것의 긴장이다. 신학과 과학이 탈은폐(과학적인 용어로는

'발명' 혹은 '개발', 신학적인 용어로는 '계시')의 역할을 한다면, 예술은 '지시, 암시'를 남기며 은폐, 감춰지는 역할을 한다고 이우환은 말한다. 또한 그는 예술의 속성을 언급하면서 "진리처럼 감추기를 좋아한다"고 한다. 탈은폐된 것의 배후에 훨씬 더 거대하고 상상 불가능한 은폐의 세계가 있음을 지시하는 것이다. 그러한 의미에서 이우환의 '시는 시 자체가 아니라 시를 유발시키는 말일 뿐'이며, 이는 '그림이나 조각에서도 마찬가지'이다.

철판

이우환의 작품 세계에서 철판은 산업사회를 상징하는 사물이다. 천연 철광석으로 만들어진 이 철판은 1차 가공된 산물로 아직은 어떤 용도로 쓰일지 미정이기에, 공장에서 가공되어 그림이 그려지기 전의 미정의 캔버스처럼 어정쩡하고, 애매하고, 뉴트럴한 상태에 머물러 있다.

트릭trick

처음 모노하 작가들의 전시는 '트릭'(속임수)을 도구로 출발했다. 트릭은 체제적인 것이나 기성관념을 비틀고 엇갈리게 해서, 다시 생각하게 하는 계기를 제공한다. 이는 트릭이지만 인식론적인 도구로 발전되었으며 고정된 시각에 반反하는 고발이자 고정관념, 편견에 대한 테러이다. 이와 같이 모노하 작가들은 당시까지 부정적으로만 인식되었던 '트릭'의 역할을 미적이고 인식론적인, 긍정적인 차원으로 끌어올렸다.

이우환의 트릭을 이용한 작품으로는 「관계항」(1969), 「관계항—응답」(2003), 「관계항—암시Relatum—Suggestion」(1995) 등이 있는데, 이는 트릭이자 동시에 실제의 현상이기도 하다. 특히 후자의 두 조각에 대해서 유명한 물리학자 고다이라 게이이치는 "돌을 보고 있는 철판 쪽이 조금 파인다든가 일부분이 들려 있는 그러한 현상은 우주에서 흔히 있는 일이며, 사실은 지구상에서도 극히 미소하게 나타나는데 단지 시각적으로 감지되지 않을 뿐이다"라고 말한 바 있다. 또한 위에서 언급된 첫 번째 조각인 「관계항」(1969)도 아인슈타인의 상대성 원리를

「Relatum—Suggestion」(1995)

떠오르게 하는 작품이다. 이처럼 가짜(트릭) 같지만 진짜 같고, 사실임에도 믿기 어려운 현상을 부단히 오가며 그의 예술은 여백의 예술의 장場인 양의성에서 유희한다.

헤테로토피아Heterotopia

호모토피아Homotopia(동일성, 유사성, 유비의 공간, 근대주의적 유토피아)와 상반되는 개념인 헤테로토피아는 통사법이 더 이상 통하지 않는 '말의 질서'가 사라진 곳, 그리고 사물들에 공통된 위치를 정의하는 것이 불가능한 '사물의 질서'가 사라진 곳이다. 이러한 헤테로토피아는 그곳에 있는 모든 것이 타자일 수밖에 없는 타자의 세계이다.

도판 목록

p. 10
관계항―인사
Relatum―A Signal
2005/2010
철판 260×230×3cm, 자연석 126×127×103cm
Iron plate, Natural stone

p. 13
관계항―침묵
Relatum―Silence
1979/2010
철판 310×230×2cm, 자연석 102×81×107cm
Iron plate, Natural stone

p. 16
선으로부터
From Line
1978
캔버스에 아교, 석채 182×227cm
Glue, Stone pigment on canvas

p. 17
선으로부터
From Line
1981
캔버스에 유화, 석채 182×227cm
Oil, Stone pigment on canvas

p. 19
대화
Dialogue
2008
캔버스에 유화, 석채 227×182cm
Oil, Stone pigment on canvas

p. 23
관계항―침묵
Relatum―Silence
1979/2009
철판 300×220×1.2cm, 자연석 70×70cm
Iron plate, Natural stone

p. 63
관계항
Relatum
1969
자연석, 고무 줄자
Stone, Gum measure

p. 70
관계항―응답
Relatum―A response
2003
철판, 자연석 235×141×50cm
Iron plate, Natural stone

p. 71
관계항―그녀와 그
Relatum―She and He
2005
철판 200×170×2cm, 자연석 70×70cm
Iron plate, Natural stone

p. 130
점으로부터
From Point
1976
캔버스에 아교, 석채 227×182cm
Glue, Stone pigment on canvas

p. 131
선으로부터
From Line
1977
캔버스에 아교, 석채 182×227cm
Glue, Stone pigment on canvas

p. 160
바람과 함께
With Winds
1987
캔버스에 유화, 석채 227×182cm
Oil, Stone pigment on canvas

p. 165
바람과 함께
With Winds
1991
캔버스에 유화, 석채 227×182cm
Oil, Stone pigment on canvas

p. 196
조응
Correspondence
2005
벽화
Wall painting

p. 202
대화
Dialogue
2009
캔버스에 유화, 석채 218×291cm
Oil, Stone pigment on canvas

p. 203
대화
Dialogue
2009
캔버스에 유화, 석채 218×291cm
Oil, Stone pigment on canvas

p. 263
관계항—점선면
Relatum—Point, Line, Plane
2010
콘크리트 기둥 상단부 40×40cm(육각형) 하단부 50×50cm(육각형)
높이 1850cm, 철판 400×350×3cm, 자연석 240×181×166cm
Concrete pole, Iron plate, Natural stone

p. 264
관계항—세 요소
Relatum—3 Elements
2003
철판, 자연석, 나무 기둥
Iron plate, Natural stone, wood pole

p. 268
관계항—대위법(스케치)
Relatum—Counterpoint(Esquisse)
2010

p. 269
관계항—구조 B
Relatum—Structure B
1969
솜, 자연석 80×180×40㎝
Cotton, Natural Stone

p. 270
점으로부터
From Point
1978
캔버스에 아교, 석채 182×227㎝
Glue, Stone pigment on canvas

p. 271
바람과 함께
With Winds
1989
캔버스에 유화, 석채 227×182㎝
Oil, Stone pigment on canvas

p. 312
관계항—암시
Relatum—Suggestion
1995
철판, 자연석
Iron plate, Natural stone

양의의 예술
이우환과의 대화 그리고 산책

엮은이 심은록
펴낸이 김영정

초판 1쇄 펴낸날 2014년 5월 2일
초판 4쇄 펴낸날 2022년 5월 6일

펴낸곳 (주)현대문학
등록번호 제1-452호
주소 06532 서울시 서초구 신반포로 321(잠원동, 미래엔)
전화 02-2017-0280
팩스 02-516-5433
홈페이지 www.hdmh.co.kr

ISBN 978-89-7275-693-4 03810

* 책값은 뒤표지에 있습니다.